厉彦林

乡情散文研究

王万森　主编

此书获山东省文化建设课题研发资助

山东人民出版社·济南
国家一级出版社　全国百佳图书出版单位

图书在版编目（CIP）数据

厉彦林乡情散文研究/王万森主编．--济南：山东人民出版社，2019.4
ISBN 978-7-209-11630-5

Ⅰ．①厉… Ⅱ．①王… Ⅲ．①散文－文学研究－中国－当代 Ⅳ．①I207.67

中国版本图书馆CIP数据核字(2019)第064883号

厉彦林乡情散文研究
LIYANLIN XIANGQING SANWEN YANJIU
王万森　主编

主管单位　山东出版传媒股份有限公司
出版发行　山东人民出版社
出 版 人　胡长青
社　　址　济南市英雄山路165号
邮　　编　250002
电　　话　总编室（0531）82098914
　　　　　市场部（0531）82098027
网　　址　http://www.sd-book.com.cn
印　　装　山东华立印务有限公司
经　　销　新华书店

规　　格　16开（169mm×239mm）
印　　张　18
字　　数　240千字
版　　次　2019年4月第1版
印　　次　2019年4月第1次
印　　数　1-1000
ISBN 978-7-209-11630-5
定　　价　54.00元

前言｜散文的脚印

厉彦林从诗歌创作的领域一步跨到散文，在文学的寻觅中留下一路脚印。他是大器晚成的散文作家，可是好评连连，难以胜数。沿着他的散文脚印摭拾最能看到全貌，然而，评论数量多，刊物层次高，评者大都是名家，这样就难以选得妥当。干脆采取仅凭个人记忆选印象较深者，另加目录，也许能够点面结合，寻到厉彦林散文的踪影。概略说来，评论引导我们从三个方面寻访其散文的脚印。

首先，是出发的脚印：散文还乡。"我的老家在沂蒙山莒南县的最东北部，是一个挂在岭坡上的小山村。"①小山村的故事有爷爷、父母亲，还有春夏秋冬的雨雪花草，多的是昔日的苦和乐，沂蒙乡间的细事，自己的苦读以及书中留下的乐趣。近日出版的《地气》自《序》写道："今年清明节我回到故乡沂蒙山区那个小山村时，正赶上乡亲们赶着牛、扛着农具下地耕种。我陪老父亲来到自家菜园地，脱掉皮鞋，双脚插进故乡松软潮湿的土地时，一股凉爽的气息瞬间传遍全身，身心被地气抚摸、浸润和包围，顿感缕

① 厉彦林：《春天住在我的村庄》，山东教育出版社2011年版，第89页。

缕慈爱与温暖，神清气爽。过去听说，长久躺在病床上的老人，需要下床走走，接接地气，才能逐渐康复。地气究竟是什么？记得我爷爷曾说过：‘开春吸几口新鲜空气，炒盘第一刀韭菜，喝碗新剜的野菜熬的粥，人就气血畅通，就接上地气了。’”[①]厉彦林散文中曾经留下幼时的记忆，跟爷爷“赤脚走在田野上”“爷爷说，地是通人性的，不能用鞋踏的。如果踏了，地就喘不动气了，庄稼也就不爱长了”。[②]赤脚走在田野上的祖祖辈辈留下的是农民的足迹，厉彦林形塑在散文里就成为他独具一格的散文的脚印。赤脚走在田野上，伴随着深情体验。

散文是空间的艺术，真实的生活空间，转化为文学的心灵空间，呈现为美轮美奂的审美空间。散文的文体功能，是审美的，又是认识的和教育的、宣传的，同时是娱乐的；文学自有独立品格，但其功能却不是单一的。细细体味文学文体的不同，意味各异。小说、戏剧凭借故事情节的时间转换，或者在时间的延续中的戏剧冲突演绎人生和社会的发展，散文类似抒情诗，抒发作者的情怀，当然不是无本之木，散文和抒情诗的本就在于叙述空间的搭建和审美的转换之间，从而开拓胸怀，实现精神的升华。

厉彦林的散文有难以比拟的感染力。《赤脚走在田野上》“代序”的作者邢婷提到：“有个编辑在选编厉彦林的《回家吃顿娘做的饭》时，被感动得热泪盈眶，擦罢眼泪才记起已经有几个月不给老家的母亲打电话了。”

受到感染的何止编辑组的群体，可以说，当代中国人不论城里人还是乡下人，都与农村血肉相连，对于农村故事有着鲜活的记忆：革命战争的炮响召唤农村人走出农舍，革命政权的建立召集农村人走向城镇，改革的浪涛卷起农村人的打工潮，新农村振兴吹响老一辈和新一代农村人的集结号。城市人下乡，乡下人进城，城乡之间面影互换的频率创造了人类史上的崭新纪录；“新农村振兴”，在规模上，在变化的深度和广度上，更是前

① 厉彦林：《地气——厉彦林散文选·序　地气重凝》，人民出版社2017年版。

② 厉彦林：《赤脚走在田野上》，山东人民出版社2016年版，第73页。

所未有，亘古未见。厉彦林的散文在当今时代的感召之下应运而生，是文学对于新时代的回报。新时代的中国社会先是城市化，后有新农村振兴，两大工程都牵动广袤农村。不用说历时性的变化，单就十八大以来新农村振兴：脱贫攻坚，生态乡村，环保乡村，美丽乡村的理念，便已经超越农村现代化的既往观念，形成中国特色社会主义农村的新特色；站起来，富起来的中国农民，懂得只有强起来才能立足强国之林，中国的农村人为了祖国的强起来正在做出新的奉献。在新时代，他们不仅要改造自然，向大自然要财富，同时要美化自然，向大自然反馈。厉彦林散文脚印的延展是因为他复印了万千中国人的来往于城乡的足迹。其新时代印记，首先表现于“接地气”，“接”新时代农村的“地气”，用文学的方式描绘沂蒙的新时代蓝图，用赤子之心拥抱沂蒙故土。文学的认知，超越“挂在岭坡上的小山村”，走向城乡社会，走向普通人，构建乡情共同体，走进千千万万人的心坎。文学的脚印跨越时间，即使苦涩的劳作和读书，也盈满温情，真情穿越今天和昨天，穿越沂蒙的古老岁月，转化作春天的柔风和细雨，滋润着来往于城市和乡村的读者。厉彦林散文的收获，在于与千千万万读者心连心，同气相求，构成乡情共同体。

厉彦林散文的年轻读者在校园。

历代美文输入教材，校园书声琅琅的诵读中，寓教于读。

文学的教育功能无可媲美，也许理论的教育深入人心，可是，理论的教育不可取代文学的审美。教材的作用是思想的，历史的，它有无庸置疑的权威性，它是民族和国家的尊严所在，它又是文化的载体，语言传播的依凭。文学的教育功能从《诗经》以来就是铁定了的，经史子集，古典名著，历代教材不乏精美篇章；两个一百年的中国梦，铸就新时代的文学经典，散文是文学教材的重头戏，担负着教育新一代中国人的重任。厉彦林的散文屡屡被选入各种教材，被各种考试选做素材，这是作者的荣耀，也是新时代散文的担当。

厉彦林的散文脚印稳妥、扎实，厚积薄发，感动了社会上万千读者和校园里的莘莘学子。

第二个脚印是文学的回归。厉彦林的散文是乡情抒写的空间艺术，往往采自人生的节点或者社会的画面，看似实写，实则是文学的演绎，用虚构的话语点染，构成审美的空间。这里的空间比照，与社会的或人生的情景贴近，却不雷同。厉彦林的《地气》并不是他的所有散文作品，而是选集，其中包含辑录了“乡情”“亲情”“真情”的三组作品，乡情是抒写的中心。这些质朴的文字充盈着乡间今昔的图景和生活氛围，勾勒与描绘均见文学言语的功力，细致入微，叙述如画：山乡的春阳，冬日的树，尤其那四季的山风和流水，不只描摹美景，更写出了山乡的“氛围”；仅只这山乡美景已经让人陶醉，散文的叙述，在修辞上别有洞天，景里有情，情寄山水，哪怕是穷乡僻壤，也早已熠熠生辉，情和景交融一体；像母亲的乳汁，喂养着当今一代中国人。在“亲情暖心”和“真情在胸”两辑里，抒写爷娘亲情，伉俪情怀，把散文的触角延伸到乡村和社会历史的变迁。“地气”依然是核，“接地气”是乡情的核心：祖辈的“让孩子晒晒太阳，吃吃地气，就不生病了……”，文学话语的“让渡”在人心，不会被误读为“养生秘笈”。这正是文学的奥妙，它是诉诸灵魂的，社会和人生的事体是它发酵的媒介，醇厚的液汁是精神的营养。“地气”作为散文的出发地也正是人类生命的起点，作者与读者，人生和文学一起出发。

即使是在“家国情怀”这一辑的大散文里，我们所感受到的精神的力量与读社论所感受到的思想的和理论的力量也大相径庭。文学的笔墨不仅用来描绘，也包括回忆里的反思，它有色彩，有审美修辞，有述行，但绝不像理论那样用逻辑说话，它用的是人生故事，人性内涵，用形象，用意象，用个性语言蕴藉的内在力量征服人心，孕化人性，渗透精神的制高点。文学是诗意的，是灵魂的对话。

“赤脚走在田野上”叙述爷爷所说的“赤脚”“理论”，已经不再是世俗话语，而成为散文的审美修辞，是隐喻，创建了散文的新体式。“赤脚散文”诞生在厉彦林笔下，并非偶然。这是时代的馈赠，新时代的重要特点在于传承和创新，在于社会历史发展的高质量和均衡，赋予文学与读者以新型关系。文学更“接地气”，散文的“赤脚”形态应运而生；这是作者的营造，厉彦林不仅有沂蒙的成长经历，也有读书和教书的经历，丰富的经验转化为文学的审美精灵，需要坚持，需要灵气。读一读他的诗歌《都市庄稼人》《灼热乡情》，再读一读他的散文《春天住在我的村庄》《享受春雨》等，很容易被感动，由领悟而融合。文学具有独立的品格，但不是自然而然，而是文学自身的审美作为，有人称其为“述行”：“在文学作品中，述行性语言（performative language）是指‘一种用言语做事的方式’，它通过‘对语言这种使用使读者在阅读一部作品的时候，对它所营造的虚拟世界产生一种信赖感’来达成‘文学的权威性’。”

散文的感悟印证了厉彦林审美的体验和创造，也启示着新时代文学的成长和发展。文学并非可有可无，并非僵硬不化，不能停滞，也不能从头再来。一代又一代散文作家，用文字和诗意化的语言，叙述人生体悟，用孜孜以求的文学话语来累积审美经典。厉彦林立足读书、教书和从政的人生经验，大器晚成，在丰饶的生命体验的基础上，不停滞地投入审美创新。他的成功，在于无论何时何地，都不让自己在文学的园地里飘起来，坚持“接地气”，坚持“沂蒙精神”，质朴而缜密地编织审美话语，用文学的生命连接起人生与审美；他的成功，在于始终不忘初心，跟随时代步伐，真挚而诗意地融入艺术创新，用散文的话语连接起社会和审美；他的成功，在于心拥故乡，甘当都市乡下人，仁厚而执着地将文学生命和社会人生连接起来。

第三个脚印是处理好角色自身的关系，一者党务一者散文，两步并作一步走，互动互补，相得益彰。

文学和职位，两者都繁忙而重要，两者之间不是静态的平行的关系，在厉彦林这里，两者互动的动态处置十分成功。否则，难以设想在省里的党务领导岗位上能写出逾百万字的散文佳作。写作的成果在怎样的情形下影响领导工作，这是双肩挑的人士都会面临的难题；如果工作性质与散文创作相关还好，但是如果像厉彦林这样身居领导高位，所从事的是党务的工作，抒写的却是乡情，如何处理好两者关系，的确不易。当然需要勤苦，付出超常；还要讲效率，事半功倍。我们所能感受到的是他的才气。他是一个内敛的人，不像抒情文人那样发扬踔厉，甚至难以令人感到煽情作家的英气逼人，他寻常陷入静静地琢磨和思考，外表的平静是常态，却在内心酝酿真挚的激越感情，看重乡情、亲情，一片浓厚的沂蒙情怀，多情善感在此时就变换为他散文的创作姿态，他是文字高手，他的文笔总是以情动人；他善于读书，勤于动笔，更像一位循循善诱的教师，往往把散文书写与三尺讲台联系起来；他思路开阔，境界颇高，富于文学的联想和想象，处处寻觅诗情，时时孕育文学的意象。

这里要说的不只是厉彦林个人的功业，而是新时代的文学审美与社会政治的关系。一般而言，一个人既然具备了文学书写的才能，只要肯于驾驭勤读勤写的路向，走上成功之路并不难。可是，还有一个意识形态的问题，有一个审美与政治的关系问题需要解决。除了不可以将政治和审美视为对立之外，难道这是孰重孰轻的比例吗，还是你中有我、我中有你的建构呢？在这个方面，厉彦林的成功提供了大器晚成的个例，也提供了成功地处理审美与政治两者关系的范例。首先，两者并不是对立关系。“地气”是他写作的根本，也是他工作的初心，他特地以“土地”和“人民”为题写文学乡情，昭示了“赤脚散文”的支点就在于土地和人民，审美和政治在他这里同根同源，同构为共同体；其次，两者静态的关系往往涉及边界不清、相互干扰，或者文学被边缘化，或者文学喧宾夺主，厉彦林将其动态化看待，政治的优势与文学的审美诉求相得益彰，在思维方式和境界上相互之间均有助益；在话语运用、遣词造句的过程中，两者又可以融会贯通，剩下的技术问题，完全可以在时间安排、精力调配等方面统筹解决。需要强调的是人生的目标和境界，厉彦林的成功告诉我们，他有强大的精神支撑，他念念不忘的沂蒙精神正是他的精神支柱，是他的看家本领，是他的魂，所以，他始终保持自信的状态。厉彦林是沂蒙的儿子，读者熟悉他一再重复的话语：“我的家乡在沂蒙山区”。蒙山沂水，土地和农人，在他的散文里如数家珍般地在化作打动人心的文字，于是，他和读者一起陶醉在醇厚的乡情之中。作家的审美业绩与其精神境界总是一致的，可以说，作家的个性和才能在审美的收获里受着精神的和境界的制约，这不是新的发现，但是却理应在新时代的审美与政治的关系里得以确认。在这个方面，厉彦林的成功具有典范的启示意义。

王万森

2018年5月14日

目　录 | CONTENTS

散文《土地，土地……》评论

散文《人民，人民……》评论

散文集《春天住在我的村庄》评论

散文选《地气》评论

个人创作谈

厉彦林访谈录

附　录

厉彦林乡情散文研究

赤脚散文走天下

——读厉彦林乡情散文

王万森

人民出版社出版了厉彦林的散文选《地气》[①]，乍一读，未免觉得有点“土气”“不响亮”；可是细细咂摸就会“拍案叫绝”：好一个“地气”！恰好概括了他的散文的灵气大气。

一、“赤脚散文”的两个意象：“赤脚”和“布鞋”

于是，“赤脚”成为厉彦林散文的第一个意象，他成功了。他是写实的：“每次下地，必须先把鞋脱了。爷爷说，地是通人性的，不能用鞋踏的。如果踏了，地就喘不动气了，庄稼也就不爱长了。”写我跟着爷爷“赤脚走在田野上”，不只是辛苦劳作，还有田野嬉戏：“休息时，我爷爷撅着一把山羊胡，吸着那根很长的旱烟袋，微闭着双眼，好像喝了二两二锅

① 厉彦林：《地气——厉彦林散文选》，人民出版社2017年版。

头酒，是那么的惬意和陶醉。我有时悄悄走上前拽拽爷爷的胡须，爷爷笑着打我一巴掌，竟是那么亲切。我高兴极了，干脆躺在地上，或者打上几个滚，与土地亲如一家，柔柔的，暖暖的……”赤脚与土地，祖孙两代人，这是一幅社会主义乡野的画面，这是赤脚走在田野上的老少两代人至亲的亲情。土地是“命根子”。结末处就那么一句抒情：“我盼望赤脚走在田野上，寻找回亲近土地的感觉。”言已尽，意未尽。好在前边有一句理在其中情在其中的文字：“土地是富有灵性和感情的，也是很有性格和脾气的。”① 于是，我们又感悟田野土地的亲情，感悟着“我爷爷”的“赤脚”的深意和深情。厉彦林用“赤脚”把一腔乡情融于土地里边了，岂止是符号，简直是神来之笔。他是那样的真诚，那样的深情，他笔下的文字化为链接昔日和今天的彩虹，勾连省城和偏僻山村的纽带，走进无论是农村的还是城市的人们的心里，像是春雨洒在馥郁的大地上，人们同作者一道被陶醉了；陶醉的不仅有与作者存在着差不多经历的中年人，还有奔走在人生旅途的青年人，更有中小学的莘莘学子；他的散文很受学校师生的欢迎，他的亲情，他的感受，他的语言，普普通通又含着人生滋味和泥土芳香，于是，有了共鸣，有了愉悦，有了感动，有了品味，有了甜蜜的且苦涩的泪水。乍看起来，有些不可思议，在矫情发酵的商业文化里却有着如此的实话实说者大获成功；在煽情的文学丛林里，却有这等不露声色的人生画面大放异彩。这是为什么？

答案就是“接地气”。正如习近平总书记所言：“文艺只有植根现实生活、紧跟时代潮流，才能发展繁荣；只有顺应人民意愿、反映人民关切，才能充满活力。”②

也许这是一个时代的话题。不同时代唱不同的歌，或者领唱，或者回应，高亢也罢低吟也罢，文学创作总要汇入时代的合唱。当年杨朔等人的散

① 厉彦林：《赤脚走在田野上》，山东人民出版社2016年版，第73页。

② 习近平：《在文艺工作座谈会上的讲话》（2014年10月15日）

文经历过时代的选择，烙印了时代的印记。不能否认，那是影响了不止一代人的散文，包括语言和散文体式以及内在的思维脉络。现在有人一味地否认杨朔散文的风格特征，这不是科学的客观态度。杨朔的散文自有特点，在那个语言大一统的文学时代，出现了多彩的想象和表达，让热爱文学的人们为之一振，这是时代的一抹色彩。遗憾似乎也是来自时代的误解，普通人非要拔高，不高大不足以报答时代；语言的浮华尽管曾经雪中送炭，可是一旦投入虚高便也失去文学语言的审美魅力。还有那程式化的开头和结尾，不难寻觅那个时代的思维方式的套路。

厉彦林的散文正在“走”，（影响遍及全国，既有传统的传媒，也有新传媒，被选入中小学教材和各种语文试题的素材：用“一发而不可收”来概括并不过分）文学的足迹带有时代的鲜明印记。是否可以把厉彦林散文的阅读放到与杨朔散文的时代思辨上。我认为是可以的。

尽管厉彦林是读着杨朔的散文念书上学和登上讲台的，尽管有了杨朔的限制所带来的反思，但是，厉彦林的散文及其未来走向，都会与杨朔存在不解之缘。

他们作品中的人物的来龙去脉具有可比性。厉彦林塑造的“爷爷”与杨朔笔下的“老泰山”，都是农村的老人（农民，渔民），一样的背景，一样的来路，可是走向大不相同，“老泰山”走进“火红的霞光里”去了，“爷爷”始终在土地上，生老病死，即使到城里也还是见到土地就神采焕发，土地是他的精气神儿。“他”就是一位值得尊重的“赤脚农民”，可也仅此而已，没有花环，没有光圈，甚至没有革命老区农民理所当然应该获得的政治荣耀，更不要说文学作品里的想象和联想那样地“走进霞光”。①

两位作家的散文笔法也具有可比性。厉彦林的散文一直都在写实，如实地写，生活是怎样的就怎样来写。是否可以说，杨朔的文学时代语言是夸张

① 杨朔：《雪浪花》，《中国新文学大系1949—1976·散文卷一》，上海文艺出版社1997年版。

的，文学的思维也是夸张的（不必连杨朔散文是抒情散文也予以推翻，如今应该着重强调的是抒情的基础应当是真实的，或者整体真实）；厉彦林的散文看上去朴素到像是生活的临摹，他就是在剪裁上，在选题上做足了文学的功夫，语言是地道的散文语言，浸透了文学的生命力。

两者在的文学史上的走势大相径庭。杨朔那种夸张，那种洋洋洒洒，倒是隐含了散文的危机，至于杨朔散文的“雷同”似乎同样可以从中寻觅根源。厉彦林似乎与杨朔经历的危机恰恰相反，他没有文学命运的危机，倒是大器成于中年，散文赋予他诗意和青春，正如雨后春笋毕剥拔节呢。这是时代的恩赐，也许是的，每个时代都有它的文学需求，厉彦林散文是当下“寻梦”时代的需要；文学有生命力，有魂灵，厉彦林散文的灵魂就是沂蒙精神。沂蒙精神是复合文化，有革命战争的文化冶炼，有现代化的影响和机遇，有古代文化和民间文化的传承。当年，沂蒙老百姓用小推车迎来新中国的旭日，现在沂蒙文学理所当然地用诗意和想象重铸沂蒙精神；沂蒙精神锻冶了文学精灵，文学又用自己的诗篇回报沂蒙精神。厉彦林赤脚走在沂蒙的田野上，“感觉自己就是一株根须紧抓大地的庄稼”[①]。“大地”是他散文的根本。厉彦林是文学的，“赤脚”是他散文的出发地，这便是“地气”的深层意蕴。

这是厉彦林散文的第二意象。《布鞋》[②]是另一名篇，写对于老母的泣血深情。“赤脚”和“布鞋”两个意象都在足下，与“地气”关联，这不是刻意为之，更不会是巧合。

每一个人都穿鞋，每个人脚上的鞋都有一个故事。厉彦林的鞋是普普通通的布鞋，甚至有些寒酸；然而又是包含时代的和亲人的深情，那样的出神入化：布鞋的样子并不陌生，然而，从麻线到袼褙，从鞋样到一针一线，尤其是老母亲手上的褶皱和点点血迹，慈爱的笑容，晨光里母亲的嘱托。没有

---

① 厉彦林：《赤脚走在田野上》，山东人民出版社2016年版，第121页。

② 厉彦林：《春天住在我的村庄》，山东教育出版社2011年版。

大话说教，没有革命言辞，却渗透着一种硬朗的精神，一脉沂蒙人代代传承的目光。由脚上的布鞋到母子情深再到对于时代的慨叹，扬起的是沂蒙山水和时代的风帆。

赤脚——布鞋，是沂蒙一代的生存状态。曾经贫穷，曾经苦寒，然而，经历了站起来、富起来的沂蒙人，正在由“赤脚”“布鞋”走向现代，他们把“九间棚”甩在身后，一代强大的沂蒙人成长起来了。这样的道理，是由“赤脚”和“布鞋”氤氲而生，是画外音，是文学审美的美妙。审美的魔力更在情感的传递：爷爷的“赤脚”经，妈妈的“布鞋”情，每个字都渗透着人生的滋味，写的人和读的人一起流泪——这是泣血的文字。用写实手法抓取生活的一个“点”(煎饼、地瓜、炊烟、电影、石磨；春燕、腊梅花、狗尾巴草、荷塘；家训、父爱、爱情、婚姻)，赋予历史的和时代的生活记忆，注入特定的感怀和寄托。应该说，这是新时代散文的审美特性。

“赤脚”和“布鞋”两个意象相互勾连，相互融通，共存于“赤脚散文”的共同体。不妨把“赤脚散文”视为厉彦林创造的散文文体，是他艺术积累的结晶。但是，一旦归结为文体，就容易固化，甚至封闭，走向模式化，这是万万要不得的。怎样持之以恒地发挥文体探索的创造性，就从破除文体的模式化做起，走向文体开放和创新，勇毅地担当散文创新的使命，走向生活，走进人民心里，不固化，不封闭，不间断地锤炼和积累，放开视野，思维创新，让散文文体常写常新，审美魅力永不凋谢。

我以为，关乎土地的情愫，无论“赤脚”还是“布鞋”都亲吻土地，与土地为伴。这里面的意蕴倾注了作者对于土地的深情，这正是厉彦林散文的最核心的理念和情怀。由生活现实转化为艺术，转化的实现凭借的是文学的审美化。生活现实已经发生天翻地覆的巨变，散文写作的审美追求必定转化为现代艺术观，既有拥抱历史的胸怀，品味生活的喜悦，又有两个百年的展望。

厉彦林散文以人民性彰显新时代散文的特征。散文里的沂蒙情怀是个人性的，可是又是属于沂蒙人民的：蒙山升腾着沂蒙人民的苦难记忆和走向现代的骄傲，沂水翻卷着亲人的挚情和家乡人热爱故土的自豪。正是在文学的诗歌和散文里，厉彦林把自己的沂蒙情和乡亲们的恋土怀乡糅为一体。他要表达的不仅仅是一己之情，而是沂蒙的人民情怀，是中华儿女的历史记忆和时代豪情。

厉彦林散文的素材来自乡村，是那样寻常，又那么牵肠挂肚。写人的有“爷爷”“仰望弯腰驼背的娘”“回家吃顿娘做的饭”“娘的白发”“父爱”；写物的有“旱烟袋”“布鞋”“煤油灯”；写景的有“春燕归来”“萤火虫”“听春”“品春”“享受春雨”“乡间秋雨”“过冬的树”“村庄的灵光”“故乡弯弯的小河”“清淡的槐花香”；写吃食的有“煎饼”“地瓜”“乡下‘土鸡”“炊烟袅袅”；写节庆的有“清明祭”“盛世春节”“回家过年”“虔诚跪拜”……无论怎样按选材分类，始终贯穿着真情实意。我以为，散文贵短，贵真，像厉彦林这样一文一题，真情实意，虽有琐碎之嫌，但却真情感人，往往是滔滔世情中最珍贵的记忆，最有价值的情怀。

赤脚——土地——农民——家乡，“赤脚”是散文抒情的起点，也是乡土挚情的艺术聚焦，由“赤脚”写人生，写真情，写“挂”在山脚的土地，实实在在，但又不是照相式的留影，而是将审美的情愫糅入人物和景物之中。于是，越是“土”腥味儿，越能寄寓深情；越是真实的，就越是审美的。“赤脚”是厉彦林散文的艺术追求：自然、素朴。自然里见真情，素朴中怀抱历史，更显出沂蒙人的一腔热血和赤诚胸襟。“赤脚走在田野上”，厉彦林“点土成金”将“地气”凝聚为艺术散文出发地。

文学把乡情注入土地，滋润着现实，用文学情怀拥抱故乡的山山水水，让故乡的乍看上去粗粝的生活转化为一帧美丽画面、一首柔情颂歌、一纸遐思悠长的诗行。贫瘠的寒冷的缺衣少食的日子，在厉彦林的散文里转化为厚实的温馨的脉脉含情的乡情。读这些心血凝成的文字，会感动得潸然泪下，能够把唤起的真情转化为良知深深扎根在心里。“有个编辑在选编厉彦林的《回家吃顿娘做的饭》时，被感动得热泪盈眶，擦罢眼泪才记起已经有几个月不给老家的母亲打电话了。”[①]读“赤脚散文”，作者、编者以及读者、评论者，泪流在一起，心连在土地上，都沉浸在乡情和亲情之中。

乡土在沂蒙，乡情在内心，审美不是生活的和艺术的两幅图画的简单叠合，审美是创造性思维，用想象和联想，用诗意和意象重新糅合，创造出来自生活又美于生活的文学作品。厉彦林用独特的才情点染“赤脚散文”“布鞋意象”，使之绽放为瑰丽的散文艺术之花。

二、“赤脚散文”的走向

读厉彦林散文，脑际浮现出文学写作者常说的一句话：“通过为自己创造一种想象性经验或想象性活动以表现自己的情感，这就是我们所说的艺术。”[②]

厉彦林散文写作靠的是真情实感，出现在散文中的情感是想象性的经验和想象性的活动，所以他的散文具有艺术的力量和特色，这种力量感人至深，这种特色美轮美奂，别致而通人情、贴人心。

有意思的是，《赤脚走在田野上》“代序”的作者邢婷曾经提起：“有人问厉彦林，‘会不会写够了、没得写了？不料却得到他笃定的答复：‘能写的东西实在太多了。’他无时无刻不在回望的那个村庄犹如一座富矿，取之不尽，用之不竭。”[③]邢婷是站在文学创作的角度说这番话的，所以，“富矿”的比喻贴切而易懂，十分可信。正是文学才使得乡情不竭，畅想不衰，成为源远流长、千古流传的文学母题。

换言之，改换门庭写大散文将如何？这是另外的问题，文学拒绝猜测。文坛出现过历史散文，或叫文化散文的主流之作，议论纷纷在其得失之间。有一点是可以肯定的，散文并非越长越好，更不是短篇的散文成功了，只有

① 厉彦林：《赤脚走在田野上序》，山东人民出版社2016年版，第3页。

② [英]科林伍德：《艺术原理》，王至元、陈华中译，中国社会科学出版社1985年版，第156页。

③ 邢婷：《赤脚走在田野上序》，山东人民出版社2016年版。

拓展成为大散文方可证实创作的实力，也并不是主流需要散文创作越长越好。散文创作不存在从短到长的线性轨迹。

当长则长，当短则短。文学史上的散文名篇还是以篇幅适当为最佳，勉强不得，何必跟风！

厉彦林的散文大都较短，却不会造成微缩的印象，因为有干货，沉甸甸的；虽然平实，却有着乡情的浓烈和诗意的洒脱。如果“赤脚”的实质在于实和真，在于朴素的美感，在于来自故乡的深情感受，那么，我们就有理由期待赤脚散文走向文坛，走向世界。这是乡情的表达，这是站在现代文明高处的艺术家的人生表白。他是独特的，因而也是世界的。“赤脚”的审美超越，让平凡闪光，真的感人，善的正人，美的化人，“赤脚”再也不是一般的符号，而是审美创造，是想象性经验和想象性活动所表现的恒久的、崇高的、梦乡的优美情怀。“赤脚”且生成审美的翅膀，任凭散文在文学的天空翱翔。概言之，“赤脚”的意象连同“布鞋”一道，化为厉彦林抒情散文体式的扭结。

三、满地生根

厉彦林的散文别具一格，以短散文为主，但是并不意味着他只能写短篇散文。其实他的一文一题、专情简议的散文中已经渗透开放的情怀，眼观“四路”耳听八方，恰如他发表在《人民日报》的一篇散文《出类拔萃的秘密》。写竹子从南方来到北方，一时之间水土不服，竟然枯萎了，难道就这样寿终正寝了？行家却说，不必担心，三年后就会有新竹钻出地面，这是因为枝叶枯萎的竹子，它的根却并未枯萎，在土底下悄悄生长，甚至盘根错节；事实是果如其然，过了五六个年头，春雨霏霏之后，新的竹芽争相出土，到夏秋季节已然郁郁葱葱长成一片竹林。[①]

这篇散文寄寓了“赤脚散文”翱翔的愿景，隐喻着厉彦林的散文会像竹

---

① 厉彦林：《出类拔萃的秘密》，《人民日报》2016年7月23日12版。

根一样生长，铺散开来，写成大散文。其中新近有几篇散文反响极大：《故乡，故乡……》《土地，土地……》《人民，人民……》，在《北京文学》发表后，《新华文摘》《新华月报》《红旗文摘》和《散文（海外版）》《时代文学》等立即转载。篇幅扩张到上万字，字里行间仍然浸润着对沂蒙故乡土地和乡亲的一往情深。不妨说，在厉彦林的散文里“土地”和“人民”这两大主题自然而然地伸展开来，毫不生硬，一点也没有造作之感。短散文里早已孕育着的土地和人民的情结，终于找到了喷吐的机会，一发而不可收，洋洋洒洒，比起短篇散文丰富了，充分了，大有一吐为快的抒情效果。高境界，潇洒豪迈，洋溢着沂蒙作家特有的文化自信。这两个长篇散文，取题就很正，是沂蒙精神的铁证，它有根，根在人民；它有本，本在土地。这是“寻梦”时代的土地，一旦进入长篇的文学散文，就超越了一家一户的小本土地，而步入现代化的广袤原野。但是，再广再大，到底还是沂蒙精神的体现，根在沂蒙精神，本在沂蒙亲情。厉彦林的大散文没有飘忽感，不作秀，不造作，描画的是脚下的土地，歌吟的是沂蒙的亲人，句句实在，笔笔有情。他的大散文决不故作高深，决不作呼风唤雨之态，说理从自身说起，说理有现代沂蒙人的胸怀，又有高屋建瓴的境界（字里行间蕴含着的和渗透着的，并非说教）。人们喜欢厉彦林一文一题的短篇散文的精致，同样喜欢他的长篇散文的大气。或许，他在散文写长的尝试中，为我们的文学时代积攒着新鲜的经验。当然，这不会是一个线性的文学轨迹：从短篇散文——长篇的大散文。既然我们这个时代的读者需要大散文的开阔，那就写一写大散文；读者乐意读厉彦林的短篇散文，他就不断地奉献短篇散文，不离不弃。

我们的读者需要厉彦林创作这样的散文，沂蒙作家群理应在散文领域有新的奉献。厉彦林像当年的杨朔受到喜爱，又区别于当下流行的大散文。我们期待这样的散文落地生根。

四、“赤脚散文”走天下

“赤脚散文”由生活现实转化为艺术，转化的实现凭借的是文学的审美化。生活现实已经发生天翻地覆的巨变，散文写作的审美追求必定转化为现代艺术观，既有拥抱历史的胸怀，品味生活的喜悦，又有两个百年的展望。明明是沂蒙山区偏僻的山村，“故乡虽然土地瘠薄，却是一片知痛知热的土地”“那熟悉和气的乡音，那慈善亲切的笑容，会把你带回一种原始且真诚的记忆中去。那情，那义，那难以言明的惦念与关爱，就像一坛陈年老酒，没喝就醉了”。[①]可能现实里少不了凄风苦雨，可是文学的乡情里，真真切切地化作“春天住在我的村庄”。“血浓于水”是对亲情的形容，应该也包括故乡亲情。咏唱《沂蒙山小调》的地方，谱写《沂蒙九章》的所在，春风春雨荡涤着人的心头，诗情画意蕴蓄在唯美的文字里。你看，原本是“我的故乡坐落在古老的沂蒙山区东部，村庄四周的驼背山、鸡鸣山、柴虎山，自然排成弧形扇面，像三双呵护的大手。”[②]可是，厉彦林却形神毕肖地画出一幅水墨画：“我的老家在沂蒙山莒南县的最东北部，是一个挂在岭坡上的小山村。”[③]这幅水墨画的点睛之笔就是一个“挂”字，写散文的诗意之笔就是传神。抽象的时间，在厉彦林笔下也栩栩如生：“时光在父亲的驼背上、母亲的缕缕白发里渐渐苍老，年轻一代伴随老去的时光拔节长高，最后是日渐年迈的父母目送大家走出村庄。”[④]土地——乡情，两个层面的相融、提升、超越，审美的建构由想象、意象、话语进行艺术观照。

“赤脚散文”不会滞留在乡村。厉彦林的乡情散文擅长写关切和牵挂，表达走入城市的现代人乡情的记忆，演绎亲人的牵挂。可是，乡情不是只供今天消费的，它是感情的故乡，又是思索的源头。厉彦林运用现代文明观照乡情，一方面赋予散文现代文明的理念和改革开放的思维，一方面坚持对于故乡的一往情深和忠诚敬畏。厉彦林直言不讳地倡明“我是一个怀乡症患者”“故乡的土地是我生命的摇篮，这片土地给了我清苦却幸福美好的童

① 厉彦林：《赤脚走在田野上》，山东人民出版社2016年版，第106页。
② 厉彦林：《地气》，人民出版社2017年版，第2页。
③ 厉彦林：《春天住在我的村庄》，山东教育出版社2011年版，第89页。
④ 厉彦林：《春天住在我的村庄》，山东教育出版社2011年版，第74页。

年，磨砺了我质朴与善良的品格，给了我跪拜土地充足而合情、合理的理由。”[①]即使成长为生活在城市的现代人，成为党的机关的负责人，仍然不忘初心，不忘土地亲情，追寻城市的土味，“每个人心里，都有一片土地，是知痛知热的故乡。逢年过节，触景生情，随时随地想着她、念着她。可以说，骨头上刻着她，心无时不咬着她。”[②]厉彦林对于土地真情抒发，“骨头上刻着她，心无时不咬着她”，用了一个“咬”字，标志他的“赤脚散文”恋乡的极致，对于至亲至爱的情感才这样刻骨铭心。所以，他自称“我是一个怀乡症患者”，这一“咬”，内在的和话语文字的感人力量均在情理之中，没有丝毫矫情。

在杨朔的《雪浪花》里也曾用过“咬”字，那是老泰山与游海边的女孩儿关于海边奇形怪状的礁石的对话，女孩问礁石何以变成这副怪模样？老泰山答是浪花咬的。有道是此处有情，有哲理：“里边又含着多么深的人情世故”[③]。其实，往深里揣摩，不难发现文字的矫情。厉彦林用了同样的一个“咬”字：“心无时不咬着她”，却是写实情，顺其自然。每位怀乡者都能意会的乡情表达，怀乡恋乡而至于“咬”乡，乡情的痴迷难以言表。可见，走出故乡的土地，“赤脚散文”却不必改弦更张另起炉灶，依然坚守“土地的色调、品质与味道”，地位和角度可能变化，但是，不变的是一颗平常心。“站在城市制高点，现代化的都市如同传统的村庄，片片摩天大楼如同小小的积木块，高大的门楼和华丽的殿堂已经看不见影。人们大都喜欢登高望远，很少潜心观察身边的美景……卑微者自有他的伟大，平凡者也自有它的高度、他的惊人之处，也同样令人敬畏。”[④]这是从故乡风雨中走来的现代人的感慨，这是一位懂得土地的城市人对于传统和平凡的敬畏。真情实意和

---

① 厉彦林：《赤脚走在田野上》，山东人民出版社2016年版，第77—78页。

② 厉彦林：《故乡，故乡！》，《北京文学》2012年第12期。

③ 杨朔：《雪浪花》，《中国新文学大系1949—1976·散文卷一》，上海文艺出版社1997年版。

④ 厉彦林：《赤脚走在田野上》，山东人民出版社2016年版，第161页。

艺术思维是自始至终贯穿“赤脚散文”的线索，并由此走出沂蒙山乡，走向城市，走向生活的每个角落。

概言之，散文写作需要真情实意，需要审美高雅，更需要精神的境界。在厉彦林这里，境界来自故乡的土地，是土地的厚度和万丈高楼平地起的高度，无际涯的历史深度和无尽的生命活力。

当下文坛热闹，老媒体方兴未艾，新媒体不断推出新人新作，但是，称得上文学精品之作并不多见。时代需求是散文创作的前提，人人在时代光辉照耀之下，但不是人人都能写出文学佳品；泽被沂蒙亲情的人士不少，能写出“赤脚散文”者无几；沂蒙人大都向往沂蒙精神，有着政治的敏感，但是，只有厉彦林创造了沂蒙精神的“赤脚散文”的文学版。时势造文学，其中的关键是作者的人生历练。学生时代的沂蒙乡村的熏陶，同时早就萌生文学梦，刻苦诵读；做高中语文教师，对于文字章句精心历练；机关生活对于心灵和政治敏感的锤炼，严谨的逻辑和饱满的形象思维齐头并进，沂蒙精神渗透在他的血液里，酿成艺术散文的字字句句。他积累了异常丰富的人生经验，磨砺而成敏锐的洞察力和判断力。正因为有了对于革命事业的忠诚，才引发了文学的奇思妙想。“赤脚散文”不仅呼应时代和体现沂蒙乡情，同时也造就了对于文学的一往情深和对于散文创作的才情。“赤脚散文”不是“土味散文”，而是现代的散文，恰恰是复兴民族文化梦的写照。正是在城市病初显、商业文化汹涌滔滔之际，伴随现代物质文明的发展进程，精神生活产生不平衡，浮华的世态缺了古朴和传承。呼唤沂蒙，呼唤乡情，成为现代文化的文学需求。“赤脚散文”应运而生，是创作者现代意识的结晶。厉彦林写“赤脚散文”是一位严肃的政工干部的艺术奉献。

一文一题，专情简议，厉彦林的散文“赤脚”而潇洒，凭着对于土地的真切感受，融合热血流淌的文字，是与时代和读者同步的散文，是往心里“走”的散文，它正蓬勃成长。

沂蒙精神的文学书写

——论厉彦林的散文创作

邱 健

厉彦林长期从事散文创作，先后出版了《裸露的灵魂》《都市庄稼人》《灼热乡情》《春天住在我的村庄》《赤脚走在田野上》《享受春雨》等散文集。通观厉彦林多年来的散文创作，可以发现，他的作品始终以沂蒙大地和人民为描写对象，以书写沂蒙精神为主题。作为地地道道的沂蒙人，厉彦林在以沂蒙精神为核心的沂蒙文化氛围中熏陶长大。其祖辈、父辈见证了沂蒙红色文化的发端，及其与沂蒙人的品格、精神融合发展的历程；厉彦林成长在社会主义建设和改革时期，亲历了沂蒙精神的产生、发展和壮大，乃至于上升到民族精神的过程。厉彦林对沂蒙精神的思想脉络、与时俱进的品质有较为深刻、透彻的把握。他立足于质朴自然的普通百姓视角，从“真情”抒发、“家国”情怀、天地“道心”、“诗化”语言四个维度，对乡土沂蒙和沂蒙精神进行文学化表达。

浓醇似酒的“真情”抒发

厉彦林以乡土沂蒙为书写背景，从亲情、乡情、土地情、沂蒙情、民族情等情感层面切入，立体多维解读、渲染、彰显沂蒙人的“精气神”。他习惯沉入生活内部挖掘素材，潜入记忆深处追寻真情。他撰写有关父母、家人的亲情散文，特别是回忆父母的文章，是在他自己也做了父母、经历了人生的生死离别与荣辱悲欢，经过他自己心灵过滤、醇化、赋灵，从心底自然流淌而出的至善至美的感情。

厉彦林散文中，平凡琐碎的记忆里藏着感情的深波大澜，清晰的记忆历历在目，让他难以沉默；模糊的诸多隐语，又让他不能自已。从厉彦林追忆父母亲情的文章，可以撷取这样一组场景片段：在一盏昏黄的油灯下，儿子在写作业，娘在做布鞋，儿子不时抬头看看娘，娘似嗔实喜地督促，脸上洋溢着幸福和满足；在夕阳下，驼背的母亲在田地里劳作，满头白发被风吹起，像一团白云，弯曲孤单的身影叠印在地垄上；在寒冷的冬日，父亲提着一包煎饼和煮熟的鸡蛋，脸冻得发紫，身上挂满雪花，胡子上结了霜，走进儿子的学生宿舍，临走时不忘摸摸儿子的被子，伸手摸出了散发着体温的50元钱，回首的目光中透着无言的嘱托和惦念……

厉彦林善于将内心的感伤、思念等最能打动人的感情波动调到最浓处，甚至是浓得化不开，读者因此被其真诚、圣洁、美好的感情打动。

厉彦林抒写的乡情散文80余篇，勿论内容，仅部分散文题目，就能缀联成一轴美不胜收的沂蒙风情画卷。清晨，《童年钟声》响了，在《童年卫士》的陪伴下，吃着《地瓜》《煎饼》，穿过《青石小巷》，走到《沂蒙山》前《沙土路》上，听《欢唱的麻雀》，哼《沂蒙山小调》；趟过《故乡弯弯的小河》《赤脚走在田野上》《攥一把芬芳的泥土》，《听春》《品春》，《享受春雨》，遍野《淡淡的槐花香》，看《春燕归来》《栀子花开》，感受《春天住在我的村庄》……远离《村庄》《故乡》，《电波系亲情》《盛世春节》到了，携带《布鞋》《旱烟袋》等《爱的礼物》《回家过年》。穿过《青石小巷》《回家吃顿娘做的饭》《凝望娘的满头白发》，感受《父爱》，聆听《家训》，陶醉在《乡情如酒》里。厉彦林散文重写实、尚浪漫，现实主义的基调里，融入了温暖亲切浪漫的色彩；将风物描写、民俗刻画、人物点染、抒情议论等众多艺术元素，糅进他反复吟咏的乡情中，使他的散文多了洒脱俊逸的神韵和朴素唯美的情致。

厉彦林散文还有一个显著特点就是对“土地情”的阐发。他说开春的沂蒙大地地气蠕动，隐隐约约、如丝如缕，从远远的土层深处传来，乡村四野因之变得松软，山岗也“草色遥看近却无”。只认识自己名字的爷爷，每逢下地干活，一定要把鞋脱掉，在爷爷眼里，地是通人性的，不能用鞋踏的；如果踏了，地就喘不动气了，庄稼也不爱长了。父亲在新春播种时，习惯单膝跪在耕地上，攥一把泥土，再让泥土慢慢从指缝里漏下，以此感受大地的体温和脉动。他本人即使进城工作多年后，每逢回村下地，也必先脱掉鞋袜。村南整大寨田时，老队长用镢头把年代久远无主的骷髅砸得粉碎，用锨散落田间，让他入土为安，回归土地。在他看来：“地种三年亲似母，农民和土地血脉相通”“土地像一阕词，上阕是人类生存的空间，下阕是安放灵魂的栖所”。祖祖辈辈对土地心怀感恩，对生活的感恩，对苦难的坚忍，已转化为身体、情感和文化的基因，转化成村庄故乡的根脉、灵气，内化为厉彦林作品中的故乡情结。

厉彦林的散文创作不仅仅局限在“小感触”“小哲理”“小情小爱”的“小我”状态，而是以“我在”的写作路径，推己及人、由点到面，从父母、乡邻身上集中体现沂蒙人的普遍特征，阐发“沂蒙情”，再扩展到更大范围内的“民情”“国情”，物化到“世道人心”“民族国家”“天地自然”等宏大主题之中。精准刻画了沂蒙精神中“人民性”的核心特征，特别是沂蒙人重情重义、大仁大义、耿直忠贞、醇厚善良、吃苦耐劳、轻利厚谊等，具有鲜明地域特色的“人情美”和“人性美”。

正如厉彦林所说：“沂蒙精神，她是千千万万沂蒙儿女共同的灵魂称谓、群体的精神结晶，具有忠诚勇敢的本性和奉献的特质。”他为读者深入浅出地解释了巨大的、繁杂的、纠缠的、纵深的地域历史文化内涵和沂蒙精神的时代特征。引发读者情感共鸣的同时，他还注重成风化人，文中显现的浓醇感情、深邃思想对社会不同阶层、不同年龄、不同群体“审美观”“价值观”的提升都有帮助。其散文既可为中小学生滋润心田、陶冶情操，又可与青年人促膝谈心、励志励智，也可为中年人解除困惑、校正航向，还能与老年人追怀抚昔、论道品茗。

雄浑厚重的“家国”情怀

习近平总书记指出：“拥有家国情怀的作品，最能感召中华儿女团结奋斗。”沂蒙精神的核心就是浓郁厚重的家国情怀。“修齐治平”是儒家文化的核心要旨，而家风传承是其中最重要的环节，且家风国风一体同构与中华民族传统文化一脉相承。诸葛亮的“静以修身、俭以养德，非澹泊无以明志，非宁静无以致远”，范仲淹的“先天下之忧而忧，后天下之乐而乐”，曾国藩的“家俭而兴、人勤则健、能勤能俭、永不贫贱”，梁启超的“不惑、不忧、不惧”等先贤家风之所以备受推崇，就在于厚重的“家国情怀”。

教家立范，品行为先。家风书写是厉彦林散文中的一个主题或方面。他自己的家风质朴平凡。他不认识几个字的爷爷，是用沂蒙山方言拉呱的形式传承下来的家风：“人的一辈子不容易……你在外边，要好好给公家干活，见了公家的东西，千万别眼热，人家的稻草咱一根也不要拿；娶了媳妇好好过日子，别这山望着那山高。这后两条，可最坏人的名声了。”这种具有朴素表现形式的“家国情怀”融入了厉彦林的血脉，伴随着他成长成才。厉彦林认为，向善向好的家风还要转化为人生的“定位”和“定力”，与众不同的成功者都是在布满荆棘的道路上不言败、有毅力和定力的人。

厉彦林的家国情怀最终统一为强烈历史生存意识和社会责任意识，体现为“苟利国家生死以，岂因祸福避趋之”的忧患意识。首先是对乡村经济社会发展的担忧。厉彦林习惯在城乡二元经济对比中展开叙事。他认为，我国现存的城乡二元经济结构差异，是一段时间内牺牲农村、农业和农民利益来发展工业和城市造成的，而与城市密切相关的二三产业创造的财富，却很少向与农村密切相关的第一产业转移。农村“哺育”城市有余，而城市“反哺”农村不足。

其次是对生态环境的忧虑。如在《故乡那条弯弯的小河》中对故乡小河变迁的两个追问，《土地》中对违反规律损害与攫取土地行为的警示等，也让我们感到了刺破肌肤、深入骨髓的“痛”。从根本上，厉彦林对地域经济发展方式和路径的忧思、所谓政绩考核的质疑，就是为了唤醒大家保护生态环境的急迫感、危机感、使命感和责任感。

此外，厉彦林的忧患意识还表现在多个方面，如“除了解决民生的‘更高’与‘更多’，还要思考干群关系如何‘更亲’与‘更近’”；“如何减少一点好大喜功与人云亦云式的愚鲁盲动，多一点对民族文化传统与自然生态的自信和尊重”，等等。

沂蒙精神中的家国情怀在抗日战争期间是保家卫国、抵御外辱。到了当代，家国情怀就是对家乡的关怀、对祖国的热爱。厉彦林善于抓住“小事”，以小见大，深入浅出，巧妙地把家国情怀中“独善”与“兼善”融为一体，将沂蒙文化底蕴和报国以忠的情怀升华到沂蒙精神层面，在散文中迸发、弥漫为一种磅礴的“气场”。这很容易使我们把对自己的认识、情感和信念，以及遵守的规范、承担的责任和履行的义务排列到整个民族、国家的命运中，从而把历史发展趋势和民族国家的未来走向放在一起，理性思考、动态把握，引导我们站得更高，看得更远，做得更好。

厉彦林散文充满了昂扬向上的中国精神、中国力量。通过《沂蒙山》《碑祭》《沂蒙红嫂》等系列作品，从民兵、战士、红嫂、沂蒙山老农、沂蒙地瓜、煎饼、小米饭、鸡汤、苦楝树、独轮车、纺线车、担架、无名烈士碑等的描写，将党群之间、军民之间的“舍生忘死”“爱党爱军”“水乳交融”“毁家支前”等核心精神进行了透彻深入的诠释。这也使我们深刻地认识到：经过血与火的洗礼，在近现代形成的沂蒙精神，不仅是对沂蒙革命历史的总结，也是中国革命历史的见证，更是中华民族代代传递的精神火炬和永恒的精神财富。“它经得起时代和历史的沉淀和考验，带有对现实最透彻的观察和对人生深刻的感悟，其思想的深度和广度使其具有永恒的社会价值和审美价值”。

厉彦林散文与时代密切相关，革命前辈、先模人物，抗日战争、解放战争，农业学大寨、改革开放、新农村建设等都在他文章中留下印记。时代在变，他的写作内容也在变，但乡土沂蒙与沂蒙精神的写作母题、核心意旨贯彻始终，且拒绝庸俗消极，坚持托物言志，为时代发声，这使他的散文具有浴魂沐魄、催人奋发的艺术魅力。厉彦林注重把我国当前所处的历史阶段和文艺工作者应负的使命担当有机结合起来，作为平衡、校正自我情感结构和散文主题意旨的参照系，贯穿古今、渗透古今、叠印古今，倾情倾力书写家风、民风、政风、党风，书写公平、道义、责任、发展，读来每每令人警醒、引人深思，彰显了中国民族的信仰之美、崇高之美。

睿智从容的天地“道心”

天地“道心”是指摆脱种种观念束缚，尊重自然、师法自然，显现或聆听自然本身。厉彦林的天地“道心”体现在对沂蒙风物、沂蒙品格和沂蒙精神的深层解读上。他从“人性”“物性”“灵性”三个层面，追溯沂蒙精神产生的源头，将沂蒙人民处世以仁、待人以义、相交以直的文化品格，源远流长的东夷文化、齐鲁文化精魄，衍化为“博爱”“敬畏”“平淡”“真诚”“睿智”的“人性”光辉，绚丽多彩的“物性”之美，超凡脱俗的“灵性”境界。

厉彦林的《青春20岁》中有一封给正在读大学的儿子写的信，告诫儿子要确立人生的目标和方向，要坚信一分汗水一分收获，要养成宽容大度的美德，要学会常怀感恩之情，要提高自我管理能力。推而广之，“幼吾幼以及人之幼”，以“博爱”胸怀，厉彦林鼓励天下所有的孩子珍惜光阴、奋发有为。

厉彦林认为，水滴可以穿石，小小蚂蚁，也可以贯穿千里长堤，平凡者、卑微者都有他们的高度和惊人之处，同样令人“敬畏”；他对生命、对生活、对人民同样心存“敬畏”。他以普通百姓的视角审视生活、书写生活，处处给予普通百姓以足够的敬意与真心的关怀，并因此形成了一种“平淡”的文风。如《童年卫士》开门见山，“我的童年卫士，就是我家那条老黄狗”；《乡间秋雨》《碑祭》分别用“真盼望这场秋雨早点到来，缓解家乡日渐严重的旱情”“清明，我们又一次来到著名的革命根据地——沂蒙山”开篇。厉彦林“真诚”地对待生活，不回避，也不美化，客观真实地反映当前农村存在的行路难、上学难、环境差，失地农民被城市化、边缘化等问题，秉笔书写，为作为“沉默的大多数”的农民代言。他的作品中充满了对当下社会不良现象的尖锐批判，其根本目的就是唤起人们内心的良知，更好地维护社会公平与公正。

批评家雷达认为：“最有分量和最有价值的文学，应该是关注人的存在境遇，展示民族的灵魂和心史的，直指人心的，具有形而上追求的文学。”厉彦林关于土地、人民历史和未来的思考，并没有停留在忧思的层面上，而是把其他作家思考的终点作为自己思考的起点，深邃的目光穿越层层历史迷雾，表达出对未来的坚定信心。厉彦林坚信，中国共产党为民而生、为民而兴、为民而强，实现“中国梦”，关键靠两条：“一靠凝聚和释放人民的智慧和力量；二靠坚持和改善党的领导”，这些论述无不体现着作者的“睿智”思想。

王兆胜认为：“物并不简单地用人类社会的意识来观照，而是赋予他们天地自然的属性，即物性，将作家惯常切入的‘人类社会’的立足点转化到‘天地自然’的视角，以自然之心来体悟自然之物的心怀，并通过物性展示更为博大精彩的世界。”厉彦林抒写“物性”的散文极多，既有布鞋、煤油灯、石磨、旱烟袋等具象事物，也有春燕、萤火虫、老黄狗、栀子花、槐花树等动植物，还有炊烟、村庄、故乡、沂蒙山等乡土景象和听春、品春、乡情、地气等美学概念。对于具象事物，厉彦林多沿着“属性——用途——聚情”的顺序展开。如布鞋、煤油灯两篇文章，先是介绍布鞋和煤油灯本身的属性，再介绍两者的用途，最后抒情：有一双饱含亲人惦记和祝福的布鞋，人生的路就不会走错；童年记忆中的煤油灯，因母爱的暖色，转化为心中的明灯，照亮温暖了生命。对动植物或美学概念的书写基本沿着“属性——聚情——阐理”或“属性——阐理——聚情”两种模式展开。如，《出类拔萃的秘密》中新栽植竹子三年内不生长，到第五六年雨季过后，就可长成一片高过老竹子的竹林，其根本原因憋着劲儿布根，为后代积蓄能量；喻后辈只要脚踏实地、厚积薄发，一定能取得优于先辈的成就。

厉彦林散文的“灵性”极具分寸感和张力美，即使落叶飞花、一时一事的感悟，也能随意撷取，点化为美文。如，风淡云清、月光如洗，秋虫低吟浅唱，抒发生命的自由与从容；被狂风撕碎的法桐叶，铺在青春记忆的门口，涌动着人生的多彩与单调、迷茫与执着；卑微是高贵的基石，把人和事物抬高垫高，任何高贵都站在卑微之上；幸福不能用物质金钱垒砌，而是内心的淡定、从容、满足；人这一辈子就像一壶茶，苦一阵子，不会苦一辈子；只有品味世态炎凉，体味人间风雨雪霜，人生才会趋于完美，也才会着上成熟的颜色。

厉彦林散文的“灵性”取源于物、取源于心、取源于道，习惯于就人与人、人与物、人与心之间关系，从“上下”“左右”“前后”“内外”“分合”“主次”“正反”等多角度思考与感悟，旨在阐释人生价值、世界本源、美学精神等深层次问题。但他散文中的“灵性”生发于具象之中，渗透着实物的信息，读来毫不虚无、毫不牵强，意在笔内而境在墨外。述人、谈己、阅世，广博之处让人悲悯天下苍生，精深之处让人体味成败得失，不自觉让读者心扉洞开，让心空出来、静下来，在具象与意象的神奇幻化中，得到美的享受。

清新唯美的“诗化”语言

书写、歌颂乡土沂蒙和沂蒙精神的小说、戏剧及歌曲、曲艺等较多，其中，不乏像《沂蒙山好》《沂蒙颂》《沂蒙九章》《红嫂》等名作名篇；而以散文形式系统书写乡土沂蒙和沂蒙精神的著作相对较少，厉彦林独树一帜，用“诗化”语言书写沂蒙精神，成为沂蒙精神的文学书写者中的非常重要的一员。

《我是一棵庄稼》《喜鹊》《团瓢屋》《土地的胎音》《弯把犁》以及《沂蒙组诗》等作品，语言生动、感情充沛，或激情洋溢，或清雅隽永，或舒缓曼妙，或余韵悠长。他善用通感、转义、借喻、拟人等修辞方法，写景状物喻人形神兼备；借助极富张力、极为感性化的语句、意象、色彩、声调，甚至是标点符号，建构出了既具象又唯美的意境。比如，在《苍鹰》中，他写道：“闪电，是狂放不驯的影子。雷霆，是悲凉愤怒的长鸣。伤口流着血，但很潇洒。眼角挂着霜雪，但很自信。既然获得了翅膀，就要狂飙一样飞扬，把壮美的形象印上蓝天。”作品想象丰富、激情澎湃，以闪电、雷霆、霜雪喻前进路上的磨难，用蓝天喻理想，以血汗、狂飙地飞扬喻果敢坚决、全力以赴争取成功的信心和决心；暗喻了生命的深邃意境，利用繁杂的节拍、铿锵的音律，激活人们潜意识里巨大的能量；弘扬的就是沂蒙精神中开拓奋进和艰苦创业的精神风貌。

厉彦林善于引经据典，将古代典籍和诗词歌赋的意蕴融入散文写作，并通过自己心灵之光和理性之光的烛照，使之相解相融、交相辉映。如，为凸显沂蒙精神的党群之间“水乳交融、生死与共”的文化内涵，喻当下党群关系的重要性和建设路径，引用《易经》中“坤厚载物”，汉文帝的“夫农天下之本也”等经典论断，以及唐太宗“君舟也，民水也，水能载舟亦能覆舟”的感慨。为树当政者“为国为民”“心怀天下”之志，励广大民众“执着理想”“艰苦创业”之行，引用《孟子》中“穷则独善其身，达则兼济天下”，屈原的“路漫漫其修远兮，吾将上下而求索”等，映当下应培树的“人生观”“价值观”，凝聚共识，迸发立功“中国梦”的激情与活力。

厉彦林更善于释经化典。如，为从时间层面上更好地体现沂蒙精神的时代性、开放性内涵，化用了清初诗人赵翼的诗句“江山代有才人出，各领风骚几十年”。为展现中华优秀传统文化、沂蒙地域文化以及沂蒙精神的前世今生，化用了“人之命在元气，国之命在人心”“纳蒙山之灵气，汲沂水之膏泽”“翠竹掩农舍，清泉石上流”，以及“那历经千年春雨的舞榭歌台，岸芷汀兰，江船渔火，晓风杨柳，千里啼鸣，杏花酒旗，人面桃花，仿佛都嵌入到绵绵的情怀，在雨中醉了”等风骨与清雅并存的诗句，并将其提升到人与自然和谐的美学意旨层面。

厉彦林把写文章作为自己人生的纪录和生命思考的轨迹，特别用心，称得上呕心沥血、精益求精。为写好写透《土地》一文，历时四年零两个月，先后修改17稿；在《北京文学》上发表的《人民》，从2009年8月动笔，到2016年3月发表，历时5年6个月，修改达27稿之多。文品亦人品，厉彦林不追风、不赶潮，向来远离喧嚣，潜心创作。他这种精益求精、追求卓越的个人品质，本身就是沂蒙精神的具体体现。

批评家南帆认为：“文艺时常是一个民族的精神标高。不同的时代，文艺可能是号角，是旌旗；也可能是美的熏陶，是灵魂的深入展示，是历史的总结和反思。文艺作品必须具有凝聚民族精神、培养人文情怀、抵御腐朽思想意识、弘扬真善美的功能。”沂蒙精神因具有鲜明的“人民性”特征，在中华民族的伟大复兴中，必将焕发勃勃生机，必将扮演重要角色。

经过三十几年的辛勤耕耘，厉彦林对沂蒙精神的文学书写形成了自己的风格特点和话语体系，值得反复阅读。他的真情实感的抒发让我们同时读到了乡村历史的变迁和沂蒙精神的道地元素；他“家国情怀”侧重的是为普通百姓代言的忧患意识、责任意识，以及对沂蒙精神解读展现出的中国梦想与力量；凭天地“道心”对人性、物性的剖析，折射出的是心灵的美好、精神的自由和生命的体悟；同样是“诗的散文”，他的散文有诗的意境、清雅，却没有辞藻的垒砌与艰涩。阅读厉彦林的散文，就是品味人生，思考人生。

阅读，因你而精彩

——厉彦林散文的教育性初探

张在军

只要是经常关注高考、中考信息的人，就会发现，在近几年全国各地中高考试卷的阅读理解题目中，经常出现一个作家的名字——厉彦林。近几年来，他的《乡情如酒》《布鞋》《煤油灯》《享受春雨》等十几篇散文随笔入选各地中高考语文试卷。厉彦林的名字正被数以百万计的读者关注。家长、教师在想方设法搜寻他的文章，学生在传抄下载他的新作。厉彦林的文章以纯情飘逸见长，越来越多的读者感觉到，读厉彦林的文章，心灵会在真善美中筑巢，生命会走进圣洁的殿堂。

厉彦林是沂蒙山人，他是沐浴着沭河水长大的沂蒙山之子。山的厚重、倔强与水的灵性、激情和谐地统一在他的身上。他敦厚、纯朴，是山中灵气孕育而成的一个精魂，是在文学园地中默默无语、辛勤耕耘的一头黄牛、一位智者。

知道厉彦林老师的名字是20世纪80年代中期。当时，我和家乡的几个高考落榜青年成立了一个“崮乡文学社”，定期不定期编写《崮乡》社刊。杂志是油印的，每期油印百十来份吧，免费发到各村团支部、学校，供大家交流学习。内容有我们自己写的小说、散文、诗歌，还有供农民田间地头哼唱的小剧本。第一个栏目则是“名家名作欣赏”，每一期都要从报刊上选编几篇名人大家的作品供读者学习借鉴。几乎每期都选编厉彦林写的散文诗。

《崮乡》成了四村八乡很受欢迎的刊物。那时农村没有电视，文艺生活极其匮乏。《崮乡》的出现，如同一缕春风，吹进了山村青年干枯的心田，对推动农村两个文明建设，起了比较重要的作用。以至于多少年后，还有很多人提起那份不正规的刊物。

文学是人生的脉搏，是直接触及人们心灵的艺术；阅读更是一种幸福，一种智慧，是读者与作者心灵的对话。

如何在短时间内有效地提高青少年读者的阅读能力和写作能力，如何通过经典阅读达到提升中小学生综合素质的目的，是语文教学中亟待解决的问题。

千百年来，古今中外的大家写出了很多脍炙人口的优秀作品，这是人类智慧的精华，其高超的语言艺术以及深刻的内涵，无不给人以美的享受和思想的启迪。其中蕴含的永生的活力和不灭的精神，价值早已超越国界、时空的概念。

读懂它们，生命的价值，生活的品味，便会了然于胸；感受精品的奥妙，与作者产生共鸣，阅读就可以收到意想不到的效果。

厉彦林的文章既有文学性，又有思想性。综观厉彦林的作品，内容涉及了理想、关爱、自信、爱国、勇气、合作、宽容、尊重、教育、诚实、毅力、勤劳、环保、挫折、智慧、故乡，友情、亲情、童心、童趣、春夏秋冬、花草树木、鸟兽虫鱼、山山水水、风风雨雨，文章的主题几乎涵盖了生活的方方面面。这些内容对于丰富学生的学识，陶冶情操，开阔视野，提高综合素质，特别是人文素质，很有好处。

在厉彦林的文章里，学生既可以欣赏到祖国的大好河山，又可以让思绪伴随文字到作者的家乡去采风；既可以感受童真童趣，又可以咀嚼生命的意义；既可以体验尊严的高贵，又可以体味宽容的博大；既可以为作品中感人的故事落泪，又可以被作品中伟大的人格所感染。

阅读他的文章，实际上就是在与灵魂高尚的智者倾心交流。每读一篇，思想将得到一次熏陶，感情得到一次升华。

厉彦林的作品，都避开了说教的方式来传达教育的核心理念，而是让读者在潜移默化中去品读感悟，达到知善、爱善、行善的目的。

厉彦林作品多多，尤以散文诗见长。作者的文章都得力于自幼就获得的乡土生活的“基因”，字里行间充溢着对故乡的眷恋和热爱。他的文章在很大程度上打上了属于他的，不可替代的印记。

平淡、静美，如诗如画的家乡山水

我们常常听到教师抱怨，现在思想教育难搞，串皮不入内，比如，我们教育孩子爱祖国、爱人民，幼儿园、小学、初中、高中、大学，十几年下来，为什么还是收效甚微？由于学生年龄小，“祖国”对他们来说是一个很抽象的概念。什么是祖国？孩子们还不懂其内涵，我们教育孩子热爱自己的家乡，这实际就是进行了最具体的爱国主义教育。

可以断言：一个连家乡也不爱的人，爱祖国也不是真的。要教育学生从热爱自己的家乡入手，热爱祖国也就落到了实处。

厉彦林散文处处流露出对家乡山水的情，对家乡山水的爱。

厉彦林散文的境界韵味，是一种平和淡泊、自然率真，是心与自然泯一的人生境界的自然流露。如《夏雨中的村庄》通过对屋前屋后的树木、树上的鸟窝、树脚下的水牛、放羊的山娃、劳作的老农等的描写，流露出对田园风物的由衷喜爱和深切依恋，同时还真实地描写了自己的感受，“在这样的天气里，独步山野，欣赏不尽山村千姿百态的风光，滋长着无数穿越时空的遐想”。

厉彦林的散文，不追求强烈的刺激，没有浓重的色彩，没有曲折的结构，纯是自然流露。但因其人格生活体验真切深刻，所以只要原原本本地写出来就有感染力。他的散文最为明显的审美取向之一就是他对乡村那种温和、轻微、朴实、润畅景物的感知及描写，他让人感到一种大自然的天籁、地籁与人籁和谐之韵。比如“我的脚步惊飞了一只被雨淋湿了翅膀的小鸟，几滴水珠溅在了我的衣衫上。树丛中，荷叶间，几只不知名的鸟虫在轻轻地叫着，不知在觅友交谈，还是在寻找食物？一切生命在这神秘的荷塘，在这绵绵的雨雾里，萌发出一种难以言尽的渴求，或是期希。”（《风雨荷塘》）“无论是花草树木，还是动物昆虫，只要奉献了什么，只要与人和平相处，彼此有了感情，就永远不会从记忆中抹除。”（《院中那棵老槐树》）“忽如一夜春风来，千树万树槐花开，这是乡村五月生动的写照。你看，房舍旁、道路边、山岗上、水沟边、荒地里……高低粗细的刺槐树，绿叶间挂满白色花冠，晶莹、粉嘟嘟的槐花一穗穗地垂在枝头。房舍、田地、道路和庄稼人，全都沉浸在槐花的清香里，一丝丝、甜甜的、淡淡的。”（《清淡的槐花香》）

乡村本来就是平淡无味的，可厉彦林笔下的小村美得如诗如画，而诗画中的父老乡亲淳厚朴实，热情善良，读者不知不觉来到了作者笔下的世外桃源。小桥流水，鸡鸣犬吠，乡音绕梁，民风淳朴，这一切都通过作者那美如甘醇般的语言焕发出无穷的魅力，把对父老乡亲的真情挚爱描写得如花绽放，浓烈的思乡之情顿时涌上读者心头。

厉彦林的乡情散文，可贵处不仅仅是表现了思乡怀旧之情，更是将过去，现在乃至对未来的希望很自然地融为一体。使人读后，感觉是丰厚的，情致是明丽的。他固然有对过去的追忆，却并非是一味咀嚼往昔的苦楚与酸辛，而是将自己的思路与笔触始终置于农村发展变革的历史进程中。他的追忆似乎很遥远，但我们读起来总感觉是在昨天。

厉彦林现在虽身居都市，但爱的根基仍在哺育他的沂蒙山区。他挚爱那里的一山一水一草一木，他关注那里一点一滴的变化。可以这么说，“追忆与希望，挚爱与真情”是厉彦林乡土散文的强劲的主线，构成了他的散文特有灵魂。

多少年来，他虽然离开了生他养他的小村，但他的灵魂深处，始终在咀嚼汲取着那些年代小村给予自己灵魂的滋养与润泽，始终在咀嚼着故乡山水对他性情的陶冶和磨炼。这些年来，无论工作多忙，他的思绪总不知不觉回到那个洒下童年无拘无束笑声的山村，回到那些淳朴善良的父老乡亲身上。节假日，星期天，只要能抽出哪怕一天的时间，他几乎都要回到这里。在他的灵魂深处，这里是他舒缓精神压力吸取精神养分的最好的绿草坪。每次在小村住一夜，就像手机充足了电一样，身心都有了前行的激情和力量。“树多了，就自然遮住了村庄。有的树老了，筋骨苍虬，枝干上爬满岁月的伤痕和鸟巢。刚栽的小树纤细柔弱，就躲在大树谦让出的空隙间，努力伸展自己细长娇嫩的枝叶。大树、小树和和睦睦，互映成趣，与房舍、与人畜组成了和谐村庄。”（《春天住在我的村庄》）“那些曾看着我长大的邻居长辈，那些与我一起打打闹闹、顽皮长大的同学伙伴，在接过我双手递上的香烟时，也会仔细地打量我一番，亲切地与我交谈，问我夏天济南那个火炉子能受得了？听说如今在城里就喘气还不要钱？你抓紧捣鼓点钱把咱村这条路修了吧？……听到这些话，我胸口涌起一股暖流，甚至泪水在眼眶里打转，那纯朴的乡情、乡音，蕴涵着多少真切的关心和期待呀。”（《乡情如酒》）“夜已经很深了。一轮皎月蹒跚地爬上窗前，一缕缕皎洁的月光透进屋里，好像飘舞的雪花，恰如娘那满头的白发。我的记忆，我的思绪，我的情感，我的惦念，都浸进这圣洁宁静的月光里，溜回了那个我至亲至爱的小山庄。”（《凝望娘的白发》）

读到这些优美、流畅的语句，再浮躁的读者也会感觉到作者内心的宁静，感受到他的心的节拍与大自然是那样和谐，继而被他的宁静、和谐影响，内心也会安静下来，不知不觉远离了尘世的喧嚣，走进天人合一的境界。

很多老师给孩子上课，讲风景秀丽的桂林山水，讲雄伟壮观的万里长城，讲流碧滴翠的林海，讲一碧千里的茫茫大草原，同学们都为“云横秦岭”的壮丽景色而骄傲，为“桂林山水甲天下”而自豪，更羡慕在那里生长的小朋友有个美丽可爱的家乡。有的同学就这样感慨：“要是我们生活在那里就好了。”“咱们这里没有公园，没有游乐场，也不在城市里，咱这里要是有名胜古迹该多好啊！”

其实，我们每个人的家乡，不一定有名胜古迹，但也处处充满了美。有自然美，风情美、建筑美，人物美。不说别的，光自然风光的美就有很多很多内容。城市有城市的优势，高楼林立，现代化的通信、交通、学生知识面宽，视野开阔。农村也有农村的优势，这儿五光十色，绚丽多彩。我们生活在纯净如画的大自然中，这儿有江河溪流、堰塘沟坝，有林木果树、鸡鸭牛羊。在直接或间接的生产劳动中，增见识，得启发，受教育。丰富的生活，情感的波澜，生活的苦乐，都是我们取之不尽、用之不竭的写作素材。

让学生读一读厉彦林的山水美文，孩子们会惊叹祖国山河的秀美壮丽，会不知不觉中发自内心的爱上我们的家乡，我们的祖国。

父亲的叮咛，母亲的白发，孩子永远的牵挂

对国尽忠，对父母尽孝，是中华民族的传统美德，孝敬父母包括子女对父母的亲爱之情、顺从之意、敬爱之心和侍奉供养之行。

社会发展的现状要求中华民族传统美德的回归。这几年，我国经济得到迅猛发展，人民生活得到了根本的改善，目前我国已有5000多万独生子女，这一特殊历史条件下产生的特殊群体，受到来自家庭的过分爱护与保护。越来越多的长辈把孩子捧为“小太阳”“小公主”，过多地讲究孩子的营养、打扮、排场这些“过度”的爱，使大部分孩子变得骄奢任性，缺乏自理能力，缺少理解心、孝敬心和责任心，他们不知父母工作之艰辛，不知父母的养育之恩，有时父母行为稍不合孩子之意，就遭到孩子的斥责，甚至是漫骂。一些孩子还认为父母为自己服务是应该的，饭来张口，衣来伸手也是顺理成章的。孩子的这些言行使我们惊呼：现在该是猛醒的时候了！

弘扬中华民族优秀的文化传统教育如果还不摆到议事日程，那么，我们现在培养出来的学生将会在素质方面大打折扣，难以接受21世纪的挑战。

孝敬父母的道德教育是中小学德育建设和家庭教育的一项重要内容。今天，我们倡导的“孝”是摒弃了封建主义糟粕之后并与社会主义精神文明和现代道德观念相适应的“孝敬父母”的道德观念，它具有传统美德的健康内核。我们提倡的孝敬父母强调亲爱父母之情，敬重父母之心，顺承父母之意，侍奉父母之行。

父恩母爱，是一个永远的话题。千百年来，描写父母情的美文可谓浩如烟海。母亲经历十月怀胎之苦，哺养之累，仅仅这点，也足够儿女感恩一生。厉彦林笔下的父母更是令人刻骨铭心。有个编辑在选编厉彦林的《回家吃顿娘做的饭》时，被文章感动的泪眼蒙眬，擦罢眼泪才记起已经有几个月不给老家的母亲打电话了。为了生存，为了事业，我们总习惯了步履匆匆，其实，你有多忙，忙得竟然连给父母打个电话的几分钟的时间也抽不出？“我在外工作近30年，每次回老家，爹总是早早跑到集市上买回各种各样包括还沾着泥土、露水的蔬菜、水果等，娘总会做上满满一桌子饭菜，还反复地劝说：外边的饭不如家里的香，多吃点，多吃点！岁月沧桑，地老天荒。一年年走过来，我和几个妹妹都长大了，爹娘也被岁月催老了。我深深地感到，只要献给爹娘一句温馨的问候，一个甜美的微笑，冷清的院子会立刻温暖起来，平淡的日子会顿感五彩缤纷”。

当下，人们常谈论幸福，什么是幸福？在厉彦林看来，其实幸福很简单，回到老家是最大的幸福。这些年，清明、端午、五一、中秋、国庆节，法定的节假日多了，时间也充足了，避开人满为患的风景区，回到老家，守着年迈的爹娘，听一听母亲的唠叨，和孩子们跟着父亲到地里打理一下菜园，帮着娘洗洗菜、淘淘米，放心地品尝、慢慢地咀嚼、尽情地回味娘做的饭。“在家的日子，娘总会把积攒了一年的好东西纷纷拿出来，变着花样做给我们吃，顿顿都是七个碟子八个碗，像招待远方尊贵的客人。吃饱了，娘还逼着再多吃几口，恨不得把所有好吃的东西都塞进我们的肚子里。娘看着我们吃得打饱嗝或者满头大汗，便会开心地笑了。说实话，我这些年在外工作，也吃过一些山珍海味，有些娘肯定没见过、没听说过，更没吃过。可娘还是执拗地为我做她认为世上最好吃、我应该最爱吃的东西。多少次，我凝望着娘满头的银丝、满脸的坎坷与风霜，泪水相伴着感激与感动在眼眶里打转。情真意切的母爱刻骨铭心、魂牵梦萦。随着年龄的增长和生活阅历的增加，我更加牵挂和依赖亲人，更加珍惜与爹娘团聚的日子。”

“节假日，回家吃顿娘做的饭，是一次幸福而快乐的旅行，是对逝去岁月的追溯和留恋，源自对父母的牵挂和对浓浓亲情的期盼；偶尔为娘做顿饭，那是对父母养育之恩的一种纯朴、实在的报答，还可享受报恩的快乐，消除城市生活的烦恼和浮躁”。(《回家吃顿娘做的饭》)

厉彦林在很多散文中，浓墨重彩歌颂父母的养育之恩，字里行间倾注了对父母无限的感激怀念，精彩感人，催人泪下，读后都会有不尽的感慨。“我知道，娘这缕缕白发，是无情的岁月风霜染白的，是不尽的操劳染白的。我从故乡沂蒙山区那个偏僻的小山村，一步步走进省城。离老家越远，思念愈重；离故乡越久，眷恋愈深。常常扪心自问，娘含辛茹苦，青丝变成白发，我作为儿子到底应该为娘做些什么，怎样才能对得起娘的养育之恩和一生的辛苦与操劳。在山野乡村，在都市大街上，我看见满头银发的老人，油然产生一种亲近的情感。每当望见头顶的明月或满天白雪，心中滋生诸多况味和难以言明的思绪”。(《凝望娘的白发》)

作者的父亲，一向沉言寡语，但对作者很疼爱，也很严厉。那年代贫瘠的山地，稀疏的庄稼，远远填不饱肚皮。作者难忘的是在一个锅里，老人做的两种饭菜。后来，作者到县城上学。学校放了麦假，就赶回家帮着老人收小麦。“当空的烈日，就像粘在背上一样，割不上几垄小麦，就感到腰也要断了。汗水搅拌上尘土、沙粒，流进被麦芒划破的小血口子里，钻心地痛痒。父亲割八行，我割五行，我拼命地挥舞镰刀往前赶，但仍然被越拉越远，手心也被镰把磨出了血泡。我割着割着，竟然觉得越来越省力，很快赶上了父亲。这时，我陡然发现，实际上我只割了三行，那几行父亲早已替我割了。我望着父亲那黝黑的脸庞和累得直不起的腰，话到嘴边又咽了回去。”(《父爱》)此时此刻，有什么语言能够表达作者的感情呢？“父辈以

这种默默无闻，宁愿自己吃苦，做千万件好事也不吭一声的行动，在我心里垒砌和树立起人生的标杆！”(《父爱》)

有年冬天，作者正坐在学校宿舍被窝里读书，父亲来看他，“提着一捆煎饼和煮熟的鸡蛋，脸冻得发紫，帽子和棉袄上挂满了雪花，口呼的热气在胡子上结了一层霜。父亲摸摸我的被子，伸手摸出了散发着体温的五十元钱。”(《父爱》)父亲告诉他，是跟着村里那台12马力的拖拉机来县城的。那种拖拉机是没有顶篷的。在那样寒冷的天气里，迎着飘舞的雪花和凛冽的寒风，在蜿蜒崎岖的山路上奔波上四五个小时，寒冷程度可想而知。

最让读者动容的是作者拿到第一次工资后，先给母亲买了一块布，又给爷爷和父亲买了一塑料桶烈性的瓜干酒。母亲异常高兴和忙活，专门做了几个好菜，作者给爷爷和父亲各倒上了一杯，父亲端起酒杯，向地下奠了几滴，然后细心品了几口，哦，好，这酒味道纯正。作者发现父亲说话时手竟然有些颤抖，“终于喝上孩子买的酒了，来，干！父亲硬是劝我也干了一杯。我放下杯子，发现父亲的眼圈有些红润，父亲忙说，这酒还真辣。我知道，父亲是有些酒量的，度数再高的酒也不会嫌辣，那分明是难以掩藏内心的激动。我赶忙再给父亲倒上一杯，沙哑着嗓子哽咽地说，来，爸，咱再干一杯”。(《父爱》)

每每读到这里，我都呜咽的读不下去。孩子参加工作领到工资后，父母一般都要知天命之年，岁月的风霜染白头发，脸上刻满沧桑。虽然你我已经走出那遥远的小山村，可永远走不出故乡的真情和父母那期待的目光。正如作者所言，父爱正如沂蒙山的清茶一般，不很清澈却也透明，虽含苦涩却清香，虽淡然却深刻。今日是人子，明朝为人父。其实父爱的深沉与厚重就蕴涵在平淡如水的现实生活中，我们只有用心去品味才能感受到，并由此真正读懂人生。

一本名著可能改变学生的思维，一篇美文也许会改变学生一生。教育的所有问题，几乎都可以从阅读中找到答案。教师如果在让学生阅读感恩父母的文章的同时，引导学生自觉地在日常生活中规范自己孝敬父母的行为，使孝敬父母道德教育有序化，同时结合学生年龄特征和道德品质实际、挖掘文章中孝敬父母教育的内容，运用具体联想、展开想象，就能引起学生情感共鸣，唤起学生对父母真挚而强烈的爱心，收到事半功倍的效果。

正直，担当，一曲曲人性美的颂歌

厉彦林的散文中，教人向善，为善，充盈字里行间。这与他接受的良好的家庭教育分不开。细琢磨起来，我国这个古老而宠大的血缘宗法式农业社会，更有着生长家训的丰厚土壤。哪个家庭不是老、中、青三结合的梯次年龄结构，这就像一根长长的链条，一辈就是一个链环，一辈一辈地传宗接代、繁衍生息。由于血缘亲情的维系，老者、长者、尊者自然具有了潜在的威严，他们坎坷的人生阅历和丰富的实践经验，经历风风雨雨之后的大彻大悟，往往以血泪为代价凝聚成深刻的警言，然后用舐犊之情教育、告诫子女，这便是非常自然的事了。厉彦林的爷爷对他的成长以及世界观人生观的形成，起了很重要的作用。很小的时候，爷爷就教育他，“人一辈子不容易，但无论如何要活得正，站得直，人活就是活得一口气。咱家里祖祖辈辈没有识文解字的，你在外边，要好好给公家干活；见了公家的东西，千万别眼热，人家的稻草咱一根也不要拿；娶了媳妇好好过日子，别这山望着那山高。这后两条，可最坏人的名声啦”。(《家训》)

作者的爷爷是大队保管，有一年秋天，队里的场里晒着满地的花生，作者披着月光给爷爷送晚饭时，顺手抓了一把就吃，不料被爷爷制止了，还严厉批评了他，“这是咱大队里的花生，每家每户都有一份，咱不能让叔父大爷戳脊梁骨。人生在世创个好名声不容易呀”。(《家训》)

长辈的训导和爱造就了作者正直善良的秉性。所以作者“崇拜和欣赏庄户人那艰苦勤劳、百折不挠、顽强拼搏的精神和质朴诚实、与人为善、宽宏大度的高贵品德，这就是民族的精神的重要组成部分，是民族的根。一个人从小吃点苦，经受经受艰苦环境的磨炼，接受点传统的教育和熏陶，对于走好人生道路大有益处。困苦是坚强之母，正直是道德之本。”(《家训》)

作者对艰苦勤劳、百折不挠、顽强拼搏的崇拜和欣赏在很多文章中都有所体现。

“山冈上正盛开着一簇簇金灿灿的迎春花，染遍山野，流满山涧，火焰般燃烧着青春萌动、激情飞扬的岁月。欣赏花朵笑容时，如果不深入她的内心，就体味不了她经历的艰辛和绽放前寂寞的等待。”（《渴望拥有一捧土》）“大自然或者人生，大都是不可逆的一次性选择。沙子与金子，只是一字之差，往往也是一步之遥。公平的岁月更是不再生，不重复。有时错过一时，就会错过一生。留下的是惆怅、惋惜，甚至是后悔。我难以想象，天烛峰的迎客松是如何历经风雪，扎根发芽，坚守着、开拓着自己的家园，一天天、一步步地长大。（《渴望拥有一捧土》）

这是厉彦林对顽强生命的礼赞，对身处逆境而不垮的生命的歌颂。他告诉每一个人，面对挫折，要有信心，有毅力，“在经历了磨难和风险后，才逐渐读懂了生命的价值和意义。给我一丁点土壤，是纯正的种子就开创出属于自己的一片新天地。经历逆境与挫折，有时会让你拥有意想不到的美丽和独特的姿势。艰难与困苦，往往会是成功的基石”。（《渴望拥有一捧土》）在《春燕归来》《怀念我家那条老黄狗》《腊梅花开的声音》等文章中无不渗透着他对生命的歌颂，对人性美和人情美的歌颂。

责任意识、忧患意识是中华民族传统文化中一个特有的价值概念，是一种社会责任感和对人间忧患的悲悯情怀。这种意识应从小就对学生进行培养。厉彦林的很多作品都有着强烈的忧患意识。

“如今农村发生了巨大变化，可我那魂牵梦萦的小河也消失得无影无踪。伫立村头，望着已经光秃秃的河滩，一股酸涩和无奈的感觉涌上心头，顿时模糊了视线。”（《故乡那条弯弯的小河》）这是彦林对当前环境日益恶化的忧患；“我友好的问她：‘丫头，这么小的年纪就开始做买卖，为什么不念书？’小姑娘忧伤地低下头，搓了搓脚。”（《蒙山特产》）这是他对当前农村教育的忧患。“这些年改革开放了，经济发展了，人们生活富裕了，这个社会也显得越来越浮躁和世俗，人间真性在枯萎，民族文化在流失。很多人不但不管他人瓦上霜，连自家的雪也懒得扫了。连最最重要的做人立身这一条，也抛到了九霄云外，人鬼、美丑、善恶、是非都分不清了。正是作者这种深深地忧患意识、责任意识，使得他的文章有了教人思索的厚重感和教人思考的哲理意义。

质朴、清新，独具有诗质内韵的文笔

厉彦林参加工作初期，是一位优秀的语文教师，这是厉彦林作品中几乎都蕴含着丰富的教育元素的重要原因之一。

厉彦林散文的语言非常凝练，这与他当教师的经历不无关系，这种语言风格，正好与他所表现的生活内容相和谐。这就是在畅达中又富含韵味，在娓娓道来中又不失庄重；在看似随意中又峰峦迭起；在不刻意谋篇中又善于统摄把握，读起来十分舒展，却又很抓人。这在很大程度上，得益于作者语言的锤炼功力。厉彦林是一位风格独具、颇有创造力的作家。他的文学语言本来就富含诗质的韵致。他的这种诗质美始终又与生活的本真相融合，读起来觉得非常自然、自如，毫无硬性灌注之感。

应该说，这样的散文语言用来表现乡村生活，可谓水乳相融，正得其所。他的抒情与评论文字也具个性特色，与叙事相生、浑然一体，很少单独“跳出来”去大段抒情，却又能使读者领会到这是作者思想的闪光和升华。同样是有关农村电影在不同历史阶段的情态变化，他的评判都饱含作家的真知。这类文字往往是十分简练而沉挚，表现出作者的思想深度与从容不迫的心态。

作家厉彦林是古今中外千万文学大家中的一个。集中研究某位文学大家作品的教育功能、德育功能，其意义无疑是深远的。

厉彦林书写的是自己熟悉并挚爱的农村生活，开创出鲜明风格，在乡土散文这个领域做出了可喜的成绩，其思想、其性情、其文笔、其为人，已超然出群，虽居深林，总现以鸿鹄之羽，读其片言只字足让人仰首以视，笔者在此也不过是抛砖引玉，以期更多关注他的有识之士，将他文笔的精美之处剖露出来，以助鉴赏，让这清泉流水之音，传送到山河内外。亦希望厉彦林先生不避劳烦，倾情笔耕，进一步运用具有诗质内韵的文笔，写出更多优秀的作品，给这个浮躁的社会带来越来越多的质朴、清纯。

当我们用欣赏的目光看待厉彦林每篇文章中的真、善、美，当我们在厉彦林笔下美妙的文字间穿行，感觉如蝴蝶飞过花丛，我们的心灵也会变得芳香、洁净，我们的生命也会变得圣洁、从容。合上他的文字，我们会用热情拥抱生活，用激情点燃希望，我们会感恩着，古今中外那千百万个像厉彦林先生那样的一篇篇散发着墨香的精彩篇章。

厉彦林乡土散文特色及其超越性分析

明子奇

作家的创作必然深受其所处文化环境的影响，进而打上特定文化的烙印。诸如苗长水、赵德发、刘玉堂等典型的沂蒙作家，都将沂蒙山区作为重点写作对象。作为他们当中的一员，厉彦林的创作素以独特的乡土气，泥滋味闻名。他的创作主要集中在诗歌和散文方面，其散文注重描绘乡土，清新朴素但又韵味悠长，熔叙事与抒情于一炉，以鲁东南那个生养自己的小村庄为创作基点，开辟了独特的文化想象空间。

一、故乡情结：创作的心灵原点

乡土是论及厉彦林创作所不容回避的母题。在他的作品当中，乡土总会以各种方式被提及：或是通过回忆往事，或是通过表意抒情，抑或是通过城乡对比。一个人在故乡的生活越丰富，离乡给他带来的心灵冲击就越大，这种情形在作者身上有着鲜明的体现，在融入城市生活之后，故乡仍然是作者的精神家园。正因如此，他在作品当中不断描绘故乡的风景，抒发真挚的乡情。

（一）风景的描绘

鲁迅说过："蹇先艾叙述过贵州，裴文中关心着榆关，凡在北京用笔写出他的胸臆来的人们，无论他自称为用主观或客观，其实往往是乡土文学，从北京这方面说，则是侨寓文学的作者。"[①]一个成熟的作家，必然有着独属于自我的文化景观，蹇先艾的贵州和裴文中的榆关便是这种景观。而在厉彦林的笔下，那个曾经养育了自己的小山村被反复提及。"麻雀虽小，五脏俱全"，山乡在作者的笔下是一个包罗万象的独特世界，作家正是用这个小小的村庄构建起了自己的乡土文学大厦。从这个层面上讲，山村之于厉彦林便好比约克纳帕塔法之于福克纳，高密东北乡之于莫言，是独具特色的文化景观。通过对山村进行全景式的描绘，作家为我们展示了故园独有的风景。

厉彦林描绘乡土景观主要采用了三种方式，一是通过对故乡景物进行细致描摹，二是通过回忆诉说故乡变迁，三是通过城乡对比表现故乡的特色。厉彦林笔下乡土景观的承载者是一个名为厉家泉的小村落，这个以乡民姓氏命名的村庄坐落于鲁东南，是沂蒙山区的一部分。山乡的风景是独特的，在散文《春天住在我的村庄》当中，厉彦林曾这样描述那个让自己魂牵梦绕的小山村："我的家乡在古老的沂蒙山区，村庄四周是驼背山、鸡鸣山、柴虎山，三座山自然构成弧形扇面，像几双大手护卫着我的村庄。村落就端坐在三山相倚的一块丘陵之上，土质不肥沃也不贫瘠……像位慈眉善目、安详知足的老人，宁静淡泊，无忧无虑，细细咀嚼着山乡的沧桑历史，做着甜美的梦想。"[②]在作者笔下，故乡的风景始终充满着迷人的魅力，事实也正是如此，山乡的自然景观格外美丽，但只是自然风光并不足以凸显山乡风景的独特性，厉彦林笔下的风景之所以独特，更在于它是一种文化风景，这种文化风景因为融入了作者个人感官，因而变得独一无二。以《沙土路》一文为

① 鲁迅：《鲁迅全集》第六卷，人民文学出版社2005年版，第255页。

② 厉彦林：《春天住在我的村庄》，山东教育出版社2012年版，第2页。

例，一条普通的土路被作者赋予了独特的内涵。这条毫不起眼，充满了杂草、庄稼秸、荆棘和牛粪的小路，却诠释了乡下人生活的艰辛与刚毅，承载着家乡人祖祖辈辈几代人的悲欢离合、生离死别。它是那么窄小，但在村民心中却又是那么宽敞、厚重。正是踏着这条沙土路，无数乡民走出山村，走向世界，沙土路在作者心中显然不仅仅是一条路，更是山乡独特气质的代表："沙土路没有水泥路结实的体魄，没有柏油路华丽的外表，但却透露出一股乡情、一份自然、一片温馨。沙土路是丰收的小路。深秋季节，金黄的玉米……睡在奔波于小路的手推车上，开心地蹦来跳去……谷粒镶嵌在乡路上，点缀出沙土路的荣华与尊贵。"①作者笔下的沙土路因为承载了乡民精神和乡村文化成为活的文化风景。

除了描摹故乡景物，厉彦林还通过回忆讲述了故乡的变迁。作者笔下的山乡经历过两次巨变，这两次巨变分别发生于建国和改革开放时期，第一次巨变使得山乡由传统乡村转变成红色乡村，第二次巨变使得山乡由红色乡村转变成现代乡村。受作者个体经历限制，散文中有关第一次巨变的描述并不多，只是在《祖孙四代求学梦》等作中提到过"旧社会"生存的不易。而对于第二次巨变，作者有着切身的体会。生于20世纪50年代末的作者曾亲身经历了三年自然灾害、"文化大革命"以及改革开放。在他的回忆性散文当中，"忙时吃干，闲时吃稀"的饥饿状态是改革开放之前农村的真实写照，露天电影和煤油灯也是独属于那个年代的特殊物件，但艰苦的岁月并没有扑灭作者对生活本身的热爱之情。改革开放之后，"许许多多头顶草屑、脚踏泥土的农民开始享受城市人的生活"。②露天电影渐渐被电视节目所取代，"花草粮半年"的生活也渐渐远去，故乡似乎变得越来越陌生了，但只要乡民的精神特质不变，山乡便不会"变质"，回忆过去也是在观照现实。

从走出"面朝黄土背朝天"的农民家庭到进入体制"吃皇粮"，从跳出

① 厉彦林：《春天住在我的村庄》，山东教育出版社2012年版，第30页。

② 厉彦林：《春天住在我的村庄》，山东教育出版社2012年版，第72页。

农门融入城市，厉彦林对城乡二元结构有着深刻的认识，因此，他在散文中他往往通过城乡对比表现山乡的特色，思考乡村存在的意义。乡村的萎缩和城市的扩张是当下中国社会激变最突出的表现，作者在支持现代化的同时对于城市的疯狂扩张始终抱着警惕的态度：“村庄文明是城市文明的渊薮。城市化是村庄走上成熟的必经阶段和模式。村庄正忍受着城市对它的改造和辐射，忍受着大家对它的不屑一顾和嫌弃，仍禁不住用胆怯的手捋一把城市的头发。其实村庄是位含蓄沉稳的老人，它在目睹和见证城市的繁荣与颓废。”①厉彦林敏锐地捕捉到城市化所带来的弊端，丰富的人生经历使得他对都市的喧嚣与繁乱以及村庄的淳朴、善良和宁静均有着深刻的体会，因此，他对于城市挤压农村生存空间的现实以及“城市病”的大规模爆发始终怀着深深的忧虑。在这种情况下，山乡的风景便显得弥足珍贵：“春雨中的村庄异常美丽漂亮。灰蒙蒙的雨雾，隐隐地遮住每一栋房舍，村庄就像一位披着彩纱、含着几分羞涩的村姑……母亲呼喊孩子的声音，在湿润的空气中回荡，震落树上的水珠。那水珠‘咕咚’一声落下，钻入你脖子，凉凉的，爽爽的，舒服极了”。②孟德拉斯指出：“乡村在生活方式上完全城市化了，但乡村和城市之间的差别仍如此之大，以致城市人一有可能就从城市溜走，以便到乡村和小城市里去重新找回乐趣，仿佛只有这一点才能赋予生活一种意义。”③的确，原初的乡土风光和干净爽利的乡村文化能够为人们进行精神按摩，这正是村庄作为独立文化景观存在的真正价值。

（二）乡情的诉说

创作是一种高度个人化的行为，任何创作都是作者价值观的独特表达。作为一名优秀的乡土诗人，厉彦林的乡土散文创作明显带有诗化特点。也可以说厉彦林笔下的乡土是客观写实与诗化情感结合的产物，作者对故乡的情谊既凝重永恒又深邃高尚，他通过诗意地表达诉说乡情，展现了个体对故乡

① 厉彦林：《春天住在我的村庄》，山东教育出版社2012年版，第76页。

② 厉彦林：《春天住在我的村庄》，山东教育出版社2012年版，第3—4页。

③ 孟德拉斯：《农民的终结》，李培林译，社会科学文献出版社2005年版，第276—282页。

割不断的血脉深情。

厉彦林对乡土的诗意表现源于他细腻的情感和对土地"有温度"的体察。在他的散文当中，山林、炊烟、沙土路等乡村景观频繁出现，布鞋、石磨、煤油灯等乡民物件被反复提及，而与土地相关的地瓜、萝卜等作物以及相关农事活动更是作者倾心书写的对象，尤为重要的是，作者在作品当中提及了一个非常重要的名词——地气，如果说乡土景观是每个人都可以看到或想象出来的，那么所谓的"地气"则必然是那些真正和土地打过交道的人才能够真正体会到的。"直接靠农业来谋生的人是粘在土地上的。"[①]这种对土地的依附性一方面制约着人的生存状态，另一方面也会使人对土地产生特殊的感情。自幼时便亲身从事过农事活动的作者对土地可谓了如指掌，"种好萝卜，长出好萝卜，首先要把地刨深刨透……为了把萝卜沟扶直，我先在园的对面选个参照物，用脚划出一条线，然后沿着这条线来刨沟。"[②]繁重的体力劳动在作者的笔下带有了某种仪式感。正是在这种与土地亲密接触的过程中，作者体会到了"地气"："记得早些年下地劳作，长辈都要求必须先把鞋脱了，'地是通人性的，不能用脚踏。如果踏了，地就喘不动气，庄稼就不爱长啦'。被耕种过的土地、有人住的地方，才会沉淀凝聚地气。地气旺人气，人与自然齐生共荣添灵气……地气是日月之精华，是大地母亲呼出的气息。'和也者，天下之达道也'。大地厚重地载着万物，天空任我们思绪驰骋。"[③]在和土地打交道的过程中，作家参悟出了"天人合一"的境界，所谓"地气"实际上是和"人气"相通的，这"地气"之于作者便如庄子《逍遥游》中的"野马""尘埃"：不可见其形状，但却时时刻刻能够感受到它的存在。因此，可以说厉彦林笔下的乡土是带有浪漫色彩的，她更多地承载了作者难以抹去的儿时记忆和童年想象。村庄就像是一位母亲，身为孩子的厉彦林永远记住了她年轻时的美丽模样。这种浪漫色彩带有田园牧歌的成

① 费孝通：《乡土中国》，北京大学出版社2012年版，第13页。

② 厉彦林：《春天住在我的村庄》，山东教育出版社2012年版，第96页。

③ 厉彦林：《赤脚走在田野上》，山东人民出版社2016年版，第93—94页。

分却又不失真实，是作家深度体验乡土的集中表现。

厉彦林的散文当中，“情”字占了很重的分量。这种情的内涵是丰富的：父老乡亲对自己的恩情(《乡村情结》)，父亲母亲对自己的养育之情(《父爱》《凝望娘的满头白发》)，自己与妻子的爱情(《狗尾巴草戒指》)，对孩子的舐犊之情(《安琪儿的微笑》)以及个人与土地之间斩不断的缕缕情丝(《地气重凝》)都被囊括在内。与城市的陌生化社会不同，乡村在本质上是一种熟人社会，在这种社会当中，“情分”便显得尤为重要。在这种环境中，“浑小子”们才能够一起打打闹闹，偷烧队里的地瓜吃；在这种环境当中，村民们才能够亲近而和谐地围坐在一起，观看露天电影，享受文化大餐；在这种环境当中，人们才能用草代替真金做戒指，拴住两颗相守的心……我们必须承认，乡村在物质生活方面是相对单调和贫乏的，但乡村同时也保留了人与人之间最真挚的感情，在《乡村情结》一文中，作者这样描绘自己返乡时的情景：“那些与我一起打打闹闹、顽皮长大的同学伙伴，在接过我双手递上的香烟时，也会仔细地打量我一番，亲切地与我交谈，问我夏天济南那个火炉子能受得了？听说如今在城里就喘气还不要钱？你抓紧捣鼓点钱把咱村这条路修了吧？……听到这些话，我胸口涌起一股暖流，甚至泪水在眼眶里打转，那淳朴的乡情、乡音，蕴涵着多少真切的关心和期待呀。”[①] 朴素恒久的真情是人世间最宝贵的财富，“人情味”使得人与其他生命有了本质区别。

二、家国意识：作者的文化担当

厉彦林是一名有着强烈时代责任感的作家，他的创作并不仅仅是个人化的抒情表意，还与我们所处的时代紧密相连。作者本人拥有着强烈的社会参与意识，他的创作总能在状物和抒情的同时对社会人生进行更深层的思索。在他的作品当中，乡土是道德伦理的承载者，也是反思社会问题的坐标，同

① 厉彦林：《赤脚走在田野上》，山东人民出版社2016年版，第10页。

时，作者将传统文化和家国意识纳入创作当中，在讲述乡村故事的同时，也讲述着中国故事。

（一）承载伦理道德的乡土

厉彦林笔下的村庄是具有象征意味的，其作品当中的乡土既是自然乡土，也是文化乡土。在他的散文里，乡村的自然景观和风土人情是密不可分的，甚至可以说，与乡村的美丽风景相比，由之生发而来的伦理更为作者所看重，在他的眼中，乡土是优秀传统文化的承载者，也是伦理道德的化身。

统观厉彦林的乡土散文创作，我们可以清晰地看到他的创作与中国社会近几十年脱胎换骨般的裂变密切相关。可以说深沉的土地和广阔的田园给予了他文学创作的灵感，但社会的激变和生存境遇的变化促使他更多地去思考村庄和土地的本质意义以及城市与乡村之间的关系。改革开放以来，中国经济迈入了高速发展的轨道，但人们的心灵往往无法跟上飞速转变的生活方式："经济发展了，人们生活富裕了，这个社会也显得越来越浮躁和世俗，人间真情在枯萎，民族文化在流失。很多人不但不管他人瓦上霜，连自家的雪也懒得扫了。连最最重要的做人立身这一条也抛到了九霄云外，人鬼、美丑、善恶、是非都分不清了。"[①]正是在这种现实困境中，厉彦林才会重新思考乡村作为独立文化群落的价值，才会不时怀念"故乡那条弯弯的小河"，才会想着"回家吃顿娘做的饭"，才会渴望"赤脚走在田野上"并"攥一把芳香的泥土"，进而由"偷菜"这种游戏行为联想到都市人的庄园情结，并发出"挽留村庄"的呐喊。乡土社会是"礼治"的社会，它从教化中养成了个人的敬畏之感，使人服膺。[②]这种礼具体到文本当中便表现为人们自觉地尊老爱幼，与自然和谐相处。作者正是在日常生活当中从先人身上了解到了何为"人气""地气"以及相关的为人处世立业之道。珍视土地，

① 厉彦林：《春天住在我的村庄》，山东教育出版社2012年版，第94页。

② 费孝通：《乡土中国》，北京大学出版社2012年版，第83—86页。

珍视自然，进而珍视土地上的村庄以及生活其中的人，这是故乡给予作者的重要精神财富。作者试图将村庄的财富保留下来甚至是发扬光大，正如他自己所说："希望能挽留下部分有代表性的村庄，尤其是把村庄的形态、传说和精神留下来。"[①]这与沈从文寄希望于边城，以"乡下人"的姿态看待社会的"常"与"变"有着异曲同工之妙。

农民文化是乡土文化的重要组成部分，在中国百余年的现代化进程中，农民文化一直被看作是落后的，甚至被贴上"封建"的标签。在文明人和城市人的眼里，农民没有地位与尊严，甚至农民自身也潜移默化地接受了主流话语而自卑其身。事实上，将农民文化"妖魔化"的主角就是所谓充满理性的"现代化"。他们为了论证自己的合法性，需要构建一个不光彩的他者（other）。自然，在这样一种意识形态驱使下，农民文化构成了现代化的障碍与敌人，而最终成为现代化道路上被铲除的对象。[②]厉彦林敏锐地捕捉到了现代化带来的弊端，对于飞速现代化所带来的断裂以及伤痕，在厉彦林的作品中得到了展现，如何缓解现代化带来的阵痛是作者一直关注的问题。事实上，农民文化并不是现代化的敌人，农民文化中优秀的一面还能够弥补现代化带来的不足。厉彦林笔下的山村属于沂蒙山区，自来受儒家思想浸染，传统的"仁""义""礼""智""信"在乡亲们的土言土语中自然地传递了下去。在伦理道德出现真空的时期，传统乡土中的礼义道德便显得更具价值。乡土文化是一种重视伦理道德的文化，其中固有的重情重义、敢担道义、厚德重礼的特质对疗救现代化弊病有着重要意义，这也正是作者不断深挖乡土文化的原因。

（二）乡土守望里的中国格调

厉彦林笔下的山乡既是独一无二的，又是无数中国村庄的代表。作者通过对山乡景观进行静物素描式的刻画，展现出生活底细里的岁月沧桑。直

① 厉彦林：《春天住在我的村庄》，山东教育出版社2012年版，第72页。

② 徐杰舜、许宪隆主编：《人类学与乡土中国》，黑龙江人民出版社2006年版，第73页。

至今日，最能代表中国的仍然是广大的乡村和数量庞大的农民，村庄之于国人，既是无法舍弃的灵魂之根，也是心灵的港湾和归宿，乡村的底色其实便是中国的底色。

现代化的城市在中国诞生不过百年，但乡村的历史却已逾千年。于是，一场乡间的春雨便能让作者想到历经千年春雨的晓风杨柳、千里莺啼、杏花旗酒、人面桃花……百年之前明恩溥就曾说过："中国的一个个村庄无论在实体上还是精神上都是一个固定物。假想一个人能够反观五百年前的景象，追溯现代历史延展的开端，他一定会发现过去与现在相比几无差异。"[①]近几十年来，中国社会发生了翻天覆地的变化，但这种变化更多地集中在城市当中，村庄虽然不像明恩溥所描述的那样五百年都未发生什么变化，但与城市相较，仍相对落后。村庄是研究中国的活化石，描绘村庄实际上便是在描绘传统气息浓郁的中国。

品读厉彦林的散文，我们能够发现，厉彦林绝少提到那个以乡民姓氏命名的村庄——厉家泉村，而更多地以沂蒙代之。这种情形在苗长水、赵德发等其他沂蒙作家身上也都有所体现。事实上，沂蒙并不是纯粹意义上的地理概念，翻开地图，我们无法找到所谓"沂蒙山区"的确切地理位置，而只能找到围绕蒙山、沂水发散开来的一个文化圈。正因如此，厉彦林所描绘的村庄实际上是文化共同体的代表：地瓜、布鞋、石磨、煎饼……作者笔下的这些事物为沂蒙山区的民众所共享。推而广之，那原汁原味的乡土风情和不掺杂质的淳朴乡情更是能引起国人的共鸣，山村所代表的文化实际上属于全体国人。厉彦林在作品中所反复展现的山乡文化是沂蒙文化的一个缩影，而沂蒙文化实际上又是中华文化的缩影。近代以来，沂蒙文化经历了三次大的转型，一次是从传统文化向革命文化的转型，另一次是从革命文化向商品经济文化的转型。传统的沂蒙文化从根本上讲是以儒家思想为核心，融合山村乡土文化所形成的产物，这种文化重信义，重感情，讲究礼数，是传统齐鲁文

---

① 明恩溥：《中国的乡村生活》，陈午晴、唐军译，电子工业出版社2012年版，第204页。

化的一部分。在革命战争年代，沂蒙山区由“四塞之崮”一跃成为影响全国的革命根据地，在此诞生了独特的革命文化与革命精神，“沂蒙红嫂”“沂蒙六姐妹”均是这种文化的承载者。通常我们将特定历史年代中的革命文化看作是一种与启蒙相对立的救亡文化，但在沂蒙山区，“救亡压倒启蒙”却不能说明真实状况，在这片土地上，正是革命战争的烈火激活了广大农民的现代观念，广大农民在积极参与革命战争的过程中逐渐形成了现代民族国家认同，而广大妇女群众更是在拥军支前、参加识字班扫盲的活动中接触到了妇女解放、男女平权等现代观念，因此，沂蒙文化当中带有革命色彩的部分实际上囊括了救亡文化与启蒙文化，而传统沂蒙文化当中坚守道义，耿直忠贞的优秀传统也在这一过程中融入革命文化当中。

改革开放之后，整个国家都将完成现代化转型作为最重要的任务。沂蒙山区也不可避免地卷入转型的大潮当中，山民不仅在经济上逐渐摆脱了片面依靠土地的生产方式，在生活习惯上也进一步移风易俗，就像作者在文章当中所说的“许许多多头顶草屑、脚踏泥土的农民开始享受城市人的生活”①。沂蒙人民既有不甘落后，勇于进取的精神，又有乐于奉献，忠厚仁爱的道德情怀，这些传统精神都成为沂蒙山区实现现代转型的良好的基础。无疑，在现代化转型过程中，山乡存在着在外人看来相对“土气”的一面，然而，作家却从这种“土气”当中发掘出了闪光点，那就是“一种忘我的近乎原始的生命状态，那是一种美好传统的守护和永恒”②。事实上，沂蒙文化传统的一面使山民的淳朴心性得到了保留，这种淳朴心性使得村庄能够在走向现代化的过程中抵御浮躁的侵蚀，在沂蒙文化熏陶下看似土头土脑但又积极进取的乡下人弥合了乡土转型所带来的裂痕。中国的现代化转型之路是漫长而又艰难的，在这一过程中，以农民为代表的人民群众付出了巨大的代价，山乡巨变是中国巨变的一个剪影，沂蒙文化是中华优秀文化的代表。“中国故事”

① 厉彦林：《春天住在我的村庄》，山东教育出版社2012年版，第72页。

② 厉彦林：《春天住在我的村庄》，山东教育出版社2012年版，第5页。

凝聚了中国人共同经验与情感，厉彦林笔下的真事、真情、真景、真意是中国人独特经验与情感的表达，其景如在目前，其情刻骨铭心。而作品当中反复出现的关于“守土”与“离土”的悖论在深层上反映了作者对当代中国未来走向的关心。在中国故事里，在数量上占绝对优势的村庄和乡民到底以怎样一种面目出现？乡村应当作为传统的落后者形象被时代抛弃吗？乡民应当作为现代文明秩序当中的“他者”被边缘化吗？厉彦林实际上在个人化的抒情表意中，完成了对宏大命题的现实思考。

三、人文精神：作品的灵魂所在

王国维在《人间词话》当中曾经这样说过：“自然中之物，互相关系，互相限制。然其写之于文学及美术中也，必遗其关系、限制之处，故虽写实家，亦理想家也。又虽如何虚构之境，其材料必求之于自然，而其构造，亦必从自然之法则。故虽理想家，亦写实家也。”[①]这段话用来形容厉彦林的散文创作再合适不过。厉彦林笔下的乡土是现实与理想的结合体，其物其景为真实，但其情其境又为作家所营造。作者用创作完成了现实与理想的同构，在作品中展现了人文关怀。

（一）纸上的精神家园

文学创作是一种外部世界与内心世界相结合的精神活动，其作为一种高度个人化的行为，必然有其产生的个体因素。换句话说，作家的创作都源于表达的冲动，而产生这种冲动的原因不尽相同。厉彦林的创作题材多源于乡土，这其实与作者的人生经历密切相关。作者生于农村，长于农村，但在成年之后又走向城市，农村生活和城市生活实际上将作者的人生分作了两个阶段，乡村生活为厉彦林的人生涂上了底色，而城市与农村本质上又是两种不同的文化群落，因此，“进城”对他来说是一个需要适应的过程。从厉彦林的散文创作当中，我们可以看到，他始终对城市心存警惕，同时对乡村生活

① 王国维：《人间词话》，北京理工大学出版社2016年版，第7页。

心存眷恋，山乡带给他的更多的是美好的回忆：在《沙土路》当中，那条土路是承载丰收希望的路，更是连接着儿时与当下的一根红丝线；在《煤油灯》当中，灯光所承载的是乡村的亲情、父母的关爱，是艰辛求学路上的希望之光；在《露天电影》当中，有关电影的回忆是童年的美好梦境，更是物质匮乏年代人与人和睦融洽的难忘怀想；在《布鞋》当中，那一双双由娘亲手纳就的布鞋不光包含着惦记和祝福，也校正着人生的方向……而从《春天住在我的村庄》《赤脚走在田野上》和《攥一把芳香的泥土》等篇目中，我们也可以直观地看到作者对故乡和土地的深情。

厉彦林笔下的故土带有理想主义色彩。事实上，山乡并非是一个完美无瑕的世界，它也有着落后的一面，作者本人也对山乡的落后和早年的贫寒生活记忆深刻，但这显然不影响作者讴歌故土，这其中有着深刻的内在逻辑。诗人贺知章在《回乡偶书二首·其一》当中写过："少小离家老大回，乡音无改鬓毛衰。儿童相见不相识，笑问客从何处来。"而在厉彦林的创作当中，也有着类似的描写："小村并没有太大变化，在外工作久了，我熟悉的人正越来越少，一张张熟悉的面孔在变化、在减少，甚至有我不认识的人在对我指指点点，那分明在交谈我是谁。我陪着父母下地，经常有人和我的父亲打着招呼，又惊奇地加问一句'这是你家的小子？也长了年纪喽'。"[①]在对待家乡的情感体验方面，厉彦林和贺知章有着相通之处，他们与家乡保持着一定的距离，因此产生了陌生感，但厉彦林身上还有着一种"游子情怀"，这种"游子情怀"表现在文本当中便是在外地始终带有漂泊感，而将故乡作为一个可以寄托情感的精神家园，作者在写作的过程中反复回忆过往，并在日常生活中保留着诸如"种菜"等乡村习性便体现了这一点。如上文王国维所言，文学创作既是写实的，也是理想的，作者的乡土创作并非是将现实中的山乡原封不动地搬到了纸面上，相反，他用自己的人生经验筑起了一个带有精神家园色彩的纸上故乡，这一纸上故乡使作者与浮世的喧嚣拉开了距离，

---

① 厉彦林：《春天住在我的村庄》，山东教育出版社2012年版，第10页。

从而守住自己的内心。在不断裂变的当代都市，作者用这种方式对自我进行精神疗救，与此同时，他也在用自己的文字疗救着读者。

厉彦林之所以将乡村作为自己的精神家园，其根本原因在于他的“根”在乡村，乡村负载了他太多的个人记忆，一个人的童年经验往往会对他的一生产生深远影响，童年经验是人最早积淀的心灵体验，人在成年之后的思维方式和人生态度往往会与童年经验密切相关。厉彦林生长于山乡，而地处沂蒙山区的山乡本身便是文化富土，生长其中的人自然而然地会受到这种文化的浸染，厉彦林正是在这片充满了“地气”和“文气”的土地上接受了人和自然的双重教育，进而形成了对他影响深远的人生观。因此，当他选择了将写作作为自我表现的方式的时候，自然会将负载着自己人生经历和独特情感的乡土作为书写的对象，乡土也因此在他的笔下带上了现实观照和精神寄托的双重意蕴。

（二）传统与现代之间

厉彦林的人文关怀既关乎传统也关乎现代，这体现两个方面。一方面，他的作品将传统中国“文以载道”精神与重视文学性的现代精神糅合到了一起；另一方面，他的作品关注“人”，这种关注是传统“民本”意识和现代“人道主义”精神的结合。

厉彦林本人曾经说过：“文学的最终目的和最高价值追求，是成为人的精神食粮，让人心情愉悦、道德滋养。好作品应该走进人的心灵。”这种说法本身便带有“文以载道”和重视文学性的双重内涵。厉彦林的作品有“载道”的一面，他用作品来承载文化，承载精神，承载伦理道德。以《年夜饺子》一文为例，包饺子在作者的笔下并不仅仅是做饭那么简单：“饺子馅大都用猪肉和大白菜调拌而成，巧取‘有’和‘财’谐音。有时掺进卤水豆腐，叫‘包福’。剁馅的时间长，说明这家富有、包的饺子多……用什么柴火下新年的第一顿水饺也很讲究。我爷爷在世的时候，每年秋天都早早把黄豆秸或芝麻秸晒干，打成整齐的捆贮藏好，就等年夜煮水饺，火会越烧越旺，用它们烧水下的水饺可口，还预示着来年日子节节高，有响头。”[①]一顿年夜饺子显示了中华文化的深厚积淀，全家团聚吃饺子既是中华大团圆文化的体现，也是中国人重视亲情的象征。厉彦林对民俗节日的反复书写是他有意识地继承传统文化的体现。另外，他还在创作当中表现出对社会裂变的反思以及对国计民生的关怀，这些均与他的“载道”意识密切相关。“文变染乎世情，兴废系乎时序”，厉彦林的散文不是与时代脱节的自说自话，也不完全是个人化的抒情，而是始终带有鲜明的时代色彩，难得的是，他的创作没有空洞的说教，所有感触均生发于现实生活经验。除了“载道”，厉彦林的创作还非常重视文学性，他的语言是极具个人色彩的，淳朴平实，通俗易懂，但又不是那种刻意为之的“农民式”语言，其文字是精心打磨过的，同时又饱含真纯之美。另外，他在散文当中写真事，抒真情，不求奇，不造作。散文写作求一“真”字，厉彦林的散文当中没有锦绣罗绮般的辞藻堆砌，也没有故作高深的惊人之语，但恰恰是那平实的语言和朴素的道理给人们带来了感动，平淡之中见真纯，这正是文学创作的真谛。

厉彦林在创作当中总是将“人”作为思考问题的起点，人与人之间的和谐相处以及人与自然之间的和谐相处是他不变的追求。在他的散文当中，随处可见与之相关的论述，如“有清脆的嫩草，盛开的山花，茂密的树木，人与大自然，包括各种植物、动物，和谐相处，生活才丰富、凝重和久远……”[②]文学本质上是人学，因此文学创作应当立足于人。不管是关注乡村当中农民的生存样态还是关注城市中人们的生活方式，实际上都体现出作者尊重个体生命，以人为出发点和目的的人道主义精神。与此同时，厉彦林在散文当中有意识地彰显人性美，表现人的优良品质，正是因为对生命抱有信心，对人性抱有希望，厉彦林的作品当中才会天然带有醇美悠然之气。除了“以人为本”的人道主义精神，厉彦林的散文当中还贯穿着传统文化中的

① 厉彦林：《春天住在我的村庄》，山东教育出版社2012年版，第168—169页。

② 厉彦林：《春天住在我的村庄》，山东教育出版社2012年版，第34页。

“民本”意识。体现在作品当中，厉彦林在关注个体的同时，还从大的群体以至于全人类的角度来考虑问题，正因如此，他才会发出“城市化的核心是人的城市化，城市化的重点应当是如何把人‘化’入城市”[①]。显然，他并没有迷醉于现代化带来的都市奇观，而是从农民进城所面临的困境出发，思考解决问题的方法。他所追求的和谐与幸福并不仅限于一人一家，而是关乎大众，这是杜甫“广厦情怀”的当代体现。

---

① 厉彦林:《春天住在我的村庄》，山东教育出版社2012年版，第77页。

教我如何不爱她

——厉彦林乡土散文的真善美

陈华清

中国是个农业大国，村庄是许多人的根，是他们翻不过的一页。他们从村庄走向城市，走向文明，走向世界。随着社会的发展，城市化进程的加速，村庄如同老祖母佝偻的身影渐渐远去，甚至像老祖宗一样埋进坟墓，留下的只是模糊的记忆。

每个人都有自己的“村庄”，精神的“家园”，从出生那天开始就打下深深的烙印。时序在更替，朝代在更改，山河在变色，但是几千年来，“故乡情结”却穿越时空，流淌在一代又一代中国人的血脉中，化作灵魂的DNA，一个民族的集体记忆。李白一首“举头望明月，低头思故乡”，千百年来打动了多少游子的心，湿透了多少思乡的衣襟。那是因为他道出了人们潜伏的“故乡情结”，以个体的感悟，唤醒了群体的记忆。因此，得到了绵绵不绝的共鸣。

在文学史上，跟乡土有关的题材，像爱情题材一样，历来都是文学永恒的主题，留下大量脍炙人口、感人肺腑的诗文。中国当代散文史上，以乡土为题材的散文作家数不胜数，但写得有特色，坚持不懈地写的作家并不多。新疆的刘亮程，山东的厉彦林是其中的佼佼者。

厉彦林离开村庄到城市谋生近30年了，他写乡土散文也有二十多年了。他的“城市史”跟其“乡土散文史”几乎是同等长度。村庄，是他生命的起点，是他精神的皈依；村庄，是他不竭的写作源泉，是他创作的灵魂基地。故乡，写了二十多年的故乡，总也写不够，总也写不厌，他表示还要继续写下去。

我关注厉彦林的乡土散文是近年的事。我所熟知的《散文选刊》(中旬刊)，2011年1期，以《厉彦林乡土散文选》大篇幅选发了他的散文；《北京文学》又以《故乡啊，故乡！》编发了他的乡土散文，引起较大的反响。也因此，我对他的乡土散文产生了浓厚的兴趣，想方设法找出他的散文来阅读。

综观厉彦林的乡土散文，感情真挚、深厚，文笔细腻、优美，字里行间无不渗透着对故土的眷恋，对乡情的热爱；还有对故乡沦陷的忧虑，对村庄消失的忧心，对故乡建设的关注。在他的乡土散文里，你看到了真，感悟到了善，观照到了美。你看到一个有良知作家高度的社会责任感，悲天悯人的忧患意识。

真善美在哲学、美学、伦理学、文学艺术等方面都是重要范畴。温家宝总理曾针对当代中国文艺功能和文艺家实践活动这个层面提出：“文学艺术要追求和弘扬真善美。”真善美并不是当今才出现的新命题，但在文学创作迷惘、迷失的今天，这个命题给我们的作家指明了创作和情感的方向标，具有很高的现实意义。文学作为人类的精神食粮，真善美，应当是文学的主流品质，是一个作家应当追求的境界。考量一个作家，应当考量他的作品有没有表现真善美。

文学作为认知活动，其本质在于反映生活的真实，追求艺术的真实性。法国19世纪现实主义大师巴尔扎克从创作经验这个角度强调：“获得全世界文明的不朽的成功秘密在于真实”，而俄国杰出的文学批评理论家别林斯基则从读者接受的角度强调：“真正的艺术作品永远以真实、自然、正确和切实去感染读者”。两位文学大师从不同的角度强调了“真”在文学活动中的重要性。可见，无论何时、何种形式的文学创作，都离不开“真”这个法宝，作家要反映真实，表现真情，追求真理。

厉彦林的乡土散文，写真实，真实写。内容真实可靠，情感真切感人。

他的故乡在古老的沂蒙山区，“村庄四周是驼背山、鸡鸣山、柴虎山，三座山自然构成弧形扇面”。他的村庄就端坐在三山相倚的一块丘陵之上。这是典型的中国山村的真实写照，山山环绕，水水相接，可见绿树村边合，可闻鸡鸣犬吠声。在这片不肥沃也不贫瘠的土地上，有他熟悉的河流，弯曲的小路，还有“泥土、青草、庄稼和牛马粪味，混杂在一起”。那年那月，那个乡村货郎摇着的手鼓，至今还响着诱人的叮当声；那盏如豆的煤油灯，依然在“我”灵魂深处闪耀着；那条护送“我”度过艰难学习生涯的老黄狗，还是“汪汪”在“我”老去的岁月里。厉彦林笔下的这些景、物、人，都是乡村司空见惯的，是当时中国乡村的一个缩影。具体可感，真实可靠。有过乡村经历的人，对这些再熟悉不过了。读这样的文字会唤醒读者亲切而久远的回忆。

厉彦林写乡村，并不是停留在对村庄的表面描摹上。在他眼里，那片土地，不是生硬的无情物，而是像人一样知痛知热，“那村庄，那炊烟，那庄稼，那黄牛，那杨柳，那晚霞”一切的一切，一景一物总关情，无不渗透着他深厚的情感。在他看来，“一个人最幸福、最感人的时刻，就是思故乡、忆村庄”。是的，故乡的一切已渗进他的血脉，化作他生命中不可分割的一部分，成为灵魂的住所。“无论游子旅程走多远，无论远离故乡时间多长，生命的根须永远扎在生他养他的故乡”。

慈善的乡亲，亲切的乡音，纯朴的乡情，在他心中就是一首最温暖的歌，是一坛最浓香的酒，永远唱不够，永远喝不厌。“那情，那义，那难以言明的惦念和关爱，就像一坛陈年老窖，不喝就醉了。”这情，是真情流露；这意，是意切情深。这情，也不是城市人居高临下的骄情，也不是为赋新词强说愁的矫情；这情，是作家的真情实感，是情深处的梦呓，是深厚的，强烈的，浓郁的，是从作家“骨缝里，从血液里、从灵魂深处、冲出来、窜出来、汹涌澎湃，势不可挡”。读厉彦林这样真情的文字，再寡情的人也会动容。

真和善总是紧密联系在一起，不可分割。真是基础，善是核心。善，在文学艺术作品表现为对社会的高度关注，对人性光辉的讴歌，具有强烈的悲悯意识，具有深切的人文关怀，能给读者带来希望，带来慰藉。列夫·托尔斯泰曾说，他是经常地、永远地处于不安和激动之中，“因为他能够解决与说明的一切，应该是给人们带来幸福，使人们脱离苦难，给予人们以安慰的东西”。具有高度社会责任感的作家，总是高扬人文精神的旗帜，把人文关怀作为自觉的价值追求和终极目标。

厉彦林说，他把文学创作作为关注历史、思考社会和感悟人生的另一种生存方式和生活方式。在《挽留村庄》《故乡啊，故乡！》等乡土散文中，处处可见他对村庄，对社会之“思”。改革开放几十年，城市化进程的加速，他的村庄跟中国成千上万的村庄一样在城市文明的冲击下，渐渐萎缩、失守、沦陷。年青一代像鸟儿一样纷纷飞出去，飞到外面精彩的世界，打工、读书、谋发展，再也不愿意待在村庄守着几亩三分田。留守的是风烛残年的老人，年幼无知的小孩，失去往日的生机勃勃。面对此情此景，他在惋惜之余，对村庄的命运，乡村的发展，陷入深深的思索。“与其花大钱翻新历经上百年风雨的老宅，不如及早保护富有特色的村庄。”这种思考可谓高屋建瓴，高瞻远瞩，具有强烈的文物保护意识，人文关怀。他希望“挽留部分有代表性的村庄，尤其是把村庄的形态、传说和精神留下来”；他呼吁“有规划和节制地建造城市，适当保持村庄的自然空间，让城市与村庄和谐相处”；他寄望年轻一代，用学会或者体会到的城市文明、现代文明改造村庄，用学到的技术、赚到的钱，掌握的信息，建设崭新、富裕、文明和谐的新村庄。

美是文艺批评的一个重要标准。被誉为“抒情诗人之魁”的希腊诗人品达说："一个人最应该描写的是那些美和善的东西。"著名艺术家赵丹临终前说："艺术家在任何时候，都要给人以美、以真、以幸福。"两位大师都强调了"美"的重要性，一个从写作的角度，一个从审美效果。无论从哪个角度，我们的文学活动，都应当把真和善融合起来，满足人们对美的追求和需要，给人以强烈的审美愉悦。

厉彦林乡土散文的美，表现在乡情之美，艺术之美。

故乡之所以让身居繁华都市、身居要职的作家念念不忘，不仅那里有秀丽的景色，有老祖母无牙的嘴漏风的故事，有娘亲手做的香喷喷的饭，还有那纯朴的乡情、乡风。《春天在我的村庄》这样写道：各家各户的菜园之间没有篱笆和围墙。彼此的庄稼可以无忧无虑、自由自在地伸到对方的家园。"谁家来了尊贵的客人，或者是菜接济不上了，只要说一声，就可跑到邻居的菜园里去采摘。谁家的菜被别人家要去得多，说明这家种菜的手艺好，人缘也好"。自己辛辛苦苦种的菜被人摘走了，在村民看来不是吃亏，不是损失，而是手艺好、被人看得起、得人心的结果，是一件很有面子、很值得骄傲的事。这是一种多么纯朴的逻辑，是一种多么美好的民风！乡情之美，如同陌上之花，缓缓地开放，静静地弥漫在山间田野，久久地馨香在作家心中，也向读者铺天盖地扑面而来。跟画地为牢，老死不相往来，家家户户筑起拒人千里之外的"隔阂"的城市相比，这种纯美的民风，怎不叫人心生向往之情！

读厉彦林的乡土散文，可以享受到华美的语言艺术"盛宴"。众所周知，文学是语言的艺术。作为文学体裁之一的散文，它跟诗歌一样，更加依赖于精美的语言去吸引读者，不像小说，可以通过典型人物、生动曲折的故事情节去吸引读者眼球。

闻一多先生曾提出"三美"的诗歌理论，主张诗歌要有音乐美、绘画美、建筑美。这理论虽是针对诗歌提出，但观照以诗著称的厉彦林，我们不难发现，他的乡土散文不自觉地践行着"三美"。语言有诗质，满贮了诗意，描绘了一幅幅带着泥土味、散着高粱香的乡村图画。

《聆听春天的脚步》是一篇充满诗情画意的乡土散文，具有绘画般的美。语言很注意运用诉诸形象的“词藻”，词藻具有强烈的色彩感。如“山前屋后，报春花、玉兰花、桃花、杏花、梨花摇曳一树的金黄、粉红、雪白”；“鹅妈妈带着一群披着淡黄色绒毛外衣的小鹅在学游泳”。作家精心选用了“金黄、粉红、雪白、淡黄”等色彩明丽的词语，创造了形象鲜明的意境，勾勒出“春花争艳”“春波鸣鹅”等画面，给读者以视觉上的色彩冲击和山水画般的美感。此外，“催春的布谷鸟从田野掠过”“小燕子拖着剪刀似的尾巴，衔着春光，呢喃着返回家乡”“鸟儿吵醒花草憋闷一冬的梦”“蝴蝶俊美的翅羽扇动缕缕清香”等，则通过一系列动词，把一幅幅静态的画面变成了动态的画面，春天的鸟儿、蝶儿们活灵活现，仿佛触手可摸，举目可视，构成了一幅幅具有律动的画面。

朱光潜先生说过：“声音节奏在科文里可不深究，在文学里却是一个最主要的成分，因为文学须表现情趣，而情趣就大半要靠声音节奏来表现。”自古以来，大凡有经验的作家，吟诗作文，无不讲究语音的搭配与协调。厉彦林的乡土散文，善于遣词造句，从而构成音韵美。即使是一些看似平凡的词语，经过作者精巧的组合，也产生了奇妙的效果。且看《春天在我的村庄》：“那辛勤的蜜蜂穿行其间忙着采花酿蜜，一会工夫两个前爪就沾满了黄嘟嘟的花粉”，这里用叠音词“黄嘟嘟”写花粉的颜色。跟“黄嘟嘟”类似的还可以用“黄澄澄”“黄灿灿”“黄登登”“黄腾腾”“黄晶晶”等词语。他为什么用“黄嘟嘟”，而不用其他的词呢？仔细咀嚼，我们发现，这个词不仅描绘出花粉的颜色，而且描写出花的情态，就像一个可爱的小孩子嘟起可爱的小嘴儿，等大人来亲吻。这是一种多么可爱的情态，多么有趣的画面。另外，“嘟嘟”这个词还富有音乐感，让读者仿佛听到“嘟嘟”的声响，悦目动听，韵味无穷，读起来铿锵入耳，增强了语言的音韵美。

至真，至善，至美，教我如何不爱她？

散文《故乡啊，故乡！》评论

光明之上的“明澈者”

——读厉彦林散文《故乡啊，故乡！》

张丽军

“鸟飞返故乡兮，狐死必首丘”，故乡是人类步入文明时代而产生的普遍而恒久的情愫。在现代中国文学史上，鲁迅的“绍兴”、沈从文的“湘西”、贾平凹的“商州”、莫言的“高密东北乡”，为我们建构了一个个关于“故乡”的精神地理和形象世界。在当代全球化和中国城市化的语境下，在消灭乡村和“最后的农民”声音鼓噪下，如何吟咏故乡不仅极有难度，而且极为迫切而复杂。厉彦林先生以自己对故乡刻骨铭心的情感、丰富深邃的哲理思考和淳厚隽永的诗性语言，为急遽变迁的当代中国社会吟唱出了这首动人的故乡之歌。

多年来，厉彦林先生把对故乡“丝丝刻骨，缕缕铭心”的深情眷恋化为艺术情思，创作了众多短小精炼而又韵味悠长的文学作品。从“童年的钟声”里的“废旧炮弹壳”钟、“土台子”课桌和高扬尾刺的蝎子，到墨水瓶做成的“煤油灯”下苦读的少年，再到糊“阕子”做布鞋的母亲和“宁愿自己吃苦，做千万件好事也不吭一声”的父亲，厉彦林描绘了在一个个铭记着时代和个体生命独特印记的故乡风物形象，呈现了他对故乡、文学、生命的理解。故乡“有着容颜和记忆的影像，有着生命年轮和亲历事件的记忆垒砌，……需要大量真情故事和生活细节支撑”，这不仅是厉彦林书写故乡的文学理念和情感思维方式，也是其《故乡啊，故乡！》情感依托与艺术想象的源泉所在。

《北京文学》刊登的散文《故乡啊，故乡！》在饱蕴作者浓郁乡情的同时，还呈现了其对故乡的哲理文化沉思。从人类远古时代敬畏土地的图腾崇拜开始，故乡的历史也就是人类文明的历史，故乡记载着每一个家庭、村庄和民族英雄的历史。故乡不仅以一种有形物质形态赋予人生命和躯体，而且还以一种无形的精神形态，赋予人“一代代传承的品格”和情感认知方式。正是在这个意义上，“故乡是人类最初始情感与最深刻理性集合成的一种文化形态，是审视、衡量、规范物化现实的价值尺度或人文理念，是精神家园，是心的起点，是人生的终极归宿”，是“流淌在我们血液和灵魂中的DNA”。

故乡既是一种人类文明史所形成的“文化形态”，更是一种魂牵梦绕的乡愁情结。悖论的是，故乡总是和离乡相对应而存在，离乡的人才能真正感受到故乡的存在及其情感价值。近现代以来，越来越多的人不得不离开自己的家乡去接受现代教育，离乡与怀乡成为鲁迅等五四新文学作家无法释怀的乡愁。厉彦林先生通过对在故乡四季童年生活的描绘，展现了“骨头上刻着她，心无时不咬着她”的故乡情结。正因为如此，作为身在异乡的作者无比思念故乡，以至于登上千佛山极目眺望。故乡即使不可见到，但故乡已在心中氤氲而生了：“分明看见家乡那些堆得高高的柴火、草垛、青石黑瓦，以及黄昏时分大黄狗迎接落日的声声吠叫，正将一个异乡人瞳孔里的苍茫与孤单放大。”城市与乡村、文明与愚昧，出走与回归、躁动与安宁，获得了微妙的平衡，故乡是异乡游子心灵永远的庇护地。因而，作者“自愿终生成为一位故乡的歌者，普通平常、让人怦然心动、可以静心、净身的故乡的虔诚朝圣者，或者故乡古老与年轻壮美史诗的忠实见证者和记录员”。

故乡是狭小的，又是辽远的；既是实存的，又是想象的；既是历史的，又是现代的。正是因为这种化不开的乡愁，人们才一次次去触摸“故乡”，好像触摸到了，而又不知不觉滑过去了。一条河有多少支流，一座山有多少路径，一个村庄“存在多少年、繁衍成长了多少代，生长着多少树木、多少庄稼，养过多少鸟、多少牲畜，建起了多少间房子，村中有多少条小路、多少柴草堆……记不住、数不清”。面对故化为尘封文字和文化符号的故乡，身在异乡的游子发起一次次义无反顾的回乡旅程，回乡已不仅仅是一种情感的慰藉和往事的凭吊，更是一种对自我生命本真的追问和对生命本源的寻觅。

离乡而思乡，思乡而乡已远去，熟悉的故乡正愈来愈变得陌生。尤其是在全球化时代和中国城市化语境下，故乡变得面目全非。作者宏观展现中国城市化进程的问题所在，农民土地被圈占、被迫“楼房化”，存在数百年的村庄被强制消失，故乡正在全面沦陷。与故乡的物质空间被毁容而言，更大危机还在于故乡精神生态的恶变：物质发展主义、欲望高度膨胀和人心灵畸变。“欲望膨胀的城市正在贪婪地侵吞乡村，消失的不仅是老街道、老房子、菜园、古井、石磨，还有它们所承载的生活内容和情感记忆、历史故事，以及祖传的种地手艺、生活模式、浸泡着情感泪珠的文化基因”。正如苏联作家拉斯普京在《告别马焦拉》所言，水库淹没的不仅是马焦拉这个小岛，还有祖祖辈辈的坟墓，以及与岛紧密联系着的历史、传统、传说、风俗等，是整整一个世界。

面对不可逆转的城市化进程和故乡全面沦陷的生态危机，厉彦林先生发出的不是一般意义的乡愁，而是有着一种更深刻的乡土眷恋和更为宏大的文化忧思：在今天，我们如何返回故乡？如何寻觅灵魂的栖息地？不仅仅是一个文字的、记忆的、想象的，而是一个物化的、完整的、可见可触可嗅可感的故乡？独特不可复制的、精神的、实存的故乡。从本质而言，故乡的危机，是人存在的危机，是无法回答我是谁，我从哪里来，我到哪里去的危机，是无法确立价值坐标体系、建立精神依恋、回溯情感记忆和寻觅灵魂栖息地的危机。

“哪里有危险，拯救的力量就在哪里生长。”如同《荷马史诗》战后抵制种种诱惑克服重重困难一定要返回故乡的英雄奥德修斯一样，对故乡有着无比深情的厉彦林先生，作为自觉的故乡歌者，几十年如一日书写故乡，描绘故乡，诠释故乡，建立起一个独特的、鲜活明亮、淳厚质朴、明丽动人的精神故乡形象体系，与读者一起行进在返回故乡的精神路途之中。

在今天这危机四伏、重重遮蔽的归乡旅程中，《故乡啊，故乡！》的意义就在于，它是海德格尔所言的光明之上的“明澈者”（德语古词，指极乐的光流），“敞开”和“启明”了大地、生命和灵魂。

超越与留恋的纠结

——读厉彦林散文《故乡啊，故乡！》

刘加民

离家的人都想回家，但不是所有想回家的人都回得了家。真正的故乡是精神层面的，现实的故乡，早就土崩瓦解。阅读山东作家厉彦林的散文《故乡啊，故乡！》，让人很自然地会产生这样的感喟。

同样的体会，在鲁迅的《故乡》里也曾有过：

“时候既然是深冬；渐近故乡时，天气又阴晦了，冷风吹进船舱中，呜呜的响，从篷隙向外一望，苍黄的天底下，远近横着几个萧索的荒村，没有一些活气。我的心禁不住悲凉起来了。

“阿！这不是我二十年来时时记得的故乡？

“我所记得的故乡全不如此。我的故乡好得多了。但要我记起他的美丽，说出他的佳处来，却又没有影像，没有言辞了。仿佛也就如此。”

鲁迅当年离家的原因是“我要到N进K学堂去了，仿佛是想走异路，逃异地，去寻求别样的人们”，其实，如今的大多数人仍然是怀着这个动机和目的离家的。离开就意味着变化，变化就必然要放弃和获取，有时这放弃和改变就是意味着背叛。无论时间长短，每一次远行都不仅仅指地理位置的变换，都不仅仅是时间上的推移，与之相伴的是改变，改变，再改变。

一方面无法避免的放弃和遗忘，另一方面是近乎本能的寻找和回归，两方面同时进行紧张角力。

在厉彦林《故乡啊，故乡！》里，也存在这样的“紧张关系”：“虽然到城里工作已经近三十个春秋，可故乡的一切依然鲜活，时常历历在目，魂牵梦绕。最令我念念不忘的是童年那段无忧无虑的欢乐时光。”

“我们离开故乡的时候，没有带走一把土、一件农具，只是揣着一摞记忆的相册、账本。当真正想缩短自己与村庄的距离时，其实村庄已经离我们越来越远了。”

自己在变，家也在变，真正的“不变的故乡”永远只在回忆中存在。

比起鲁迅的对世事变迁、人生无常的伤感，厉彦林的《故乡啊，故乡！》里有一抹宝贵的红色值得读者格外关注：他的故乡在革命老区沂蒙山，老区的颜色是红色的，这是为什么呢？

“那是一片贫瘠而肥沃的土地，是一片古老而英雄的土地。这片土地不仅沉积着民族太多的苦难和亲人们创造的辉煌，同时，也记录了革命老区百姓经历的苦难、辛酸和舍生取义、大仁大爱的民族风范。”

把个人的人生感喟融入时代壮潮，把思乡情结与主流价值观紧密结合，让《故乡啊，故乡！》具有了大气、浑厚、充满厚重感觉的品格。在文字表达上，本文洗练而不失之雕琢，质朴而不过分平实，充满理性而又能形诸一个个美好的故乡意象，巧妙避免了时下一些散文因为追求艳丽而显得做作，因为追求斯文而显得枯涩的流行弊病。

不难发现，作者在最后一节表现出来巨大悲怆和无奈的感觉。

“随着农村经济社会的快速转型，民族的经典的传统乡村文化，正被全球化、传媒化、快餐式的流行文化所侵蚀、所淹没，爱故乡的人常常两手空空，很难找到物化的、能触动心灵的物质载体。”

这是这个时代给目光敏锐、感受精准的作者的巨大的心理投影，也是这一代人无法避免的人生宿命。这是一个“一切都翻了个个儿，一切都刚刚开始”的时代。传统意义上的故乡在实体上消失了，传统意义上的对故乡的思念也在悄然改变。

作者在文章最后，成功地把对故乡的诗意畅想，演变成了对故乡的哲学思考。这是《故乡啊，故乡！》超越前人的地方，也是让真正的读者超越文本，追寻更多阅读思考的起点。

给故乡的不只是歌唱

——读厉彦林散文《故乡啊，故乡！》

魏然森

在《北京文学·精彩阅读》2012年第一期上，我看到了厉彦林的散文《故乡啊，故乡！》。尽管在此之前，好友张在军曾怀着兴奋将这篇文章的电子初稿发给我，让我先睹为快，但在杂志上发现这篇可称经典的文章，我还是急切地再次进行了品读。

古今中外，有无数文人墨客写过故乡。但给故乡的大多是深情地歌唱，大多是夸大和渲染了的怀恋与遥想。而厉彦林的这篇《故乡啊，故乡！》，却在歌唱的同时，也在进行着理性的剖白和解读。

对故乡的爱每个人的内心都有，这种爱就像爱自己的母亲，从出生到死去，你只会不断加深，而不会慢慢削弱。但在这种无可争辩的情感深处，还有多少密码我们没有解开，却不是每个人都能领悟到的。而厉彦林不仅领悟到了，而且进行了极为细致地剖白和解读。这种剖白和解读撕掉了以往种种模式化的有关故乡情感的外衣，直抵真实，让我们发现那里不仅存有我们对故乡的深厚爱恋和“故乡”一词所包含的多层意韵，还有我们与故乡之间的某种隔膜、无奈，以及故乡给予我们的淡淡忧伤和惋惜。不错，“故乡是记载着每个家庭、每个村落、每个民族英雄而壮美的史册；故乡是大多数人人生的终极归宿；故土情结是流淌在我们血液和灵魂中的DNA；故乡情结始终存活在灵魂深处中和绵绵的文字与记忆里”。但是，社会的转型、经济的发展、城市化进程的加速、价值观的改变、环境污染等等，却对故乡原有的单纯与美好进行着有形和无形的破坏，于是，故乡也让我们的心灵哭泣，故乡之于我们的爱也变得复杂起来。这就是深刻。深刻到让你既温暖又伤感，既神往又沉思，既失落又回味。经典之文莫过如此。

生于沂蒙山、长于沂蒙山的厉彦林是中国文坛上的一头老黄牛，他几十年如一日，在恪尽职守的同时，利用少得可怜的业余时间，默默而辛勤地耕耘在文学园地里，既不为名，也不求利，为的只是用文学这种自己所热爱的形式，抒发内心深处最真实的情感与思想，为的只是记录和保存生命旅程上那些最真诚、最宝贵、最纯正、最意蕴深远的脚印。然而，大量优秀作品的发表，还是让他“无心插柳柳成荫”，他的名字在文学界广为人知，在普通人群中也同样光芒四射。不说各种选刊、选本对他作品的多次选载让他声名远播，单就近几年来全国各地的高、中考语文试卷之阅读理解试题中对他文章的连续选用来说，他的知名度就非一般散文作家可比了。于是，他的《乡情如酒》《布鞋》《煤油灯》《享受春雨》等多篇散文随笔已成为人们争相传颂的名篇。他以自己纯正、优美、理性、厚重、深刻的文风，越来越受各个层次读者的广泛欢迎和喜爱。正如著名语文特级教师张在军所言：“读他的文章，心灵会得到洗礼，情感会得到升华，生命会在真善美的浓厚氛围里筑巢。”而这篇《故乡啊，故乡！》也同样具备如此崇高的价值。而厉彦林这个名字，不仅仅是一个影响颇大的散文作家的名字，还和许许多多致力于美文创作的作家一样，是人们保持心灵之树常青，获得生命根须滋养的那一片没有任何污染的水源地。

故乡，你是我心底深刻的烙印

——读厉彦林《故乡啊，故乡！》

孔凡菊

故乡是什么？多少人在脉脉地遥望着她却无法回答，多少人在深深地感念着她却难以描述，多少人在苦苦思恋着她却不能表达。

厉彦林的散文《故乡啊，故乡！》，却用形象生动的具象，把我们人人心中有，人人笔下无的故乡的含义，全面完美地诠释了出来。在他看来，梦萦魂牵的故乡，是山川人物，又是天地情思；是动力之源，又是家中之家。他告诉我们：故土情结，是流淌在我们血液和灵魂中的DNA。

常言说，一方水土养一方人。喝着家乡的山泉长大，听着家乡的民谣懂事，讲着方言交际，学着乡情做人的厉彦林，虽然早已抖落身上的“泥、土”，但他的心依然是“沂蒙心”，他挚爱着那里的一山一水一草一木，在他的眼中，家乡的一切都美不胜收，山川、河流、特产、老乡、民风，甚至土壤、石头等都有着无与伦比的美。他总是借一个景物、一段光阴、一些童年旧事述说对故乡——沂蒙山的热爱。

“不管你走多远，故乡就是你胸前的徽章，是联接你与母亲生命的脐带，是深刻在你身上的独特胎记。”“故土情结，给人倚靠、温暖的感觉，她是纯正地流淌在你血液和灵魂中的DNA。”这优美深刻、富含哲理的比喻，抒发了他对故乡的深深地挚爱与眷念，也道出了故乡之于我们的重要意义，故乡把一切都烙印在我们心中，那烙印变成了我们一生抹不掉的美丽符号。

没有故土情结，生命就会显得平面而单薄。人出生在哪里，这是命中注定的，这与谁是自己的父母一样，由不得自己选择。故乡是人生的烙印，从人一生下来的时候，她就已经通过饮食习惯、方言土语、行为方式等文化符号，牢牢地刻在我们的人生轨迹上，无论身在何方，永远都挥之不去，而且越来越深。随着岁月的流逝，她在你的脑海中会不时浮现出来，通过老家才有的让你“牵肠挂肚”的食物、熟悉的乡音、和蔼的长辈，尤其是全家人共享天伦的情景，更让你魂牵梦萦。所以，无论故乡丰沃还是贫瘠，鲜亮还是灰暗，我们都只能永远交付情感而编织深刻的眷恋。

其实，真的应该感谢承纳我们生命原初的栖居之地——故乡，懵懂的岁月里，是故乡给了我们天真；青涩的岁月里，是故乡给了我们博大；落魄的日子里，是故乡给了我们抚慰。故乡，在每个人的心底，是一个可以疗治孤寂与结束漂泊的地方，远离故乡的人，心中一旦有了故乡的烙印，就会永远把根扎进故乡。

故乡是什么？厉彦林的文字告诉我：

故乡啊故乡，你是我心底深刻的烙印，你是我眼中唯一的身影，你是我梦里重复的故事，你是我耳边辗转的叮咛。你是我梦魂深处，永远不停地思念；你是我今生今世，永远不悔的痴情！

散文的形而下与形而上

——读厉彦林散文《故乡啊，故乡！》

薛兆平

从我浅薄的阅历和浅显的理解来说，艺术应该永远是一种形而下和形而上的结合体。散文当然也是如此。无论是叙事散文还是抒情散文，又无论是哲理散文还是议论性散文，都是如此。它们总也离不开形而下的器物基础，否则那些抒情和议论都是空中楼阁，无根无据。同样，它们总也离不开形而上的抽象和超越，否则便是具体事物的普通罗列，丢失了艺术属性。当然，就散文来说，其艺术水准的高低并不是取决于形而上和形而下的比重孰重孰轻，而在于两者的结合是否达到完美状态。厉彦林先生刊发在2012年第1期《北京文学》上的散文《故乡啊，故乡！》，就是一篇两者结合完美的散文，在形而上的抽象与超越中又不可分割地糅杂着形而下的质感十足的具象，反之亦然。这种状态下的散文，我称之为大散文。

厉彦林先生有一篇同题材的散文叫《春天住在我的村庄》，刊发在2007年2月27日的《人民日报》上，那是一篇形而下大于形而上的散文，写实的多，抽象的少，相比较而言，那样的散文似乎要“好写一些”“难度要稍低一点”，故其艺术水准是要略略低于前者。很显然，《故乡啊，故乡！》是朝着形神兼备，虚实结合的方向而去的，这就铸就了作品的大气与驳杂，古今中外，洋洋洒洒，忽而细致入微看得见草尖露珠，忽而上升到宏观宇宙俯仰天地间。分解开来说，厉彦林先生在文中的形而上并没有归于大道理的虚无与艰涩，而是以哲思妙语进行了展现。诸如：

“一个人假若没有故乡，就像庄稼、树木失去了汲取水分和养料的根须，难以根深叶茂、茁壮成长。”道出的，是故乡在作者心中沉甸甸的分量和不可替代的精神根基；“经历了城市的喧嚣和浮躁，心灵渐渐回归和归位的时候，只有乡村才是最好的心灵栖息地。故土情结，给人倚靠、温暖的感觉，她是纯正地流淌在你血液和灵魂中的DNA。”道出的是作者在岁月流逝的洗礼中，对亲亲的故乡的理解；“村庄与城市相对应存在。村庄对于农民，它给予居住、生存和生活的必需，而对于都市，它给予一丝温暖与真情。村庄既是一种物质存在，又是一种精神存在。”写出的是作者将村庄与城市的比较，在他看来，城市也是基于农村的，无论是物质上，还是精神上；“在太平盛世，年轻人更是充满冲动和期望，动不动就挥别乡土。”表达的是作者心中一种隐隐的痛，当初那些年少轻狂的人牛犊一样一窜一蹦地挥别故乡时，怎么会知道多年以后回望故乡时那种撕心裂肺的痛楚？

如此等等，不一而足。这就是厉彦林先生在该文中的可以“触摸与亲吻”的形而上，因为它们是有形的。而在文中，那些形而下的写实，却也可以令人心往神驰，触及灵魂，因为它们又是有神的——

“那被楼群分割得有棱有角的天空，时常让我感到惶恐和迷惑。我曾经两次登上千佛山的山顶，站在济南这座城市高高的额头上，打着眼罩、拉长目光远眺故乡，分明看见家乡那些堆得高高的柴火、草垛、青石黑瓦，以及黄昏时分大黄狗迎接落日的声声吠叫，怀想正将一个异乡人瞳孔里的苍茫与孤单放大。”这是怎样的一种眺望啊？读来，怎能不令人眼窝湿热？

“从此这个天然纯正的小山村的容貌大变了，被毁容，被金钱和眼前利益毁容了。一个人来到世上没有故乡，是不幸的；有故乡的人，故乡又不幸遭到人为的破坏甚至失去，更是一种不幸，甚至有一种被强暴的感觉。纵观人类膜拜土地数千年之后，伴随文艺复兴、宗教改革和蒸汽、电力、信息等革命，使人类跪着的双膝慢慢地站起来，开始自信地征服世界，包括故乡的土地。”这又是怎样的一种悲哀与愤怒……

综观全文，除却文章所传达给我心灵的那些对故乡的爱、感恩、思恋，以及担忧和悲愤之外，我还从中领略了这篇大散文的表现形式，也就是形而上和形而下的有机结合，这让我更深信了我的这个肤浅的见解——散文的艺术水准，取决于形而上和形而下的结合。形神兼备的大散文，大概是分不出形而上和形而下的，因为它们早已经融为了一体。

故乡的雕像：厉彦林《故乡啊，故乡！》人文意蕴解读

——选自新浪博客《八十八亩水田》

潘　京

“故乡”一词对于许多人来说，都是一个饱含深情的词，是一个令人魂牵梦绕的地方。翻阅厉彦林乡土散文的这一刻，这样的感受尤为清晰，它的许多章节都有着动人的温暖，诗意的情怀，读来令人感动不已！面前这篇刊登在2012年第1期《北京文学》上的乡土散文《故乡啊，故乡！》，再次通过对故乡外在形象的深入刻画和对故乡灵魂的挖掘，使故乡犹如一尊承载着人类丰富情感与文明的雕像，被深深地镌刻在我们的心灵深处。

在我的阅读经历中，似乎没有谁像厉彦林那样，以如此长久的时间和精力去关注这样一个主题——故乡。在漫长的离开故乡的20多年里，作者深情地描绘着故乡的一草一木，以诗意的笔触构筑着故乡那绿水青山的画卷。在他的散文集《春天住进我的村庄》中，故乡犹如心灵深处的一块净土，如生命诞生的摇篮般温馨。而今天，当如火如荼的新农村建设来临，面对着渐

行渐远的绿色原野，厉彦林创作的长篇散文《故乡啊，故乡！》，以一种迥异于以往的叙述方式和表现手法，在我们的阅读视阈中呈现了他对故乡所面临的生态环境的冷峻思考和深切忧思。面对这样一篇作品，我们的品读将不再止步于文中的诗意与技巧、形式与语言、情节与故事。在这里，乡村的命运成为一个与我们自身、我们的时代息息相关的一个话题。

2012年7月27号《瞭望东方周刊》的一篇报道用了这样一个标题《能想象齐鲁大地上找不到古村落吗？》。一项对山东地区古村落所做的调查表明，山东现今连一座完整的原真古村落也没有了！“每座古村落都是一部厚重的书，可是没等我们去认真阅读它，在城市化和城镇化的大潮中就消失不见了……”且不说这些古村落的命运，我们熟悉的这些乡村呢，乡村——我们的故乡，不仅仅是我们的根，也是我们历史文化的根的乡村，现在又将面临怎样的命运呢？英国人曾说“英国就是乡村”，几千年农耕文明的我们是什么呢？消失的农村，不正是我们正在建设着的文化与精神的根基吗？

厉彦林的散文《故乡啊，故乡！》无疑是对这一历史性课题的沉思与叩问。通常，我们在阅读这些文章的时候，总是习惯性地把目光落在他诗化的语言和独特的构思上，其实，从对故乡诗意般的追思到对故乡失落的焦虑，厉彦林已完成了对故乡由感性认识到理性认识的飞跃。他对故乡发展、变迁的文明进程的沉思和人文关怀，构成了他的散文《故乡啊，故乡！》的核心价值，也构成了他故乡系列散文的内在人文精神和时代意义。

与他以往的乡村散文十分不同，《故乡啊，故乡！》对故乡的认识与描述是在一个哲学的、历史的、人文的高度上。这一特点，使其作品的气象与诗情、结构与语言更增具了理性的光芒和哲学的深度，文章在审美取向上凸显出冷峻、沉郁和浓烈的反思力量。在这篇越万言的散文中，故乡已不单纯是一个久别故乡的人的思乡情绪的流露与娓娓的述说的动听故事，而是通过对故乡与人类关系的内在精神关联性的思索，揭示出故乡所具有的深厚人文主义底蕴，为人们深刻认识乡村对于人类存在的意义打开了一个通道或桥梁。

对人类精神家园的追寻和挽救是当代的一个历史性课题，不论人们是否觉察，这个历史性的课题正在被一代或几代知识分子或有识之士以敏锐的心灵触角去触及，并以一种深刻的思想方式去求索，以身体力行的实践去践行、叩问!《故乡呵，故乡！》是厉彦林对乡村长期思考（不仅仅是欣赏）的升华。这篇散文洋溢着深刻的理性色彩，引出的是一个较大的社会话题：在新农村建设的浪潮中，乡村该保留什么，摒弃什么？这是一个知识分子发自内心的忧患意识，也是一个为政者在文化层面上的一次艰难的文化苦旅。

厉彦林在《我的散文观》中曾经谈到过："高度发达与繁荣的时代，往往钝化人们的生命感知。有时个性的感悟，会呼唤群体的共鸣音。丰富真实的生活，能真实折射出时代的身影以及对现实的观照、对人生的启迪。"从这样的一段话中，我们不难看出厉彦林创作上的思想深度和理性追求。

在写作散文《故乡啊，故乡！》之前，厉彦林已经用了20年的光阴来描摹他视野和心灵深处的故乡容颜，用20年的光阴来刻画他精神故乡的灵魂，直到故乡的影像和内质幻化为他生命和精神的菩提。他终于发现，不仅仅在他那里，在更多人的心底里，故乡既是一种物质存在，又是一种精神存在，是人类精神的根和源泉，是衍生人类城市的祖先。如果城市化的进程是使人类失去"故乡"，人类的梦想将魂归何处？毋庸置疑，我们应该从他的散文中读出更加深刻的东西。如果只看到技巧，只为艺术而谈艺术，我们将背离创作者的初衷。

我们应该看到，《故乡啊，故乡！》是创作者对乡村与人类情感之间关系的一次感性觉察和理性认知。阅读厉彦林的散文可以是一件非常愉悦的事，在他的笔下，一捧土、一片叶、一块石，一弯月、一阵清风、一片袅袅升起的炊烟，无不饱含深情。他几乎把所有闲暇时光都给了他的故乡，他用思念打量故乡，用故乡温暖他的世界。从故乡的淳朴中，发现人类的生命底色；从故乡的一草一木中发现生命的终极归属。欣赏着他故乡的画卷，感受着他故乡的情怀。我们可以尽情地欣赏他那舒朗清澈的文字，倾听那如歌的欢快行板。故乡是人类"英雄而壮美的史册"，是大多数人"人生的终极归宿"。

他用情感为他的故乡雕像，“父亲正如沂蒙山的清茶一般，不很清澈却也透明，虽含苦涩却清香，虽淡然却深刻。其实父爱的深沉与厚重就蕴涵在平淡如水的现实生活中，只有用心去品味才能感受到，并由此真正读懂人生。”(《父爱》)

他用诗意为他的故乡雕像，“炊烟就长在乡村脊背上的图腾树，穿越五千年乡村文明的土壤，长成村庄向晚最为动人的风景，似一幅清淡而雅致、价值连城的水墨画。任凭风吹雨打，炊烟不会被风雨折断。一茬茬庄稼被收割，一代代村民在老去，村庄虽然驼背但不曾老去，炊烟未断，人烟兴旺”。(《炊烟袅袅》)

唯有来自内心深处的眷念，才会唤醒心灵深处如此感性的觉察；唯有无法排遣的深爱，才会产生这无与伦比的激情篇章。因此，在阅读厉彦林的散文的时候，我们也不应该忽略他蕴含在其中的忧思，如果那样，故乡，在我们生命历程中那些生死相依的章节与段落便不会为我们所知晓和拥有！

以庸常的观念来判断，厉彦林从乡村来到城市，城市的繁华与丰富更应让他留恋，然而，他内心的情感却随着城市面貌的不断变化和城市进程的不断加快，滋生出一股强烈的隐忧，“城市化进程加快，村庄无论是数量还是面积都在减少。城乡差距在不断缩小，许许多多头顶草屑、脚踏泥土的农民开始享受城市人的生活，这是广大农民多少代的期盼和梦想，令人兴奋和鼓舞。但冷静地思索，竟隐隐滋生出惋惜之情，希望能挽留下部分有代表性的村庄，尤其是把村庄的形态、传说和精神留下来”。(《挽留村庄》)

许多年前，我曾经在俄罗斯的一座小城镇做过一次短暂的停留。他们对古老村庄的爱护给我留下了极为深刻的印象。对村庄外在的形态的尊重似乎已是一种文明的惯例。他们不会因为现代化的进程，毁坏历史的痕迹，特别是对历史久远的古迹。生活的现代化程度体现在屋内的设施上，别看一座座屋舍古意盎然，里面的现代化程度却能让你瞠目结舌。这种守护何尝不是对人类精神的一种观照？我们可不可以说，乡村情结是对人类最本色最质朴的品质的守护，是我们人类精神难以割舍的最深远、最浑厚的精神底线。乡村是人类历史文化的根，中国需要对人文历史有起码的敬畏之心。就像厉彦林在文章中写得那样：“敬畏土地是人类从远古就开始形成的神秘而古老的情感，它源于摆脱饥馑和险恶自然环境的渴望，最终形成为图腾与信仰……”

其实，我们可以轻而易举地了解到，许多欧洲城市的老城区建设样式，比如道路的铺设——石块路。这种石块路的修筑工程远比铺设水泥路面复杂得多，但欧洲人却乐此不疲。2005年欧盟把其10年农村建设经验向刚加入欧盟的10个国家推广，制定了它的“2007—2013年农村发展政策”。政策要求城市和乡镇在建设中保留自然传统的乡村风貌。走在欧洲各国的乡村，你会发现，居民住宅建筑风格、城镇标志性建筑、自然环境都依然保留着中世纪的原貌；那些古老的民宅、教堂、水井、磨房……不管今天是否失去效用，都被完好无损地保存着。在欧洲行走，看到他们的农村即便是旧了的房子，门前也摆着一盆花、一盆草！思古怀今，我们对我们正在开展着的新农村建设，可不可以思考的再周全些、再深入些、再人文些、再可持续些、再非急功近利些，为了一个有着五千年历史文化的民族的记忆，我们可不可以谨慎地修建我们的村庄！

在阅读厉彦林的《故乡啊，故乡！》的这一刻，我想起了法国作家蒙田和他的《随笔集》，同样平易通畅的语言，同样亲切活泼的表述，同样充满了对人类感情的冷静观察。在《故乡啊，故乡！》这篇散文里，厉彦林把目光转向了对人的自身局限性的思考，转向了对人类精神家园的守望。他不仅仅是像《春天住在我的村庄》里那样诗意地描写那些记忆久远的村庄、亲人、河水……在他的笔下，故乡成为一个审视、衡量物化现实的价值尺度，成为一个考量人类精神、灵魂的文化形态。

对于当代社会与人类的真实生命状态做出反应，而又不仅仅是不满与批判，而是怀有对人类的大爱。如他所言“故乡”这个话题“外延太大，内涵太深，负载太重。”雕，不足以尽其貌；歌，不足以尽其情。思之痛其心，梦之断其魂。每个人的心中，都有一个地方在记忆的最深处，终生难忘，这就是故乡。能从生于斯长于斯的村庄发现人类的本真与自然的本真的契合，并把它作为一个创作母题，正是厉彦林通过传统文化不断修养自身的结果。没有旷日持久的对故乡的思考、内省、追寻，故乡今天的境况，就不会令他滋生出那样扣人心弦的至情；没有对民族人文精神的关注与传承意识，就不会让他陷入如此冷静、理性的诘问与思考。他不断地把笔触置于农村发展变革的历史视阈之中，他的追溯越是久远，越是能唤起人们的对今天眼前的一切的反思：故乡是英雄而壮美的史册；故乡情结，是流淌在我们血液和灵魂中的DNA；故乡是大多数人人生的终极归宿；故乡情结，始终存活在灵魂中和绵绵的文字与记忆里；故乡被毁容，心灵在哭泣。《故乡啊，故乡！》以五个层层递进的章节，雕刻出故乡的画像，这是一幅怎样的令人悲叹可歌可泣的雕像啊，它有着“沧桑的形态和容颜，珍藏着许多久远的秘密”。

在一个经济和竞争、城市和人欲快速发展的时代，人与自然的关系、人与传统文化的关系、人与人的关系越来越淡化，越来越隔膜。故乡也因城市欲望的不断膨胀而面目全非。曾经有人对我说，不要去读官员的作品，因为他们本身就是各种破坏因素的推手。然而，作为一个有良知和社会责任感的知识分子，作为一个身处变革层面的为官者，他所承担的心灵重负会更沉痛。一方水土养一方人，一方人养一方文。从沂蒙山区一路走来的厉彦林，有着深厚醇正的传统文化底蕴，沉潜诗性的精神气质，勤奋朴拙的思想感情，敏锐深刻的哲学思想。他的作品所体现出的深刻、爱憎、忧思皆源于此。而中国，我的祖国，作为一个文明的国家，他更需要用一种人文的情怀和理性的思维，以更为长远的眼光，来表达他对人类历史的尊重。

散文《土地，土地……》评论

题材之重与驾轻就熟

石 英

最近一个时期，我注意到颇有实力的散文家厉彦林的笔下佳作迭出，而发表于《北京文学》2013年8月号上的散文《土地，土地……》就是其中的一篇沉挚深邃、厚重耐读的力作。该文体现了作者一贯的思想和艺术风格，却又更多了些思想的熔铸与文字的焠炼，可谓是既有真感情又见真功夫的。

《土地，土地……》一文最具警辟性的是对土地的定位，言其为“人类和万物的母亲”。而神州大地则是国家民族立足之根，是华夏子民数千年的生存之根，是丰厚不竭的经济文化衍生之根。任何人、任何时候，谁也不能提着自己的头发而离开地面。而首先是热爱与护持，然后才有资格从土地中汲取所需的滋养和一切生存的条件。

作者在文中情不自禁地吟出诗人艾青的诗句：“为什么我的眼里常含泪水？因为我对这土地爱得深沉……”其实，作为一个农家子，彦林自幼就秉有这种对土地的挚爱深情。当他长成来到城市工作，这种深情仍未稍减。他说：“在我悠悠的往事中，难以忘怀的总是农村。出身农村，当过农民，对一个人的一生来讲，是笔巨大的可以长期支付的财富。”以笔者对彦林同志经历的了解，尤其在细读了他的这篇新作之后，更深地理解到此文之所以如此内蕴厚重，读来如此感人，关键是作者将他的最爱倾注于文中。这“最爱”就是春种、夏耘、秋收、冬藏；劳作的艰辛，稼穑的诸般况味，成为他价值观的生成“基因”，也是人生的最爱。换言之，也可以说是倾生命的精华所萃写出来的。由此，也给了我和许多写作爱好者以启示，如能够达到以上境界，则往往便可出现那种发以往之未发、达以往之未达，乃至文如神助、妙笔生花的感觉。当然，它还有赖于对相关生活的极其熟悉，笔路的极其对应，非主观强力致之所能完成的。

于是，这就引出了另一个重要的问题，即作者对笔下所反映的生活熟悉的程度如何，是烂熟于心，还是一知半解；是血肉相连，还是隔靴搔痒。而本文作者自幼生在农村、长在农村，心中具有平民情结，“穷人的孩子早当家”。最主要的是，与土地共呼吸共忧乐，熟悉土地、庄稼、畜禽等等以及河流、湖泊、山丘、树木的脾性。“当第一声春雷唤醒了沉睡的大地的时候，冻土被犁铧一垄垄翻开的时候”“牲畜、家禽和各类飞行或爬行的动物……它们各自有自己的王国、语言和生活，繁衍着自己的子孙后代。”“我顺着山坡走进田野，灌溉麦田的水就是那水库里流过来的，建房子的石料木料就是那山上运来的。”里里外外，如数家珍。作为土地的“孝子”，作者不仅熟谙地面上一切的习性，更敬爱大地母亲的品格。他说：“土地伟大，更宽厚仁慈。当一粒微弱的种子播撒其间，土地送给它生命的营养，悉心呵护，给予它阳光和水，给予它温暖和爱，让它茁壮成长。”他的结论是：土地总是“把尊严高尚留给我们，把屈辱低下留给自己”。对此，我的理解是：自古以来，不同的势力，不同的集团为争夺土地而挑起纷争，骁骑战车践轧土地，土地通常是沉默的，甚至忍辱负重；某些人为了私利，违反规律地损害与攫取土地滋养的水流、林木等等，对土地也造成了这样或那样的伤害。母亲固然具有容忍的天性，然而她也是宽容有度的，为了维护土地的尊严和最大多数子民的正当生存，对于严重侵凌者与践踏者，母亲当然也懂得进行必要的惩戒。

面对土地，作者也流露出深沉的忧患意识。主要是随着“全球化城市化一体化”时代的到来，相对淳朴的农村土地难免受到相对剧烈的冲击。“许多农民不得不从土地上挣脱出来，到城里去找一份工作，衡量劳动的价钱、平衡内心。在土地上务农的劳动力越来越老龄化、女性化。”而“年轻一代思想活跃，经不住外边世界的诱惑，便‘红杏出墙’，外出闯荡。有的地方，为了招商，竟然把土地零地价、无偿转让，农民心里在流血。”在此种情势下，“土地，成为民众心里的疑惑，学者心中的纠结，基层干部手上的烫手山芋，地产利益链上的印钞机。寸土寸金关乎国计，一垄一亩涉及民生。土地之‘重’，土地之‘忧’，让我们滋长多少紧迫感、危机感、使命感、责任感”。作者正是怀着这样深重的责任感，熔炼出这样掏心窝子的铿锵语句：“民以食为天，食以土为本，如果没有土地，再多的金钱也填不饱肚皮”。

然而，作者怀着土地儿子的赤子之心，对于未来的发展还是充满着希望。他深信我们优越的社会制度和睿智的领导层会科学地协调解决好转型期的种种重大课题，具有中国特色的新型工业化、信息化、城镇化和农业现代化——“新四化”的神圣目标必会取得成功，达到城乡的良性互动，同步发展，使“美丽而自信的土地梦”成为现实。作者以诗人的笔调畅吟道：“让我们热爱脚下的土地吧。那就扛起铁锹，栽植一棵树吧，那是大地的须发，让她的容颜不再流失；减少废气废水的排放吧。土地有清水滋润，才会变得丰腴；有蓝天相伴，才会永恒娇艳，土地期盼休养生息……”诗人始终对土地爱得深沉；由于爱之过切，又隐隐透着忧患之情；而同样是因为对土地固有品格的坚信，在总体上又充满乐观。统观全文，始终贯穿着作为土地“孝子”的虔诚，哲学家缜密的思考与大地诗人不泯的信念和乐观的呼唤；对于读者而言，乃是启示与鼓舞并具，智识与激情共融。

最后，不能不说到本文的写法。一般来说，像“土地”这样一个博大的课题，能够驾驭得心应手、虚实相宜是很不容易的。如思而浅、知之疏或笔力不逮则必然造成虽大而空，呆滞而少灵性。可贵的是彦林同志却能大而不惑，重能托举，识半而力足，终使文章达到谋篇谨严，疏密相间，庄丽互衬，读来质纯而味厚，难做的课题却做成了好文章。其最大的奥秘在于：将高度的理性与富有韵味的具象有机地糅合，使理、识、情互济互融，刚柔合度，血肉难分；加以词采合宜，务求用之精确。借戏曲界的一句行话：“是很吃功夫的”。难怪作者自2009年初稿之后，历时四年才修改、润色完成，足见他对这篇力作的重视程度和作为一位真正的作家对于所表达的意旨高度负责的态度。写到这里，我忽又想到彦林在文中几次出现的自己的身影。一次是清明节时在山野看到一座座无名无姓的坟茔，询问父亲“这是谁的坟头？”另一次是在村外整大寨田，无意间刨出往昔年月的白骨时与老队长的对话。还有一次是作者兄妹几家相约回乡看望父母，而父母执意去掰鲜嫩的玉米棒子、刨地瓜让他们尝鲜。情节的背后都蕴含着浓厚的人情味与道德的传承性。这一切一切，都与祖祖辈辈一代又一代植根的土地密不可分，读来十分亲切感人。试想，假如没有这些具象的、活生生的、人情味十足情节的“渗入”，作为土地的“油性”必然消减了许多。由此可见，真正的“大”不可拒“小”；不做假的“庄严”不可没有内在的亲切。雨后的远山看来也是亲近的；雾霾污染中的林木再近也难觉其美，庶几亦可领悟为文与人生之道。

疗治心灵文明病的一剂良药

何中华

拜读厉彦林先生刊登在《北京文学》2013年第8期上的《土地，土地……》之后，感觉该散文作品以“土地”为主线，把中华民族古往今来与泥土的纠结及其带来的命运，表达得淋漓尽致，内涵厚重而丰赡。

人来自于大地。中土女娲造人的神话、西方上帝造人的宗教，无不揭橥着人同大地之间的脐带般的关系。农业文明是最原始的文明。在某种意义上，可以说文化无非就是人疏离自然（大地）的距离。现代化把人从大地上连根拔起。然而，吊诡的是，人们越远离大地，却越加渴望同大地的重新照面。高楼大厦是城市文明的象征，然而，它却使现代人远离地气。《土地，土地……》以文学笔法揭示了这种关系及其历史嬗变，但并未得出消极结论，而是向我们昭示了在现代城市文明中如何同大地重新亲近的可能路径。

当人们追逐和拥抱现代化的时候，总是难免有一丝惆怅，一种蓦然回首的冲动。那就是寻根的诉求。我们的“根”究竟在哪里？在土地。正是在这个意义上，作品为现代人疗治心灵上的文明病，不啻提供了一剂良药。

《土地》以散文的语言和文采，追溯了人类对于土地的纠结史，整篇作品洋溢着大地的情怀，内蕴着大地的情结。对于现代化的弊病，无疑具有某种免疫作用。

作品对土地的追问，有一种历史的纵深感，从而增添了文化积淀的厚重，凸显了历史视野的宏阔。它一方面着眼于中国古老的农耕文明所塑造的对于土地所特有的脐带般的原罪关系，另一方面则展望未来，提示出土地对中华民族伟大复兴的建设性意义。其中，既包含着现代与传统的冲突，又内蕴着在人与土地的博弈和依赖中的和解。它告诉读者，乡土、乡情、泥土的品性……这些曾经滋润过我们，且溶化在我们血脉中的基因，将永远伴随着我们。

鉴于以上所说，我认为这是一篇值得推荐的优秀散文作品。我相信读者一定会在阅读它的过程中得到对于土地的重新认识，引发新的思考，从而深化自己的文化意识和大地情怀。

大气、厚重、睿智

——读散文《土地，土地……》之感悟

李志明

初读厉彦林先生的散文《土地，土地……》时，给我最大的感觉是震撼。这是我第一次读到如此完整深刻地写土地的文章。第二次读的时候，我被初春泥土被犁开时那种强烈的略带腥味的大地气息所包围。此文写得大气、厚重、睿智，是一篇不可多得的好文章，无疑是近年散文创作的重要成果之一。不揣浅陋，谈以下几点感悟：

一、文章极具历史沧桑感

作者从盘古起题，述女娲和上帝用泥土做人，论土生万物，从刀耕火种到铁犁牛耕，时光之久远，变化之无常，土地的沧桑感跃然纸上，让我们真切感受到“土地是人类和万物的母亲”。正因为土地是万物之本，生命之源，自古以来围绕土地的争夺从没有停止过。大到国家争主权，小到农民争地界，包括历代农民起义都是打着“耕者有其田”的幌子。一句话，争来争去，都

是争的立足之基，生存之道。土地辽阔，比土地更辽阔的是心灵。文章开始短短两节，就把道理说得如此透彻，作者心中装不下土地是无法写出来的。

二、文章极具博大厚重感

土地的博大厚重源于土地能包容一切、收藏一切、奉献一切。“土地史就是人类的进化史、发展史、文明史。”此言精辟。与土地史相比，人类史还显短暂。土地以博大宽敞的胸怀接纳了人类和其他一切生命。没有什么生命能离开泥土而存在。所以土地生长着养育人类的庄稼，也生长着牲畜、家禽和各类飞行或爬行的动物，当然还有泥土中我们肉眼看不到的微生物。在作者眼中，土地无所不包无所不容，“土地是所有生命永恒的母亲，是大家共同的命根”。读到这样的句子，不能不使我们对脚下土地肃然起敬，也就不难理解艾青那句著名诗句“为什么我的眼里常含泪水？”

三、文章极具仁爱慈善感

土地的仁爱源于它的宽厚。土地不厚此薄彼，不挑三拣四，对所有生命都一视同仁，“当一粒微弱的种子播撒期间，土地送给它生命的营养……给予它温暖和爱，让其茁壮成长”。生命从土地中来又到土地中去，从这个意义上说，人土合一，生命是泥土的一种转换形式，所以作者写道：“土地像一首词，上阕是人类生存的空间，下阕是安放灵魂的栖所。”土地始终向我们展现着她宽厚温顺的母性形象，她默默接纳了杀戮、仇恨和嫉妒，奉献给我们绿色和鲜花，土地的慈善是大慈善，土地的仁爱是大仁爱。作者忘不了队长所说：“万物之灵，入土为安，地是它最好的归宿。”所以作者深情地写道：“脚下的土地掩埋着我们祖先的遗骨，因为融入了亲人的生命才更动人、更柔软、更丰饶。”这话说精彩而富有哲理，是作者独特的感悟。

四、文章极具图腾膜拜感

土地是炎黄子孙的图腾，他们祖祖辈辈匍匐在土地之上。作者引经据典，得出“像土地这样滋生和养育万物，才是世上头等功德”。对土地的敬畏之心，作者从普通农民的潜心耕作写到皇帝净身素食祭祀“五色土”，土地成为上到皇帝下至民众的虔诚信仰。对于普通农民来说，更是一刻也离不开土地，就像鱼离不开水。“农民是土地是子孙”“土地是农民血脉相通的孪生兄弟”“农民把土地当成老祖宗侍候”等，这些都是作者对农民与土地关系的深刻感悟，无一不是说明农民对土地的虔诚膜拜。“不想成为地主的农民，不是地道的农民。”这种深刻质朴的说法我还是第一次听到，属于作者独创。

五、文章极具悲悯忧患感

作者是具有悲悯情怀的人，他对土地充满了真挚的情感，对土地的爱溢于笔端，同时对目前土地的现状深感担忧。爱得越深切，忧得越沉重。当土地被钢筋水泥封死的时候，城里人已经忘记了跪拜姿势。“城市从乡村中娩出、崛起、长大，但它不会，也不愿意再蜕化为乡村，哪怕它像楼兰古城一样被沙漠吞噬，在风沙中干瘪，它也不会再退却了。”读来让心酸茫然。尤其当前土地被吞噬、被污染愈演愈烈的时候，作者大声发问：“土地之忧，让我们滋长多少紧迫感、危机感、使命感？”当土地“成为民众心里的疑惑，学者心里的纠结，基层干部手上的烫手山芋，地产利益链上的印钞机”的时候，作者心怀忧患地喊出“民以食为天，食以土为本，如果没有土地再多的金钱也填不饱肚皮”。可谓掷地有声，发人深省！作者大声疾呼“让我们热爱脚下的土地吧”。并呼吁人们扛起铁锹去栽树、减少废水废气排放，让土地休养生息。最后作者写道：“即便是一棵柔软的小草，也该用自己唯一的那点绿色，装扮祖国的春天和梦想。”对祖国大地的赤子之心、拳拳之爱，发自心底，让人温暖而感动。

散文《人民，人民……》评论

因为热爱，跨越难度

——读厉彦林散文新作《人民，人民……》

石　英

从《土地，土地……》到《人民，人民……》(刊于2015年《北京文学》第7期)，充分看出作家、诗人厉彦林思想的高度和深度、视野的宏阔和明晰、提炼题材的从容与精度，以及驾驭这种“大散文”必备的语言文字功力。

我称其为“大散文”，与曾经听说的所谓“大散文”有所不同：它不重在幅制之大，动辄几万字甚至几十万字，也不在于作者口气之大，有咄咄逼人、我说你听之势；而是题材非轻又不那么具象，内涵深重很容易大而无当或流于空泛。作者何尝不曾想到类此难度，然而他却并未知难而止。对于一位富有责任感的精神文明建设者和人民群众的公仆，钟情并驾驭这一题材是绕不过的使命，岂能不对世世代代生活劳作在这片土地上的人民做出清晰无误、热切而敬诚的答案？

对作者而言，这答案的最佳也是比较得心应手的形式就是充满哲思而又诗化的气韵非凡的“大散文”。可见言其“大”主要在内质，而不重在表面的“庞然大物”。

论篇幅，与其题材和涵盖的思想内容相较，真的不算太长。品其“奥秘”，皆因从内容到形式都做了高度的凝缩，语言文字组织绵密，读之有一种“瓷实”的质感。然而，另一方面，却又丰满而圆润，劲峭而有张力。这得益于作者重诗性的哲思而力避纯抽象的概念，关键的节段尽量让富有典型性的事例和细节来说话。如对“人民”这一概念基本内涵的诠释，从历史到当今，都精选最具说服力、最具感情的事例，使人豁然领悟。说到过去，“（淮海战役）开战时，正值山东解放区迎来了土改完成后第一个丰收年，广大农民兴奋地收割完自家的秋季粮食，便扛起扁担，推起独轮车，顶着敌机的狂轰滥炸，毅然加入支前队伍，540多万支前农工高喊着：‘队伍打到哪里，支前就跟到哪里！’陈毅元帅说，淮海战役的胜利是人民群众用小车推出来的。”这就是人民的力量！“这种惊天地泣鬼神的故事随处可见。井冈山革命斗争时期，为了不让红色苏维埃政权的一枚公章落入敌手，苏区人民甘愿付出了生命的代价！沂蒙红嫂用自己的乳汁，救活了不只是一位战士，她哺育的是党的一个希望。”这就是人民的大爱！

我读到这里，内心产生了极大的共鸣。我与作者彦林同志同属山东，他的家乡在沂蒙山区，我的家乡在胶东半岛；我比他年长一个时间节段，少年时代亲历了敌我的残酷斗争，深悟敌虽强大但最终失败，我方最初虽弱小但最终胜利的转化至理。1947年秋天，蒋军（其中不乏全副美械装备的部队）以优势兵力大举进攻胶东解放区。一时气势汹汹，烧杀奸抢，令人发指；尤其是他们豢养纵容的“还乡团”更是无恶不作。解放区人民群众在痛恨蒋军暴行的同时，更加盼望人民子弟兵早日打回来。本来，在我们老家，人民群众大都非常希望子弟兵在自己村乃至自己家里驻防。在哪个村里驻兵，哪个村子连盗贼小偷也“没”了；在谁家里驻兵，谁家的活儿全由同志们“包”了。以致这家的老大娘不得不和同志们争活儿，笑说：“再这样下去都叫俺变懒了。”在我村，我的启蒙教师、清末老秀才李老师在抗战中盼“中央军”如望甘霖，对“蒋委员长”也崇敬有加，但当他亲身尝到蒋军占领本县军纪败坏的劣行后，痛心疾首地说：“蒋先生不败天理难容。”可见人心之向背。所以根据我本人与乡亲们的亲历和体验：在决定中国命运之大决战中，双方军纪的鲜明对比也是决定敌败我胜的重要因素之一。

中华人民共和国后，中国共产党作为执政党，始终牢记“两个务必”，全心全意为人民服务，真正达到了合人心、顺民意，时刻关怀群众的疾苦；无论在顺利和困难的时候都不改初衷。因此，人们的深深感念之情仍涌自心底。作者以一个动人的情节真实地记录了“民心”：“2013年5月我携妻儿陪同种了一辈子地的爹娘坐高铁去游览天安门，老父亲凝望着天安门城楼上的毛主席像说：‘自从有了毛主席，中国人才不挨打，才直起腰杆子呀！’”

当前，面临着改革开放进入新的阶段，中国共产党人带领广大人民群众为实现中华民族伟大复兴的“中国梦”而奋斗，灿烂的朝阳映着充满信心的面容，我们从作者的记叙中看到了习近平总书记与基层群众亲切对话的场景。总书记对山东临沂“沂蒙母亲”王换于的孙女于爱梅等模范人物语重心长地指出：革命胜利来之不易，主要是党和人民水乳交融，党把人民利益放在第一位，为人民谋解放，人民跟党走，无私奉献，可歌可泣啊！

所有这一切之所以读起来都相当感人，除了作者善于选择运用具象的情节和典型的细节精当俭省地以质取胜而外，还在于他始终饱含真情浸润全篇。如果说写好文章有所谓“奥秘”的话，那这也可以算作是又一“奥秘”吧。否则，何以能有驱策作者挑战如此“大题材”的强烈动力？这也可以说是不言而喻的常识。

古今中外，凡真正与文学沾边的文章，均应属“情文”之列。三国时诸葛亮之《前出师表》如是，西晋李密之《陈情表》亦如是。凡情自内涌，而非违心勉强之文，发乎其意，而非滞涩造作之文，读者都不难由其字里行间感受其情之流露。因此，无论是彦林同志的《土地，土地……》，还是《人民，人民……》，都是他长时蓄蕴而终于披载成文。

而不可忽略的是，作者同时是一位诗人，前些年他写沂蒙老区，写民情乡风的新诗有其鲜明特色，在淳朴真挚情感的体验上非常到位。如此当不难理解这《人民，人民……》何以写得表面不争张扬，内在诗情纯浓，耐得反复品咂。且看开篇的小序中语："一撇一捺，脚踏大地，互为支撑为'人'。人民，普通得像大地上一株株的小草，平常得像大海里一朵朵的浪花，平凡得像天上一颗颗无名的星辰……每每写下'人民'这两个字，我顿感神圣凝重！每每读到'人民'这两个字，我立刻肃然起敬！"我读这段文字也顿生共感，深知这每个字、每一句话，只有被一腔热血浸润过，才能晾晒在阳光下而不失光彩。

一般情况下大都认为：唯颇感抒情而又绚丽的文字方能饱含激情，也方能一咏三叹而感染众人。其实并不尽然，有时看似一段段的叙事文字，读之也颇能被其感染。原因是其事固然非同平俗，而关键是作者已被深深打动，由客体渐及主体，由他声而化为己声，这样的文字无论以何种形式出现，自然都是"带感情"的了。随手摘取几段文字，都是写"事"的，可谁又能说它不带感情呢？"中国人民可敬可爱！三年饿肚子的岁月……河南林县人民忍饥挨饿，硬是在悬崖绝壁上凿修出被誉为'人工天河'的红旗渠。""我的童年，几乎是在'战斗'中度过的：课本学的是战斗故事，课余玩的是战斗游戏，晚上看的是战斗影片……那时文化生活单调，常常追着看电影放映队'跑片'，从前村追到后村，从乡下追到城镇。影幕正面人多看不着，便转到影幕背面，《小兵张嘎》《鸡毛信》《八女投江》等电影不知看了多少遍，小侦察员嘎子、儿童团团长海娃、视死如归的刘胡兰都是我们羡慕崇拜的英雄。""一个文化堕落的民族，注定是一个无可救药的民族！文化，可以让一个民族麻痹、失钙，也可以为一个民族保健、疗伤和警醒。日本人正热火朝天涂改罪恶历史，我们却急于把《狼牙山五壮士》从语文课本中撤掉。上海雕塑家竟然为秦桧和王氏塑像，认为跪像无助普及'人生而平等'的理念，岂不怪哉！"几段文字，都是"说事儿"，而情感的爱憎臧否一清二白。

当然，作为题材如此重大的散文，如不具备足够的语言文字功力是很难完成得好的。犹如发射卫星，必须有强大的火箭推力才能准确无误地送上轨道。过去有说法是：语言即思维。所谓“内部语言”已在大脑中形成，即作者的思想，付诸文字的只是思想的外显而已。这种观点有一定的道理，但作为文章，尤其是有相当文学性的文章，相应的表达方式仍是必须具有的功力。而《人民，人民……》的作者是具有这样足够操控力的。而且我注意到：为防文字的单一化，他在不同场合，不同节段文字风格也是有变化的：有时酣畅淋漓，气韵激扬；有时深沉厚重，似吟似诉；有的节段比较典雅，有的话语尽求质朴。皆依不同内容，不同情致色调而定。在语言文字的运用上，能有所变化者无疑也是一种修养，一种能力，不能从容变化，行文便不活络，又谈何驾驭自如？当然，我们这里所说的“自如”，不是过分随意。相反，彦林的文字是非常严谨非常考究的。只不过他能够将这些似乎矛盾的不同侧面都调整得相当适中：严谨中有变化，考究而忌板滞，凝练而不使其干瘠，丰厚而不生赘肉。注意剪裁是绝不可缺的功夫。看得出，此篇是精工细活而绝非一挥而就的产物。

人民既然是创造历史的动力，那么也就有着写不尽的文章。本文中曾提到了《愚公移山》，彦林同志以他的才智与胆魄首先开掘了“人民”这个命题，相信会有更多后继者“挖山不止”，迭出佳作。

“大散文”的新突破

——我读厉彦林新作《人民，人民……》

许 晨

时令进入了烈日炎炎的夏季，伴随着气温的升高，纪念中国人民抗日战争胜利70周年暨世界反法西斯战争胜利70周年，也一浪高过一浪地迎来了高潮。前不久，我参加了“山东作家寻访抗战故地”采风活动，重新目睹了冀鲁豫边区军民的英姿、铁道游击队健儿的身手；再次聆听了台儿庄大战的怒吼、沂蒙红嫂支前的歌谣……

我一遍一遍地思索：在那血雨腥风、强敌凶猛的年代里，积贫积弱的中国究竟依靠什么获得了最后的胜利？几十个风雨春秋过去了，成百上千个答案摆在人们面前，无疑很多都是正确的，但最根本的一条呢？这时，一本文学期刊中的一篇文章让我眼睛一亮。这就是发表在2015年第7期《北京文学》“真情写作”栏目头条位置的作品——厉彦林的《人民，人民……》。从某种意义上说，他这篇新作可谓给出了“权威性”的解答：人民的战争！人民的胜利！

出生于沂蒙山革命老区的厉彦林，从小沐浴着爱党爱军爱祖国的阳光雨露成长起来，淳朴真诚的父老乡亲给了他好学上进的不竭源泉。岁月如歌，不仅使他成为一名优秀的公务员，同时也修炼出丰富多彩的文笔。他早年工诗，有诗集《都市庄稼人》《灼热乡情》问世，进而以极大的热情投入散文写作，笔耕不辍，立于文坛。结集出版过《春天住在我的村庄》《享受春雨》等书，并曾获冰心散文奖、吴伯箫散文大赛一等奖、《时代文学》年度奖等奖项，其中多篇被《读者》《散文选刊》《青年文摘》《新华文摘》等报刊选载和中考试题、写作教材选用。他的作品多是写家乡往事、故里亲情，诸如《春燕归来》《布鞋》《青石小巷》等篇什，洋溢着浓郁的乡土气息和真情特色。

厉彦林骨子里是一名来自老革命根据地、耳濡目染先烈抛头颅洒热血打江山的党员作家，笔下除了“小桥流水人家”似的温馨与亲切，还有“大江东去，浪淘尽，千古风流人物”的豪放与担当。在写作以故乡和村庄为题材的散文同时，他还用深邃的思考和饱满的激情，结合近现代神州大地的风云变幻，以及当代改革开放的壮阔波澜，抒写了一系列关于国家命脉和时代精神的篇章，可谓挥动如椽大笔，描绘热血春秋。记得2013年第8期《北京文学》就发表过他的《土地，土地……》，引起极大反响。今天我又高兴地看到他的新作《人民，人民……》，堪称那篇“土地之文”的姊妹篇。

全文约近8000字，分为5个小章节，取题为“角力人心”“点中命门”“中国脊梁”“精神支柱”和“赶考路上”。起笔从一代领袖毛泽东天安门上一声高喊“人民万岁”进入，而后回顾历史人物事件，思考江山兴亡得失，旁征博引，条分缕析，一层层深入浅出的递进，一次次穿针引线的启迪，一遍遍切中时弊的强调，最后回到新中国诞生前夜，中共中央机关在毛泽东、周恩来率领下“进京赶考”的故事，深刻而鲜明地诠释了人民是根本、成败在人心的历史真理，抒发了作家讴歌人民、赞美大地的真挚情感。

应该说，这与那篇《土地，土地……》一样，是一篇“大散文”中的佳作。所谓大散文，是针对一些描写儿女情长、短小精悍的“小散文”而言。

当然，小散文不小，写得好同样引人入胜，一咏三叹。新时期以来，文坛上兴起一种写历史文化的散文，且往往洋洋洒洒愈万言，称之为“大散文”。无疑，厉彦林的这篇《人民，人民……》可以归于此列，但又有所创新，有所突破，更类似于一声直抒胸臆的时代强音。因为，有些历史文化散文多是借旧地之人文，发思古之幽情，甚而用于春秋笔法。而《人民，人民……》一扫沉闷的发黄的感受，黄钟大吕般地歌赞劳动人民、革命人民的历史贡献。在抗战和反法西斯胜利70周年、在中国共产党成立94周年之际，献上了一部激情磅礴、动人心弦的交响乐章。

这，就是我想说的“大散文”的新突破！

实际上，以民为本的思想由来已久。春秋战国时期的孟子就提出：“民为贵，社稷次之，君为轻。”意思是说人民放在第一位，国家其次，君在最后。这是因为，有了人民才需要建立国家；有了国家才需要有个“君”。盛唐名臣魏征在《贞观政要》中对唐太宗说：“君，舟也；人，水也。水能载舟，亦能覆舟……”而新中国的缔造者毛泽东则更加明确指出：“人民，只有人民，才是创造世界历史的动力。”从这个层面上说，厉彦林的这篇作品则以清新有力的语言、气贯长虹的豪情，艺术地表达了上述观点，为这些手上有老茧、脚上有泥土、身上有汗水的人民大众唱响了一曲激越悠扬的赞歌。

请看作家在作品中开宗明义：

……一撇一捺，脚踏大地、互为支撑为“人”。人民，普通得像大地上一棵棵的小草，平常得像大海里一朵朵的浪花，平凡得像天上一粒粒无名的星辰。每每写下“人民”这两个字，我顿感神圣凝重！每每读到“人民”这两个字，我立刻肃然起敬！

继而通过起承转合的铺垫，进一步阐述：

中国共产党人尊崇人民、服务人民的优良传统和政治追求，不仅是政治理念，更是思想和行动的自觉。上了些许年纪的人，都会记得20世纪六七十年代，无论城市乡村，商家店铺、机关、职业大都贯以“人民”二字……当硝烟散尽、枪声渐远，战争让位于和平，发展取代了生存，却有少数干部的心离群众渐远，与群众的感情渐淡，群众在心中的分量渐轻。当发展进入关键期、社会处于转型期、改革步入深水区时，更须坚实地脚踏生养自己的“土壤”，倾听“人民声音”……

读到这里，读者会情不自禁热血沸腾，激动不已。这些文字已经远远超出了文学欣赏的范围，而是感受到了一种忧国忧民、戒骄戒躁的拳拳之心。中国共产党人靠人民掌握政权，就像古希腊神话中的英雄安泰一样，所有的力量都来源于大地母亲，而这个地母就是人民！一旦脱离了人民，如同无源之水，无本之木，也就失去了根基。“权为民所用、情为民所系、利为民所谋”，正是党中央在新时期提出的执政理念。简言之，还是毛泽东主席那句话：“为人民服务。”只有这样，才会永远连民心，接地气，不管遇到什么风浪都无往而不胜。

《人民，人民……》和她的土地、故乡等系列作品，完全有别于某些打着历史文化大散文旗号的文本，没有沉湎于春花秋月的离情别绪中浅吟低唱，而是直面人生、反思现实，写出了一名党员作家的历史使命感和时代责任感。这是真正的有温度、有力量、有担当的力作，也是中国传统“文以载道”的新体现。或许有人会说太过政治化了，像一篇论文。其实，散文的范畴相当宽泛，有些理论文章有文采有激情，完全可以说是政论性散文。比如毛泽东主席在《星星之火，可以燎原》中预言革命高潮：“它是站在海岸遥望海中已经看得见桅杆尖头了的一只航船，它是立于高山之巅远看东方已见光芒四射喷薄欲出的一轮朝日，它是躁动于母腹中的快要成熟了的一个婴儿……”鲁迅先生在《纪念刘和珍君》中则挥笔写道：“真的猛士，敢于直面惨淡的人生，敢于正视淋漓的鲜血……”难道这不都是好的散文语言吗？！

诚然，如果厉彦林在写作此类作品时，再多注意一下艺术构思和语言张力就更好了。这会为作品的魅力增光添彩。我相信，也期待他会再接再厉、游刃有余地运用“乡情”和“豪放”两副笔墨——无论“小散文”还是“大散文”，都不断写出新的精品力作。

人文质感与历史温度

——读厉彦林《人民，人民……》有感

李　晶　侯仰军

《北京文学》2013年曾发表过厉彦林老师一篇名为《土地，土地……》的文章，大气磅礴，感情真挚，饱含着作者对土地、对土地上生长的庄稼、对在土地上刨生活的农民深切的情谊，让人至今难以忘怀。看到这篇《人民，人民……》，一开始并没报以过多的希望：书写“人民”的文章，浩如烟海，很难再写出新意。何况，有了《土地，土地……》在前，短期内作者还会再创制出一个新的辉煌吗?

真金不怕火炼，先入为主的观念即使是偏见也未必不能转化为好事。满怀激情的呼唤，切入骨髓的大爱，清新亮丽的语句，娓娓道来的文风，很快给我们带来阅读的享受。“人民，人民……”，一声声呼唤，体现的是厉彦林老师对人民的真切情感，对当下少数人离人民渐远、与人民感情渐淡的焦虑。这是作为个体的“人民”对国家命运主动性的把握和理解。它与传统文本中最为普遍的自我思考有别，体现出作者开放的、动态的、主动的、将生

活和世界纳入视野的主体姿态。它既是冷静的审视，也是热情的参与，用体察和思考将风起云涌的时代风貌通过感悟撒播在一片生机盎然的生活表象之上，使时代与人民紧密相连，在一种融洽的氛围中完成了自己的“看”和自己作为个体的“被看”。这种审视与体察更展现了本文的艺术特质：浓厚的人文质感和真切的历史温度。

循着厉彦林老师的思路，可以看到一部丰满厚重的历史，可以看到一个满目沧桑的时代，可以看到一幅奇迹涌动的生活画面。作者用“看”的姿态回顾了革命战争年代的血雨腥风、改革开放后的历经艰难。“南湖红船给神州大地抹上一缕希望的霞光”，于是人心的角力就开始了。为什么人民一心向着中国共产党，是因为党的怀抱最温暖；为什么人民愿意把“最后一粒米交军粮，最后一尺布做军装，最后一个娃上战场”，是因为党和人民唇齿相依、血肉相连！中华民族是一个多灾多难的民族，直面苦难的历史，需要巨大的勇气。但我们在《人民，人民……》中读到的不仅仅是勇气，更有饱满真切、扣人心弦的历史图景。鲜活的细节复原了灾难面前最真实的人民：“沂蒙红嫂用自己的乳汁，救活的不只是一位战士，她哺育的是党的一个希望！”“三年饿肚子的岁月，尽管挖野菜吃树皮，百姓没有怨言。”“文革浩劫十年，多少家庭被迫害连累，一张张薄薄的平反书，换回无数感激的热泪。”“改革开放初期，千万职工下岗、待业、再就业，为改革牺牲个人利益，勇敢地擦干眼泪从头再来……”他们就是最真切的人民，在经历了血与火的磨难后，把磨难都化为理解与融合；他们就是最普通的人民，在经历过历史的创痛后，不去埋怨、不去嗔恨，而是在现实中寻找属于中国人民的崇高与朴素。《人民，人民……》就是用这样一种人性的视角，探入了历史的肌理，用富于个性化的语言从“一个”人透视了“一类”人，单纯的同情与单纯的指责固然符合通常的审美习惯，但真正的人文质感却是在理解中获得的。人民经历了苦难，人民经历了变迁，人民经历的一切，在厉彦林老师这里都是深深的悲悯、同情与感动。

这是篇具有温度的文章，是厉彦林老师对人民与时代无处不在的矛盾性的表现和思考。作者在文中呈现出一种相对客观的态度，面对如今众多的社会问题，忙乱得没有了精神信仰的日常生活世相，他完全是一个积极的、细致的参与者、咀嚼者，用真挚的爱表现出了对生活和当下的极大的容纳度和表现力。他让人们看到，不要仅仅停留在生活的表面，执着于生活矛盾荒诞的一面，而要积极地去发现和寻找生活和谐美好的一面。文中写道：这是普遍浮躁焦虑的时代，年轻一代在高房价、高物价面前叹气，在二胎指标面前犹豫。北上广的空气污染日益严重，许多年轻人选择逃离。民生成为实实在在的实用与方便。某县创环保卫生城，笔直的大道两侧没建公厕。一农民来县城赶集，内急时找一僻静处方便，却被城管逮住，要以违规罚款，农民却急中生智：不承认方便。双方各执一词。是呀，谁说拉撒不是民生大事，谁能背着厕所出门？人类已进入了缺少天真童年和农耕乡愁的年代，因而诗人海子祈求："从明天起，做一个幸福的人/喂马、劈柴，周游世界/从明天起/关心粮食和蔬菜/我有一所房子/面朝大海，春暖花开。"厉彦林老师用戏谑的方式让读者感受到生活荒诞虚伪的一面，但也让读者读到了生活本来具有的平凡和朴实。看起来，这是对当下的批判，实际上则饱含了厉彦林老师对人民无尽的爱，他希望能从这质朴中寻找到永恒的、朴素的存在价值。肯定当下的困境，坚信作为中国脊梁的人民在这"赶考"的路上，会攻克一个又一个难题，达到我们这个民族的精神高地。

悠久的历史给予"人民"无限的丰富性，优秀的人民总能为历史奉献精彩。人民，人民……省略号里，是对人民的无限信赖，无尽期许。

平民的情怀，大师的视角

——评厉彦林老师散文《人民，人民……》

郇恒赛

厉彦林老师是我中学时期就已熟悉的作家，至今仍保存着20世纪90年代摘录到笔记本上一些他的诗作。2015年第7期《北京文学》刊载了厉老师散文鸿篇《人民，人民……》，读来倍增力量，倍感欣喜与振奋。一本在手，不忍释卷。从遥远的青藏高原，我发短信给正在山东读高中的女儿：此文作者的作品曾数次入选阅读教材和高考试卷。这篇新作大气磅礴，笔法细腻，说理透彻，哲思深刻，宝贝女儿要反复研读甚至背诵，可以有效提高语文和政治考试成绩10分哈。当然，读此文的收获绝不仅于此。

很少有作家会触及“人民”这样的宏大议题，一则主题太宏观，高深了不易懂，浅陋了不点题，有些不好把握。二来手法上难驾驭，重叙事会不明事理，光说理又太枯燥；语言太官方读者不愿读，太抒情又会缺逻辑。

作为一名从农村一步一步成长起来的厅级官员，厉彦林老师以一介平民的情怀切入，用大师一般的视角解读，使得《人民，人民……》这篇文章，既生动具体、妙趣横生，又说理深刻、意味深远。在全党上下深入践行群众路线，重拾“一切为了人民，一切依靠人民；从群众中来，到群众中去”优良作风的新的历史时期，《人民，人民……》是一声嘹亮的号角，一篇战斗的檄文，更是一剂清醒的良药。

既重辩证说理，更有深情表达，整篇文章亲切得像拉家常，却又深刻如洪钟大吕。立足历史的纵深，比照现实的得失，厉彦林老师巧妙地将深刻说理寓于生动叙事之中，叙议结合，情理相融，论证有力，旗帜鲜明。在铺排开来的一系列故事之中，在娓娓如拉家常的作者亲历之中，在旁征博引、一气呵成的有力论证之中，“角力人心、点中命门、中国脊梁、精神高地、赶考路上”的文章脉络和实践逻辑，渐次深入，渐入佳境，一一清晰生动地呈现出来。读来如沐春风，如饮甘霖，并无半点说教之感。字里行间，潜移默化，读着读着，你会油然体悟到“共产党占有大片人心……力量的对比不但是军力和经济力的对比，而且是人力和人心的对比”的深刻哲理，体悟到“人民对美好生活的向往，就是我们的奋斗目标”的精神力量，从中受到颇多鼓舞，得到诸多教益。

文章的语言风格也特别“人民”。不论是陪同爹妈妻儿游览天安门时老父亲的感慨坦言，还是作者少年时代眯着眼一句一句上台背诵“老三篇”的情形，以及毛主席在《愚公移山》中得出“我们也会感动上帝的，这个上帝不是别人，就是全中国的人民大众”的结论，习近平总书记给市、县委书记们念的一副“吃百姓之饭，穿百姓之衣，莫道百姓可欺，自己也是百姓；得一官不荣，失一官不辱，勿说一官无用，地方全靠一官”的对联……无不寓深刻于通俗之中，寄深情于字里行间，皆通俗易懂，语言生动，切中命题，层层深入，可谓是精准表达、精彩呈现。连那个让人啼笑的进城农民街边“方便”的小段子，也无不寄予着作者深刻说理的良苦用心。民生无小事，培育大国公民应从小事入手。

强烈的问题导向和深深的家国情怀，是读罢此文的又一深刻印象。如果仅把此文当成一篇语言优美的普通散文来读，那实在显得有些浪费了。

在厉彦林老师行云流水般娴熟的文字驾驭之外，是强烈的问题导向和深深的家国情深。透过普普通通的文字段落，在字里行间，你可以深刻领悟到作者对这片土地、这个国家至为深沉的爱。作者是一个出身农家，重情有义，正直友善的人。“为什么我的眼里常含泪水，因为我对这土地爱得深沉。”在他过往的许多文字里，我最感同身受和喜爱的便是他充满浓浓“土腥”气息却饱含炽热爱恋的乡土文字，像《煤油灯》《布鞋》《乡情如酒》等等，都印象深刻，经久不忘。善念才是最好的陪伴，爱才是世间最美的语言。“位卑未敢忘忧国”的作者，怀着深沉的家国之爱，在《人民，人民……》提出了诸多重大而深刻的时代命题，指出了很多迫在眉睫亟待解决的社会问题。但你会欣喜地看到，对这些问题的提出，作者是充满善意的，是满怀情感的，是具有建设性的。“你所站立的地方，就是你的中国。你怎么样，中国便怎么样；你有光明，中国便不再黑暗”，在堆积如山的问题里，你绝看不到任何抱怨，找不到任何推脱，更不会有不负责任地一吐为快和自我标榜式的在文字上对道德高地的恣意占领。通过叙事说理，厉彦林老师在文中鲜明指出“再强有力的政府，再富足的国家，都不可能满足人们无度的欲望”的社会命题；通过立论引证，作者进一步强调“我们不能在精神上解除了武装”以及“在私人领地之外，敬畏公共空间”的时代课题。站在历史和未来的高度，作者还深刻告诫“除了解决民生的‘更高’与‘更多’，还要思考与群众如何‘更亲’与‘更近’。这是当今共产党人自我净化、革新与超越的命题。”

一切问题的提出皆源于爱，一切问题的解决皆指向未来。厉彦林老师在文中说，香港社会曾经就是一个浑身长满癞疮的重症患者，腐败横生，经过一番脱胎换骨的大手术、痛苦的治理，变成了一个被世界公认的光鲜靓仔。一切问题都是会得到解决的，作者引导人们看到未来，看到希望，从中得到“从我做起，舍我其谁”的启示。未必事事求解，但问题提出却是解决问题的第一步。怕的是歌舞升平中，对很多膨大的问题视而不见，或是选择视而不见。作者进而提出一系列更为深刻的问题，诸如如何减少愚鲁盲动、急功近利，动实招，降虚火？如何坚守民族传统文化，尊重自然生态，不吃子孙饭、不断子孙路？如何崇尚文明，和平崛起？中国共产党正在经受和将要经受更加复杂和严峻的考验，面临重重“考试”“赶考”正在路上，诸如“城市居民对蓝天的渴望、餐桌丰盛后对安全的期许、富了口袋富脑袋的需求以及“发展起来以后”的各种期盼，在13亿的基数上排列组合，等等一系列问题的提出，一系列问题的求解，何止是振聋发聩，更是警钟长鸣。“打铁还需自身硬”，党把自身问题解决好，人民就跟党铁心贴肺，即使有百个考验也如履平地，千个风险也会化险为夷。

“形散神聚”方为美文。《人民，人民……》不论从布局谋篇、遣词造句，还是叙事方式、表现手法，不论是语言风格，还是论证说理，不论思想价值还是艺术追求，皆有许多可圈点之处。但感受最深的还是其“形散神聚”的艺术追求。这篇长达9000多字的文章，信息量极为丰富，方法手段极为精巧。叙事，说理，天南海北，过去现在，历史未来，无所不有，应有尽有。既有史实记述，又有事例铺排，既有论据说理，又有生动故事，既有回顾过往，又有未来展望……如此丰富的一切，却又无不归结于一个深刻而清晰的主题，这个主题就是“人民”。文章开宗明义提出“人民万岁”，民心角力、民众力量、精神支撑以及党的“赶考”，布局谋篇中，处处贯穿“人民”主线，突显“人民”力量。正如作者的开篇明义：人民，普通得像大地上一棵棵的小草，平常得像大海里一朵朵的浪花，平凡得像天上一粒粒无名的星辰……每每写下“人民”这两个字，我顿感无比庄严尊贵，神圣凝重！每每读到“人民”这两个字，我心中总汹涌澎湃，肃然起敬！

大气磅礴，情真意切

——读厉彦林散文《人民，人民……》有感

刘书峰

一口气读完厉彦林发表在《北京文学》的散文《人民，人民……》，读后收获很大，感受颇多。有迎面而来的磅礴气势，有荡气回肠的痛快淋漓，有历史回眸中的金戈铁马，有现实生活里的情真意切，更有锋刃游走的高超的艺术造诣。

《人民，人民……》作为一篇政治性抒情散文，主题大，内涵广，同时也难驾驭，需要深厚的理论和文字功底，尤其需要炉火纯青的艺术功底。把政治性的东西写正，把历史性的东西写活，把情感性的东西写真，让人读后感受不到政治口号式的灌输，感受不到歌功颂德式的绑架，而是在情感的交流和共鸣中，得到了认识的提高和思想的升华。《人民，人民……》一文，以党的群众路线、党的发展历史和奋斗历程为主线，以作者个人经历为辅线，以对“人民”一词的深刻理解和认识为内核，饱含深情地阐述了人民与国家的关系，人民与执政者的关系，人民与社会的

关系。多少年以来，我读过很多政治性的好文章，除了毛泽东的《为人民服务》，还没有看到一篇专写人民的文章。能够把这么一个大题目写得如此大气磅礴又情真意切，唯在政场浸淫多年又在艺术上孜孜以求的厉彦林才能操刀耳!

说这篇文章大气磅礴，是从结构和选材来说的。整篇散文虽然只有不足万字，但是一开头就显出了高山般的巍峨与挺拔。厉彦林用毛泽东在天安门城楼上宣告中华人民共和国成立、中国人民从此站起来了时喊出的“人民万岁”作为切入点，不仅很好地点明了主题，也把一股宏大的气势定格在了读者面前，让人顿觉威严与肃穆。再往下读，每一个小标题都有着沉沉甸甸的分量：“角力人心”“点中命门”“中国脊梁”“精神高地”“赶考路上”。不用看正文，单看这些小标题，我们就能体会到作者在文字间释放出的那种存于客观真实中的巨大力量。这种力量构成了不可阻挡的洪流涌向我们，不用大气磅礴，不足以形容。我们常说一部几十万字、上百万字的小说大气磅礴，一篇不足万字的散文竟然也能有此效果，实在令人叹服。

说这篇散文情真意切，是说厉彦林在写作时，饱含对人民群众的深厚感情。他引用了习总书记在山东菏泽召开座谈会时给市、县委书记们所念的一副现挂于河南内乡县衙博物馆三省堂前的对联：“吃百姓之饭，穿百姓之衣，莫道百姓可欺，自己也是百姓；得一官不荣，失一官不辱，勿说一官无用，地方全靠一官。”如此深切地表明了在厉彦林的心目中人民不只普通百姓，我们也都是其中的一员，我们吃的是百姓饭，穿的是百姓衣，不要轻视百姓。这种观点，不是随便一说就能说出来的，他需要对人民有感情。他需要发自内心的把自己与普通百姓放在一起，与百姓心贴心。否则，说出的话就浮在半空中，让人难以信服。

说这篇散文的艺术特色，我觉得在巍峨的主题和庞大的构架中，情感的红线贯穿始终，不仅读起来可仰视，而且可亲近。在散文第一部分，厉彦林写了陪老爹老娘坐高铁游览天安门，第二部分回忆了自己幼时背诵老三篇，

第三部分写了自己童年的经历，等等，这些抒情性、感悟式的文字，使文章更加血肉相连，丰满真实。此外，引语和用典，也是本文的一大特色和成功之处，显示了厉彦林丰厚的积淀。建筑高楼大厦不只需要足够的材料储备，更需要强大的内心储备。这种储备是胆识，是气迫，是勇气，更是高度。厉彦林有了这种储备，所以能够结构出如此大气磅礴的文章。

真本无华　写尽风流

——《人民，人民……》中的“真心”“真诚”“真我”

李学堂

有幸先拜读了厉彦林老师的文章，如同观看经典的老式黑白电影，没有浓墨重彩的渲染，没有高超创作手法的运用；也如同绘画中的白描手法，没有铺陈，不加雕饰；更如同朗读“池塘生春草”般文字的简洁明快。文章有的是直抵人心灵最深处的真心、真诚和真我，字里行间流露着一位普通作家的感恩之心和济世之情。

真心写“人”

一撇一捺，脚踏大地、互为支撑为“人”。人民，普通得像大地上一棵棵的小草，平常得像大海里一朵朵的浪花，平凡得像天上一粒粒无名的星辰……

厉彦林老师笔下的人，多是平凡的人物，但绝不平庸。他们生活在社会中的各个层面，涵盖各行各业。有“出差一千里，好事做了一火车”的雷锋、有“宁可少活二十年，拼命也要拿下大油田”的王进喜、有“自己一身臭，换来万家香”的石传祥、有“蹲下去才能看到蚂蚁”的焦裕禄、有“新时期的雷锋、九十年代的焦裕禄”的孔繁森、有“村党委书记”吴仁宝等千千万万个人物。一个个永恒的名字，一串串闪光的事迹，他们是“有名和无名的英雄和模范，他们共同筑就了中华魂，擎起民族精神，挺直共和国的脊梁”。这是厉彦林老师对他们由衷地赞美，也是对社会正能量的挖掘和发扬。

小人物创造大历史。对“人”或“人民”，厉彦林老师从不吝惜笔墨，每每给予浓墨重彩的描述。解放战争时期，淮海战役胜利后，斯大林评价说：“奇迹，真是奇迹！”；傲慢的美国人说：“神奇的，不可思议的”。陈毅元帅一言以蔽之：淮海战役的胜利是人民群众用小车推出来的。对这段光辉历史，厉彦林老师动情地写道：40多万支前民工高喊“队伍打到哪里，支前就跟到哪里”。这不是对人民最好的纪念吗？残酷的战争年代，为了保护一枚公章，苏区人民甘愿付出生命的代价；沂蒙红嫂用自己的乳汁，救活了一位战士；车辚辚，马萧萧，泪水沾襟妻送夫，白发老娘送儿郎，只为了跟随共产党赶走“日本狼”。厉彦林老师的老父亲是千千万万劳动人民的一员，在2013年游览天安门时，凝望着毛主席像说道“自从有了毛主席，中国人才不挨打，才直起腰杆子呀！”——多么可亲可爱可敬可书的中国人民啊！

这让我不由得想起了厉彦林老师笔下的其他人物：生性耿直重情重义的爷爷（《旱烟袋》）、含辛茹苦的父母和一起打闹成长的伙伴（《乡村情节》）、慈祥亲切的叔父大爷（《春天住在我的村庄》）、走街串巷贩卖针头线脑的乡村货郎（《乡村货郎》）……这些人，如山花树草般默默地存在着，却无时无刻不给这个平凡的世界增添一抹淡红，一缕清香，一片绿荫。

真诚叙“事”

厉彦林老师不是以历史旁观者而是以事情亲历者的身份来看待身边、社会、国家在发展进程中的每一件事。童年看电影的经历，被作者描述得栩栩如生，读来如身临其境，把我们带到那个“文化生活单调，常常追着电影放映队‘跑片’”的年代，重温当年劳动人民渴求文化精神生活的历史。新中国成立后，如何解决人民的吃饭问题？厉彦林老师写道：莒南县的厉家寨村，地处县城东北的大山脚下，世世代代靠天吃饭。1951年底，村党总支书记厉月坤开始带领互助组以“一把镢头一张锨，敢教日月换新天”的豪情壮举，深翻岭地，到1956年粮食产量由原来的不足百公斤递增至276公斤，提前10年实现全国农业发展计划纲要的目标。1957年，毛主席在莒南县委工作组的报告上批示：“愚公移山，改造中国，厉家寨是一个好例。”没有修饰，没有渲染，没有铺陈，没有夸张，真诚而朴素的文字排列，带给读者的却是思想和心灵的深深震撼。

面对社会的飞速发展，一些不容忽视的现实真切地摆在我们面前。高房价、高物价造成了时代的焦虑；日益严重的空气污染，许多人选择了漠视。但这一切，被厉彦林老师敏锐地捕捉并做了客观的记录：某县创环保卫生城，笔直的大道两侧没建共厕。一农民来县城赶集，内急时找一僻静处方便，却被城管逮住，责备“你在这里方便违规，罚款”，农民却急中生智说：我没方便，我自己的东西，掏出来看看，也碍你的事？是呀谁说拉撒不是民生大事，谁能背着厕所出门？厉彦林老师之问，是不是某些人之痛呢？一位作家，以悲悯情怀关注社会，以客观视角记录事实。我不揣冒昧，对厉彦林老师做了如下猜测：如果厉老师是一名医者，那他一定有一颗济世活人的仁心；如果厉老师是一名警察，那他一定有一个保社会安定的美好心愿；如果厉老师是一名海军战士，那他一定有着“封侯非我愿，但愿海波平”的崇高理想……

厉彦林老师简明扼要地记录了中国进入新世纪以来，实施的一系列重大民生举措：抗击非典、尊重保障人权入宪、取消农业税、农村免费义务教育、青藏铁路通向雪域高原……在城镇包括养老、医疗、失业、工伤和生育保险在内的社会保险制度基本建立，最低生活保障制度也全面实施，零就业家庭的就业援助工作正在推进……对社会、对国家而言，这是发展长河中的一朵浪花，而这朵浪花恰被踏浪者所撷取，留给读者和后人的是厉彦林老师那颗火热而真诚的赤子之心。

真我抒“情”

厉彦林老师的文章大开大合，放得开，收得拢。就时间跨度而言，从新中国成立到改革开放，到现代化建设，再到21世纪，一直叙述到现在。其间，普通人，全社会、整个中国经历了太多太多，有酸有甜，有苦有乐，有困惑有明朗，有坎坷有坦途，有特定时期的特殊现象，更有为了美好未来而不懈努力的执着追求。

白居易说：“感人心者，莫先乎情。”人贵有情，厉彦林老师正是以满腔热情关注着一切。回顾历史，厉彦林老师对“南湖红船”充满感情，对革命苏区的人民充满感情，对以“沂蒙红嫂”为代表的老区人民充满感情，对战争中“送夫”的妻子和“送儿上战场”的“白发老娘”充满感情，对解放战争中的支前队伍充满感情，对实干苦干的“大寨人”充满感情，对敢于“第一个吃螃蟹”的“安徽小岗人”充满感情，对下岗时“舍我其谁”的广大人民充满感情……展望未来，厉彦林老师更是对开创新时期新局面的各条战线上的普通劳动人民充满感情。87版《红楼梦》的总导演王扶林老师在谈到这部电视剧的创作时，说道：这部电视剧还有很多不足，思想性和艺术性都有很多待改进的地方。我想当厉老师面对自己历时五年，修改12次的书稿时，一定也会这么评价吧。因为他对读者也充满了感情。

记述历史，用以总结和借鉴；描摹现在，用以努力和追赶；展望未来，用以奋起和腾飞——路漫漫其修远兮，吾将上下而求索。

散文集《春天住在我的村庄》评论

可贵的是独特而隽永的创作风格

石 英

《春天住在我的村庄》，这是一句多么清新、素朴而内涵深厚的诗。它又是全书精当、简练、画龙点睛的引子；同时从一定意义上说，又大致能够概括这部散文集的风格。

其实在这以前，我就读过彦林同志的许多散文，应该说是相当熟悉的了。我早有此感觉：他的散文作品几乎从一开始就呈现出鲜明的创作风格。

仅此一方面，就应当说是非常难得的。我本不想在不同路数，不同风格的散文之间进行比较，但在当前庞大的散文作品中有数量不少的类型化，"公众模式化"作品，而彦林同志的这些以写乡情生活为主体的散文作品确是当前应当受到欢呼的优秀典型。

虽然，我们也看到，关注农村（或追忆农村生活）、重于乡情的散文作品现在和以前也并非个别，其中有的也不失为上乘之作，但值得重视的是：彦林的乡情散文确有自己的独特视角、独特感受、独特的表达方式。而且他绝不是以旁观欣赏者的角色出现，更不是那种冷眼搜寻者觅踪猎俗的记录文字，而是对淳朴的乡情、可亲的人物乃至给予祖辈和自己赖以生存的热土抱有爱之不尽的浊浊纯情与深深的敬意。作者的这种爱意和深情延及母亲般的土地上的一草一木、一山一石乃至整个大自然。给读者的感觉这一切就是生命之根，水乳之源。更深刻的是，他是以离开乡村在都市生活多年的大地之子的身份，却保有对那片土地不断的根系，这在一定意义上说是重新感受乡亲，重新审视这里的一切，由此便提升至一个更高的人性和美学的层面。并且又主要不是以纯理性的文字而是具象的语言传达出来的。说到彦林散文语言，我觉得其出色之处在于具象中的诗性，虽生活化而不见杂。他的语言提炼得极好，却不使其干巴得只有筋骨，而是有筋骨又有肌肉，肌肉在外而筋骨在其中。这种本质的把握与调控是很不容易的：它需要作者内在的美学选择、丰富与锐敏的观察、圆润地驾驭语言文字的功夫。“无数条小路，蜿蜿蜒蜒地钻进村子。路边是大小不一的田地，茂密的庄稼尽情享受春天的阳光和春风的宠爱。麦秆粗壮、麦叶翠绿，就像擦了一层油，光亮亮的。小麦在风中你推我搡，正忙着蹿个和灌浆，远看似碧绿的波涛、飘动的绿绸缎一般，走近细听仿佛正在窃窃私语，诉说沉睡了一冬的秘密和相互攀结、齐步成长的故事。”（《春天住在我的村庄》）类似的例子在他的散文中可以说是信手拈来，读起来从无刻意为之的感觉，而是自然天成，这说明作者在观察与感受中已经形成了“内部语言”，只待付诸文字了。不言而喻，这当然取决于一种感情，一种修养，一种功力。

众所周知，彦林同志同时是一位风格独特的诗人，他的散文语言的锤炼功夫无疑与对诗的悟性有很大关系。譬如说，他的散文重扮具象而不冗长，重细节但极其俭省，以精当到位为省，等等。但他的散文仍然是散文，而且最富于散文的特征，极少有将诗的形态直接引入散文的情况。本来，他的诗作中也很善于抒情，而他的散文虽也富有抒情性，却基本上是在对具象生活的描写和感受中“注入”了抒情的意味。这样才能造成他的散文具有丰富性与抒情性、生活化与诗质高度和谐。

还应提到，读彦林的散文，另一个突出的感觉就是它的完整性，显得浓密结实却又疏密相间、错落有致。读罢总的感觉是一个圆，而不是那种拉拉杂杂的东一锄头西一耙，最后的感觉是没有“型”。我们常听到的说法是：散文是一种最自由的文体，有很大的随意性，从一定意义上说也许没有错；但这是问题的一面，另一方面也必须清楚地认识到，散文也需要起码的规范，不是可以随意挥写的。从表面上它的确比较自由，但内在的章法还是要有所讲究的。我之所以说彦林的散文都有相当的完整性，读起来是一个“圆”的感觉，就是因为他有意无意地遵循着必要的规范和一定的章法。譬如他的《享受春雨》就是循着一条清晰的思路进入春雨的情境：“也许是刚经历了冬天太多的郁闷和压抑，也许是寒风、残雪在记忆的底片上留下太多的沧桑与悲凉，万物掐灭生命的色彩，关闭生命的声音，孤独地萧条着，沉默着。一夜微风，唤醒早春三月黎明的呼吸，也吹来了北方第一场春雨。”随后就是几个骤然的“点”：春雨对人心绪的过滤；春雨贵如油；春雨又是会说会笑的精灵，等等。虽也浮想联翩，但均未逸出心灵中春雨的规范。由此可见，散文必要的规范，首先是内在所欲表达的那块生活与灵性的天地，如此才能自如地驱策外在章法的营构。而片面地不加分析地强调散文的自由和随意性，过度了就是一种误导，势必在初学者中造成散文最容易写，怎么写都是散文之弊端。

最后必须指出的是：彦林的散文既是比较传统的又具有创新意识。他的尊重传统，首先是合理地坚持与吸取传统思想、道德乃至风习中的优秀的东西，这也就是他乡情散文的根基所在。再就是正确运用古典的和现当代文学中经过淘滤的精髓与表现手段，来反映他钟爱的生活和思想感情。然而，他绝不一味泥古，也不从众履今，而始终坚守以自己的悟性，自己对生活的理解采用与之相适应的表现方式。如他的散文既明丽又含蓄，另一方面又拒绝晦涩与“灰色”；他当然是视生活细节（尤其是他所钟爱的乡村生活）如珠玑，但他绝不乱摆琐碎的生活杂货摊，更对当前某些所谓写生活散文无意义的“过程化”尽量规避之；他的散文语言中有不少诗性成分乃至通感、转意、借喻等等，增强了语言的活性与张力。但它们确是浑然一体，并无零碎堆砌之感。也就是说，他旨在求新创作，而又避免当下散文中那种以怪为新、以看不明白为新的倾向。

一个作家清醒的“定力”是至可宝贵的。一种具有鲜明特色、形成独具风格的散文作品在当前铺天盖地的散文产出中尤其可贵。

乡情浓似酒，悦读令人醉

——荐读厉彦林的《春天住在我的村庄》

张守仁

散文者，情文也。情乃散文之灵魂。古今中外散文经典之所以百读不厌，感动读者，就是因为里面充盈着浓郁的感情。

每个人心里都有一个地方埋藏在最深处，终生难忘，这就是故乡。在世界各国语言里，“故乡”一词，大都有父母之邦、诞生之地的含意。人们把故乡说成是“摇篮血迹之地”。意即从母腹中呱呱坠地、生命降生、开始接触世界的原地。那个“血迹之地”的称谓，满溢着乡情、亲情、血脉之情。

一个人无论漂泊到多么遥远的地方，他那思念桑梓、怀恋故乡之情，总是催人泪下。

厉彦林同志的故乡，是在沂蒙山区莒南县三面环山、居住着数百口人的一个小村庄。那个小村庄深藏在作者心灵深处，因为他的祖父、他的爹娘、他的兄弟姐妹都在那里繁衍生息、生活成长，因而令他惦念、眷顾、永远怀想。

彦林在《春天住在我的村庄》里说，“什么叫幸福？回到老家就是最大的幸福”。作者感激家乡的亲人、友伴，热爱那里的一山一水、一草一木，思念着村中的小巷、小路、小河、炊烟、槐树和石磨。写来字字亲，笔笔情。他回忆着亲人对土地的疼爱和呵护。他的爷爷对土地热爱到踏上去时，必须脱鞋赤脚。如果穿鞋踏上去，爷爷说：“地就喘不动气了，庄稼也就不爱长了。”农人像守护生命那样守护着养育自己的土地。彦林母亲整日操劳，早早起来，给家人做饭，白天到地里干活，晚上油灯下还要推磨或抽针引线纳鞋底。一天到晚忙个不停，事事关心别人，唯独不顾自己，甚至生病了还舍不得买点药片吃，一声不吭地硬撑着，因而皱纹和白发过早地爬上了他的眼角和额头。父亲默默地疼爱他。寒冬腊月，坐着敞篷拖拉机，颠簸四五个小时，到县城给正在读书的儿子送煎饼和煮鸡蛋。临别时怕彦林感冒，不让他出门远送。那条家里的老黄狗，更是作者童年的好伙伴，晚间常到村东林子里迎接放学归来的小主人。为了减轻彦林的负担，竟用嘴从他身上扯下书包，叼起来跑到前边引路……

凡此种种，读后感到乡情、亲情浓似酒，令人沉醉，使人怀想，让人感动。

作者在书中描绘了一幅幅山村生活的民俗画：每逢春节来临，家家户户赶集上店、置办年货、张贴春联、刷墙祭灶、杀猪宰鱼、煮饺蒸糕，过个团圆年，祈盼来年生活美满步步高……村里来了摇着手鼓、挑着货担的货郎，破嗓子喊着“拿头发换针呃！”男女老少便一齐涌向货郎。大娘、大婶们拿着破铜烂铁或平时攒下的破布、头发，换下针头线脑、纽扣、鼠药、卷尺、剪刀。而小孩们眼巴巴望着货架上的糖豆、点心，拽着大人衣角乞求着：“我听话啦，买糖吧！”……每当傍晚时分，夕阳把田园、山村涂抹得金灿灿，各家各户屋顶升起了炊烟，饭食香味弥漫在晚风之中。农人荷锄归来，牛羊吃饱了肚子回圈。家家柴门打开，村边响起母亲唤儿回家吃饭的声音。锅碗瓢盆齐奏，上演着安详平和的山乡黄昏曲……

人在童年爱吃的东西，会影响着他一辈子的饮食习惯。我们从鲁迅《朝花夕拾》中，可以看到他离开故乡后常常回忆起儿时吃的蔬菜、瓜果……菱角、罗汉豆、茭白、香瓜，觉得鲜美可口，是使他思乡的蛊惑。叶圣陶在《藕与莼菜》一文中，说在客地吃到儿时爱吃的雪藕和莼菜，令他想起江南水乡的可爱。美食家汪曾祺在《故乡的吃食》中，更是津津有味地描绘着家乡高邮的鸭蛋、螺蛳、白鱼、青虾、咸菜慈姑汤。不用说再次吃到，就是想想也会口中生津、齿颊溢香。彦林和这些名家一样，离开了家乡到了城市，不断回想菜园和田野里的黄瓜、青椒、韭菜、豆角、香葱、茄子、萝卜、白菜，还有沂蒙特产大地瓜。他说回家吃顿娘做的饭，回忆童年种种美味好吃的东西，就是人生最大的享受。关于沂蒙山的吃食，本书就有《沂蒙地瓜》《种萝卜》《乡下老家的菜园》等朴素的题目。作者满怀深情地说："因为父母的辛劳，我们才有这个口福，才经常吃上地道、稀罕的土菜。这样的菜放心只是一个方面，更重要的是享受着父母的关心和疼爱。"

一个人有生之年，应该找时间常回家看看，见见双亲，听听乡音，尝尝美食。这个在地理上让你无法割舍的家乡宝地，永远是你心灵的栖息之所。

著名歌唱家腾格尔有首赞美故乡的歌："故乡，故乡，我的故乡！游子走多远，思念有多长……"厉彦林的《春天住在我的村庄》，就是一首洋溢着诗意、亲情和乡味的美丽颂歌。

深情用心“修”散文

——评厉彦林散文集《春天住在我的村庄》

王兆胜

与以往相比，现在的散文创作变得越来越丰富，技巧手法也越来越多元，然而，真正引起关注的还是那些感人肺腑的作品，人们企盼的也还是那些与大地、生命、心灵有关，怀着真情和深爱的用心之作。读厉彦林散文集《春天住在我的村庄》，我的内心便有一种冲动：值得用心读的散文必然是用心写的。厉彦林的散文即如此，他没有多少花样，也不见多少技巧，走的是传统路数，但却能感动人心，给读者留下刻骨铭心的记忆。

真情、深情和仁慈是厉彦林散文的底蕴所在。本来，自然人生与文学艺术是离不开“情”和“深情”的，就如同宗白华所说：“深于情者，不仅对于宇宙人生体会到至深的无名的哀感，扩而充之，可以成为耶稣、释迦的悲天悯人；就是快乐的体验也是深入肺腑，惊心动魄；浅俗薄情的人，不仅不能深哀，且不知所谓真乐。”然而，当下的散文创作中，“情”和“深情”路越来越少，有人甚至公然声称散文可以虚构，完全可以将真情抛到一边！这就带来了散文的异化。

厉彦林却大为不同，他着力写亲情、乡情、天地情，而且写得情真意切，深入骨里。如《父爱》在父亲的无言中表达父与子的悄深意厚，又如《布鞋》里母亲的爱都融入布鞋的底里，还如《乡情如酒》所叙述的乡恋之情纯朴而浓郁。最值得提及的是，作者不仅对亲人、家乡有深情，即使对一只小燕子(《春燕归来》)也是充满怜惜和爱护，对于没有生命的雨水(《享受春雨》)、沙土路、青石路巷(《青石小巷》)的描写也是款款动人，其细如发丝的博爱与仁慈像通了电般地传遍读者全身！某种程度上说，将情与爱送给自己的亲人是容易的，但对动植物也能广撒博爱的种粒。这是非常难得的。是如同太阳光般将生命赐予万物生灵的天地之情。

有深厚的生活基础，又有敏锐的感觉，再加上一颗真诚、本色、美好的心灵，所以厉彦林才能写出自己对于家乡的情真意切。现在有不少人一直在强调散文的“创新”，有的甚至，无所不用其极，变着花样寻找突破，但殊不知他们往往事倍功半，甚至南辕北辙！这是因为他们忽略了“功夫在诗外”和“变与不变的辩证关系”。在我看来，散文的创新离不开“守旧”，更离不开内外的双修，某种程度上，与其说优秀散文是“创”出来的，倒不如说是“修”出来的，是瓜熟蒂落和水到渠成的收获。厉彦林的散文看不出什么“创新”，但其积极向上的人生态度，如大地般深厚美好的品质，诗作纯朴自然的境界，这些都不是一般的技巧派、学院派所能达到的，它需要的是一种综合能力与素质，在生活的锅灶里爆、炒、煮、煎，在思想的熔炉里冶炼淬火。这颇似春天涌动出的生命绿意，它既借助于阳光的和照与微风的吹拂，更离不开一个冬天的精气的内敛与贮藏。

厉彦林的散文还有一个长处是特别精心，这自然与他专注认真的写作态度密不可分。他让我想起农民把式的精耕细作，也让我想起玉雕大师的精雕细刻，可谓如切如磋，如琢如磨。每一篇经手的作品，也是经过自己的感觉、眼睛、思想和心灵的，所以往往新见迭出，诗意盎然。“站在小巷中央，默默沐浴着雨丝，或者依偎在墙角，微合双眼，醉心倾听一页吹起的尘封的记忆。风如佛手，柔柔地摩挲路边的草木，没有声响。叫不出名字的鸟儿栖落在树枝上，静静梳理新长出的沾着水珠儿的羽毛。一切都如此静谧，好似怕惊扰了一个遥远的梦。"(《青石小巷》)这种雕刻，精细入微，尽善尽美，读来让人回味。综观厉彦林的散文，它们往往篇幅都不长，而且都是这样的惜墨如金，似乎对文字深怀敬畏谦逊的态度，但字里行间却时时显露出生命、人性和艺术的灵光。或许，这与作者胸有成竹的"心灵"雕刻有关。

厉彦林的村庄

张金豹

每个人都有自己的村庄，每个村庄都是一道风景。对许多远离故土的人来说，村庄早已不是原来意义上的某个村落，而是生命的根系、思想的源流，是乡情的寄托和精神的家园。读罢厉彦林的散文集《春天住在我的村庄》，我不仅被这富有灵性的书名所吸引，更为流淌其中的真性情所感染。他打开心灵的另一扇窗户，让我们分享了他行走在另一片天地的喜悦，不经意间跟随着他，走进他的村庄、他的精神家园。

读其文如睹其人。与作者相熟的，读完《春天住在我的村庄》禁不住会掩卷而笑：这家伙，一身西装连个领带也不打。字里行间，如清水芙蓉，毫无雕饰。即使与作者素未谋面，从文中晃动的影子也能想象出他的样子。蒙田说："如果我希求世界的赞赏，我就会用心装饰自己，仔细打扮了才和世界相见。我要人们在这里看见我的平凡、淳朴和天然的生活，无拘束亦无造作，因为我所描画的就是我自己。"每每读到这段话，我就感到这像是对厉彦林讲的。他收进集子或散见于报刊的散文，像闲暇时与朋友攀谈，与同事聊天，也像自言自语，没有修饰，没有功利，那么真诚，那么“原生态”。

诗当然不同于散文。但把诗性注入散文，便会产生点石成金、化腐朽为神奇的艺术效果，营造情理之中、意料之外的境界和魅力，从而也形成诗人散文与学者散文等不同的艺术风格。古今中外脍炙人口的散文名篇，许多出自诗人之手。厉彦林虽然很少将诗的形态直接植入散文，但他的散文中却时常跳跃着诗的音符和诗的灵性，这就使得他的散文具有更高的美学层面和绵长的抒情韵味。比如，他写村庄里“弯弯的小河”：像一面波光粼粼的镜子，又宛若华丽的绿绸缎，月亮在河水中荡漾，在波浪上跳动；他写“娘的满头白发”：不知不觉，娘老了，腰弯了，变矮了，满头黑发悄悄变白了，像一团白云盘上头顶；他写儿时的“煤油灯”：虽然柔弱，却很执着，虽然昏暗，却有璀璨，虽然娇小，却很持久；他写“沂蒙地瓜”：掏钱称上热腾腾的烤地瓜，像是他乡遇见故交、听到乡音，感觉把一种亲切的幸福感攥在了手里……这样诗化的句子，在厉彦林散文中俯拾即是。正是诗意与散文的结缘，使他的散文既简约凝练，惜字如金，又灵气跃动，意境深邃。

散文的灵魂是真情。我理解，真就是真实，源自内心的感受和感悟；情就是抒情，发自本性的情怀和情愫。厉彦林的散文，如果把作者的名字盖起来，单读他的文章，很容易就会嗅出他独有的特质和韵味。做到这一点，其实是很不容易的。他的眼界是开阔的，但仔细阅读可以发现，着墨最多的还是故乡，他有着浓郁的“村庄情结”。他在《村庄》中划出了三个板块：乡情凝重永恒，亲情刻骨铭心，真情深邃高尚。不难看出，乡情、亲情、真情在他心中有多重。多少年来，他无时无刻不在回望，矢志不渝地坚守。在他那里，村庄是一座丰富的矿，取之不尽，用之不竭。他像一个勤劳的农夫，风里也来，雨里也去，不停地耕耘，不断地收获。坐在屋檐下，就着粗茶淡饭，看那人那山那水，这都是“在盛产奇迹和欲望的都市难以享受的”。有人说，厉彦林散文最为明显的审美取向之一，就是他对乡村那种温和、轻微、朴实、润畅景物的感知及描写，让人感到一种和谐之韵，处处流露出对家乡山水的情，对家乡父老的爱。此言甚为中肯。

厉彦林的散文，谋篇精巧，剪裁得法，收放有度，叙述得趣。他是中国传统文化的守望者，但这并不影响他与时代同步。恰恰相反，一方面，他钟情于传统文化经典，从中汲取丰厚的养分；另一方面，他在时代大潮的浪花中，采撷人们喜闻乐见的时尚元素。他的散文篇幅大多不长，但角度非常独特，叙事妙趣横生，用材删繁就简，写重要事件不觉其重，忆身边琐事不觉其轻，娓娓道来，韵味无穷。

他的语言有情，有趣，有味，笔下的文字不像写的，倒像说的，少有雕琢，少有铺张，少有现成词汇。那种节奏，那种叙述，那种腔调，让人感觉像听朋友聊天。并且聊天的方式，带有沂蒙山特色。到过沂蒙山的人都知道，当地人说话就这个味。诗的灵性与口语交融，大大增强了阅读的兴味儿。大爱平实，大雅无华。就像登山，到过顶峰的人最能感受到什么最美。他的散文，读起来如行云流水，自然天成，形散而神凝，看似随心所欲，背后却蕴藏一片匠心。

厉彦林的本职是公务员，这就使他的散文少了些轻浮花哨，多了些思想厚重；少了些风花雪月，多了些使命之责；少了些无病呻吟，多了些民生关怀；少了些功利浮躁，多了些从容淡定。一般来说，散文应当是美文，但并不是说称作散文的都是美文。我认为，美文既要有文辞的优美，又要有思想的深刻。厉彦林的散文，不仅内容和形式上给人以美感，而且字里行间闪耀着思想的火花，跳跃着鲜活生动的生命力。

他长于以灵动的语言为思想插上翅膀，以深刻的思想赋予文本以厚重。他写自己的村庄，很少有哀哀怨怨的乡愁，而是自豪地宣称《春天住在我的村庄》。他在村庄《享受春雨》，回味《淡淡的槐花香》，感念《乡村货郎》，向往《回家吃顿娘做的饭》，倾听《腊梅花开的声音》，观赏《风雨荷塘》，歌颂《沂蒙红嫂》……他在《家训》中写道：望子成龙、望女成凤，是天下父母的共同愿望；望子成人，是望子成龙成凤的根基。在《我盼拥有一捧土》中写道：拥有一捧土，是纯正的种子就会开拓出属于自己的一片新天地。经历逆境与挫折，有时会让你拥有意想不到的美丽和独特的姿态。厉彦林的散文，基调始终是昂扬的、阳光的，只要走进厉彦林苦心经营的情感语境，便会不由自主地被陶冶、被感化。

在厉彦林的村庄里，有他的血脉之源、为文之根、做人之本，以他的执着和才情，一定会有更大的收获。

避免模式化作文需要怎样的真情实感

邢　婷

没有人说得清充斥着“假话、大话、空话、套话”的“作文人格”形成于何时，但这丝毫不影响其成为语文教育界令人头疼的痼疾。

如果给出一个歌颂家乡的作文题目，学生们会如何作答？在试卷上，在标准答案里，我们看到的多是“我爱家乡，家乡的山美，水美……”等雷同字句，苍白无力。

但对一个人来说，家乡的每寸土地、一草一木都被他用力着墨，并成为多年来不变的写作主题。而这些文字正日益得到语文教育界的重视。

随着《乡情如酒》《布鞋》《煤油灯》《享受春雨》《春燕归来》等十几篇散文入选近年来各地中考语文模拟试题，“厉彦林”这一名字正被越来越多的读者关注，家长和老师们在想方设法搜寻他的文章，学生们则争相下载传阅他的新作。

这让用笔为故乡描摹了20年的厉彦林着实意外，之前他将心目中的读者定义为“年龄和自己相当，有过农村生活经历的人”“这些人读了我的文章容易产生共鸣”。从2009年起，陆续有同事告诉他，在自己孩子的语文模拟试卷中看到他的名字和文章，来自语文教学专家们的肯定甚至让他“有些激动”。

现实中的厉彦林是一位公务繁忙的机关干部，文章都是用“挤”出的时间完成，有的甚至断断续续写了两三年。创作周期之所以如此漫长，碎片化写作无疑是重要原因，此外，找不到文章的魂时，厉彦林也不肯轻易动笔。在这位得过冰心散文奖的作家眼中，“魂”即为“真情实感”。

他给自己最新出版的散文集取名为《春天住在我的村庄》，在他看来，春天这一象征着生命力的字眼代表着自己对故乡永恒的情感。他的心中永远住着那个500多人的小山村，“那片知痛知热的土地”。

从上世纪80年代初就开始关注厉彦林散文的语文特级教师张在军说：“厉彦林的文章兼具文学性和思想性，入选中考语文试卷意味着他散文成就的新高度。”

显然，这并非厉彦林写作的初衷，他提笔只是为了抒发心中满溢的对家乡的爱。

在沂蒙山区那个“挂在岭坡上的小山村”，厉彦林度过了难忘的童年和少年时代。父母质朴的疼爱，乡亲们的朴实、善良、坚韧，如诗如画的田野景色，甚至袅袅炊烟、淡淡槐花香，这方土地给予他太多的温暖与慰藉，幸福与忧伤。多年后，厉彦林回忆：“乡村情结，是我生命中难以割舍的最深远、最浑厚的背景和底色。”

字里行间皆是浓得化不开的乡土情，这些平实、温和、饱含深情的文章被不少语文教育专家视为提升中小学生综合素质的佳作。

“很多老师给孩子上课，讲风景秀丽的桂林山水，讲雄伟壮观的万里长城，讲流碧滴翠的林海，讲一碧千里的茫茫大草原，同学们都为‘云横秦岭’的壮丽景色而骄傲，为‘桂林山水甲天下’而自豪。”在张在军看来，每个人的家乡不一定有名胜古迹，但也处处充满了美，教育学生热爱家乡其实就是最具体的爱国主义教育。

在厉彦林笔下，故乡何处不是景？他写乡间春雨，“恰似烟雾迷蒙、若有若无、若即若离的水粉画”；怀念如今只剩“光秃秃的河滩”的村边小河；写蜿蜒的沙土路，“承载着家乡祖祖辈辈几代人的悲欢离合”；即使小到一捧土、一片叶、一声犬吠都让他低吟长叹。

在他笔下，一事一物总关情。他写乡村货郎，“古铜声的破嗓子，还伴随着些许抖颤，那清亮浑厚的声音搅得村子一片沸腾”；写村里老人形影不离的旱烟袋；写乡村露天电影的热闹与隆重……

作为中小学德育建设和家庭教育的重要内容，孝敬父母的感恩教育越来越受到重视，这在厉彦林文章中多有体现。

亲人的叮咛与呵护，从他笔下淌出，化作一幅幅感人至深的画面。他写母爱，工作后回家，“娘总会把积攒了一年的好东西纷纷拿出来，变着花样做给我们吃”；写父爱，烈日下收麦，“我割着割着竟然觉得越来越省力，很快赶上了父亲。这时，我陡然发现，实际上我只割了三行，那几行父亲早已替我割了。”

有个编辑在选编厉彦林的《回家吃顿娘做的饭》时，被感动得热泪盈眶，擦罢眼泪才记起已经有几个月不给老家的母亲打电话了。

对艰苦勤劳、正直善良的秉性的欣赏，浸润在他的字里行间，有教育者认为这些文字和细节对学生品质的砥砺大有益处。

譬如只认识自己名字的爷爷的家训，每逢下地干活，爷爷一定要把鞋脱掉，“爷爷说，地是通人性的，不能用鞋踏的。如果踏了，地就喘不动气了，庄稼也不爱长了。”厉彦林将此话牢记在心，即使工作后，他回村下地，也必先脱掉鞋袜。

在曾经担任过两年高中语文老师的厉彦林看来，目前语文教育存在的种种缺失不可小视：“目前语文教学过于程式化，口号太多，缺乏对学生的引导，很多学生的文章内容干巴，拼凑痕迹明显。”

“‘作文人格’会影响‘做人人格’，如果一代人甚至几代人都在这种双重人格中生存，那是相当危险的。”长期研究中小学阅读教育的张在军感触颇深。

“要形成‘说真话、抒真情’的文风，就要把对身边事物最真实的感受写进去。”厉彦林说。

写了20年，写尽了故乡的风土人情，有人曾问厉彦林，“会不会写够了、没得写了？”不料却得到他笃定的答复：“能写的东西实在是太多了。”他无时无刻不在回望的那个村庄犹如一座富矿，取之不尽，用之不竭。

如他所言，“我唯一欣慰的是，我继承了父辈的品德，把艰辛的劳作看作是生命的必要、不可推卸的责任；即使没有收获，也心平气和地耕种、忙活。”

大山之情怀，泥土之厚重

——读厉彦林散文集《春天住在我的村庄》

李志明

知道彦林同志的名字，是在20世纪80年代，我还是一名在校的大学生，从当时地区的报纸上读到了他散发泥土清香的散文诗，眼睛为之一亮。从此，我就十分留意他的文章，见到了当范文阅读，还悄悄模仿着写了一段时间的散文诗。后来由于工作关系，与彦林同志由相识到相知，对他的为人为文有了更深的了解。近些年，彦林同志由诗歌转向散文写作，写得风生水起，得了像“冰心散文奖”等一系列大奖，产生了广泛影响。对他在报刊上发表的散文，只要见到我必认真阅读并收藏起来，时常有写点感想之类文字的冲动，但由于手头文章有限，加上对自己水平的怀疑，迟迟没敢动笔。没想到，在这个酷热的盛夏，我收到了彦林同志的散文集《春天住在我的村庄》，无疑是在这闷热的天气里吹来一缕沁人心脾的清风，送来一泓清澈的泉水，令我神清气爽，兴奋不已。用两个周的时间，陆续读完了全书，可用两句话概括我的感觉：大山之情怀，泥土之厚重。

阅读彦林同志的散文是一件幸福的事情，不仅为他独特的发现、细致的描写所折服，还为他饱含深情、富有深度的议论所感动。我一直认为，彦林同志是一位具有鲜明地域特色的诗人作家，他的写作具有文本意义，正如石英先生所说“在当前庞大的散文产出中看到不少的类型化、‘公众模式化’作品比比皆是的势头下，我又实在不能不对有特色、风格显明的可贵表现表示由衷的赞叹。而彦林同志的这些以写乡情生活为主的散文作品是当前应当受到欢呼的突出典型之一。”我始终认为散文界对彦林同志的研究重视不够，这也许与他低调的为人为文风格有关。

彦林同志的散文，以八百里沂蒙为背景，展示了沂蒙山的沧桑、博大、深沉、厚重。他笔下汩汩流出的是山村、小河、老树、乡路、炊烟、庄稼，同时用厚重的笔墨深沉描述了父老乡亲们的勤劳、朴实、善良、憨厚、坚韧，故乡情如山泉喷涌而出，对亲人的爱跃然纸上。彦林同志笔下的一草一木，一山一石，一景一情，对于我是那样熟悉，他的那个小山村仿佛就是我的那个小山村，他的父老乡亲仿佛就是我的父老乡亲。其实，如群星一样散落在沂蒙山深处的每个村庄都是相似的，他们血脉相连，就像一根长藤上结出的同一墩地瓜。

沂蒙山是彦林同志灵魂的家园，是他精神的根，更是取之不尽、用之不竭的创作源泉。他的绝大多数诗文都是从这片土地上生发出来的。故乡是什么？是我们生命的根！小到一草木、一捧土、一片叶、一块石头、一粒虫鸣、一声犬吠……都令作者低吟长叹、魂牵梦绕。无论岁月怎样流转，她永远是作者精神的王国，故乡的太阳永远照耀在他的头顶，温暖着他生命历程；故乡的明月永远滋润着他的诗心，让他不断收获着饱满诚实的美文。

彦林同志的散文，没有长篇的议论和喋喋不休的说教，更少见动辄上万字的鸿篇巨制，大都精练、隽永，但让人爱不适手，读起来绵远悠长，如饮一壶老酒，我认为至少有以下几个显著特点值得关注。

乡情浓郁、感情真挚是彦林同志作品的第一个显著特点。莫泊桑说，爱自己的父母像人活着一样自然。彦林同志的文章中，充满了对父母、对父老乡亲的深情厚爱，爱得深沉而刻骨铭心，处处体现着对父母养育和教诲的感恩。通过《回家吃顿娘做的饭》《凝望娘满头的白发》《煤油灯》《回家过年》《布鞋》等文章，我们认识了这样一位母亲：她朴实、勤劳、娴慧、善良，心怀大爱。这就是彦林同志的母亲，她是沂蒙山千千万万个母亲的缩影。文章许多描写母亲的细节，比如煤油灯下母亲的身影、送儿远行母亲脸上的泪痕、做衣做鞋的母亲手指上的血滴等，都深深感染着我们。尤其读到"在家的日子，娘总会把积攒了一年的好东西纷纷拿出来，变着花样做给我们吃，顿顿都是七个碟子八个碗，像招待远方尊贵的客人。吃饱了，娘还逼着多吃几口，恨不得把好吃的东西全都塞进我们肚子里。"(《回家吃顿娘做的饭》)读这段文字的时候，我的眼湿润了，也对季羡林先生说过的一段话有了更深的理解，"世界上无论什么名誉，什么地位，什么幸福，什么尊荣，都比不上待在母亲身边，即使她一个字也不识，即使天天吃'红的'(注，指高粱饼子)"。所以，彦林同志才发出这样幸福的感叹："回家吃顿娘做的饭，是一次幸福而快乐的旅行，是对逝去岁月的追溯和留恋，源自对父母的牵挂和对浓浓亲情的期盼。"(《回家吃顿娘做的饭》)写到这里，我向天下的游子们呼吁，请您在百忙之中抽时间回家吃顿娘做的饭吧！

彦林同志在《父爱》中写道："历代达官贵人，文人墨客包括平民百姓，歌颂母亲的多，歌颂父亲的少……这不知是观念问题，还是缘于父亲情感厚重、不善言表？"读过许多写父爱的文章，但像彦林同志这样尖锐提出这个问题的，我还是第一次见到，不觉心里一震。母爱如水，父爱如山。父亲是家里的顶梁柱，他对子女的爱不会像母爱一样细腻缠绵如水，但藏在威严深处、不善言表的那份爱，一点也不逊于母爱。不信，请读读《家训》《祖孙四代求学梦》《父爱》等文章，无论是父亲坐12马力拖拉机冒严寒去城里给儿子送煎饼、鸡蛋、散发体温的五十元钱，还是悄悄为帮儿子割麦子，哪一个情节不打动儿女的心弦？当年，我在《山东文学》上读到《家训》这篇文章时，心潮起伏，彦林同志说出了我们的心里话，为此，我还写了一点感想寄给了《山东文学》。今天再读这篇文章，倍感亲切。彦林同志的父亲是位老实巴交、憨厚地道的农民，他说出的话不是大道理但又句句是真道理，“人活一辈子不容易，但无论如何要活得正，站得直，人活就是一口气。”这样的话语土坷垃一样土，掉到地上却砸个坑，大实话就是大真理，这不仅是对子女教诲，更是对他们的期盼和深沉的爱。正如彦林同志感悟到的：“真正理解父爱的深沉凝重，需要岁月的凝聚，需要细心的品味和琢磨。”（《父爱》）

观察细腻，语言具有诗意之美，是彦林同志作品的第二个显著特点。文学是语言的艺术。文章不讲究语言的锤炼，就显得粗糙而失去感染力。彦林同志是一位颇有成就的诗人，他的散文中处处散发诗意之美。读他的文章，像畅游在野花盛开的山野，常有新的发现，新的惊奇，无法不被他富有感染力、精彩而富有内涵的句子所感染。他写春雨后的山野，“细腻柔婉的春雨过后，几朵白云点缀在蔚蓝的天空，密密匝匝的花草探出尖尖的脑袋，青春的希望陡然钻破残雪覆盖的土层”。（《聆听春天的脚步》）鲜活、生动、形象。写春雨，“雨滴的声音，若禅音悠长，涤尽风尘，溅起尘香”。好一个溅起尘香！春雨是什么味道，也许只有诗人知道。“看雨，会萌生一种冲动；听雨，能回味一种浪漫；品雨，会是一种人生解脱。”作者的灵魂与春雨发生共鸣，升华到一个新的境界。写故乡的小河，“清澈的小河像一面波光粼粼的镜子，又宛若华丽的绿绸缎，月亮在河水中荡漾，在波浪上跳动。”（《故乡那弯弯的小河》）动静结合，美丽如画。再看他的《春天住在我的村庄》，简直就是诗，整篇文章由春景、春雨、春晚等几幅画组成，既写了春天景物的变化，又写了春雨的朦胧，春晚的幽静，读这样的句子“等圆月从山嘴上升起，把银色的月光洒满山乡的角角落落，村庄已枕着夜色和湿润的雾气，沉浸到恬静、安静的梦乡里去了”。这样的山村夜景多么令人向往。当下一些散文，不注意谋篇布局，不注意提炼构思，想到哪里写到哪里，陈芝麻烂谷子，是素材的无序堆积，读起来索然无味；也有的有筋无血肉，硬邦邦的硌牙。语言的功夫很大程度上代表一个作家的造诣和层次。彦林同志的语言，不是一朝一夕之功，是三十年不懈锤炼的结果。

生动准确的语言，不能靠凭空的想象，而是源于作者深厚的生活根基和非凡的观察能力。看看彦林同志写炊烟颜色和形态的变化，“如果炊烟的颜色是清淡的白色，那说明灶里的柴是干燥易燃的。假若是浓浓的黑色，那或者是绿草太多了，或者是柴草太潮湿；如果股股浓浓的又黑又白的烟涌出，那肯定是刚起灶，母亲刚把柴火点着；如果烟口出现的是连续不断且透明的烟，肯定是锅里的饭菜正在闷炖的时候；如果炊烟只剩下那么一小丝轻薄的样子，那肯定是饭菜已出锅了”。我看到这段文字后，会心一笑，如果没有在农村长期生活过，不会写出这种变化；即使生活在农村，不注意细微观察，也写不出。善于捕捉生活细节部分，是一个作家深厚功力的体现。

融情于文、融理于文，散发人性之美，是彦林同志作品的第三个显著特点。好的作品是作者对生活、人生、社会的发现、感悟、思考，具有促人思索、教人向善之功效。彦林同志的散文不是板着面孔干巴巴说理，而是融情于文、融理于文，把叙事、描写、抒情、感悟有机结合起来，顺畅自然地把“我”摆进文章中，打上“我”的烙印，而别人不可重复，作品就有了特色和独立性，这不是一般的功夫，是高手才能达到的境界。“我仿佛也成了一株荷，在大自然里重塑自己……”（《风雨荷塘》）人与荷交融了一起，我是荷，荷是我。“只有品味世态炎凉，体验人间风雨雪霜，人生才会趋于完美，也着上成熟的颜色。”（《青石小巷》）这是彦林同志对人生的感悟，也是对世人的劝诫。“我一直在想象，天烛峰的迎客松是如何历经风雪，扎根发芽，坚守着，抗争着，开拓着自己的家园，一天天、一步步长大。”（《我盼拥有一捧土》）这是对顽强生命的敬畏和礼赞，教育人们怎样面对逆境、困难和挫折，所以“经历逆境和挫折，有时会让你拥有意想不到的美丽和独特的姿势”（《我盼拥有一捧土》）。“那些不起眼的穷乡僻壤，绿荫丛中的乡村小菜园，那里有人们塑造的‘人间天堂’。城市与乡村正各行其道，各显其长，为拓展出不同的思想领地和生存空间。”“无论城市还是乡村，都值得我们尊敬和留恋。”（《乡下老家的菜园子》）我非常赞同彦林同志的这种包容思想，不像有些文章，要么把乡村说得一钱不值，要么把城市说得一无是处，读了总让人觉得造作，不舒服。彦林同志深怀悲悯和大爱之心。在《“沂蒙特产”》这篇文章中，彦林同志在与一位失学女孩的对话中，了解了小姑娘家庭的不幸，也了解了她的坚强和对上学的渴望，让他心情非常沉重，小女孩透着蒙山骨气、沂水灵气的大眼睛令他难忘，她的微笑与眼泪令他难忘，由此彦林同志想到了沂蒙山“和她一样遭遇的所有孩子”。

彦林同志还写了《沂蒙山小调》《走近孟良崮》《沂蒙红嫂》等一系列文章，来歌颂英雄的沂蒙山，歌颂英雄的沂蒙人民。作为沂蒙之子，彦林同志写这些文章时，心怀敬意，饱含深情，文章写得情真意切，感人至深，“沂蒙红嫂，沂蒙母亲，吮吸过您的乳汁、穿过您做的布鞋、吃过您碾的小米、受过您掩护的将士惦念您、崇拜您，享受着和平和幸福生活的每一位中国人佩服您、怀念您，那页艰难而又辉煌的历史将永远铭记着您！”(《沂蒙红嫂》)没有千百万个“红嫂”，就不会有革命的胜利，何谈今天的幸福生活？这类文章现在却很少看到了，这是很不正常的，忘记历史是可怕的。

彦林同志在《后记》中写道：“像我这五十开外的人，能在繁忙的工作之余坚持业余写作，靠的是生活的兴趣和乐趣，力量源于那颗感恩的心。”他感恩生他养他的那片土地，感恩父老乡亲的无私给予，感恩酸甜苦辣的人生，并力求通过自己亲历的真实生活，折射出时代的身影以及对现实的观照、对人生的启迪。这就是彦林同志创作动机和动力之源！

家园如梦，乡情如歌

——读厉彦林《春天住在我的村庄》

滕如勇

“不管游子旅程走多远，无论远离故乡时间多长，生命的根须永远扎在生他养他的故乡……”火热的夏天，翻阅着厉彦林先生的散文集《春天住在我的村庄》，引人入胜的段落或者章节，好像大海里一朵朵赏心悦目的浪花裹挟着淳朴的文风向我扑面而来，真情灌注，沁人心脾，豁人耳目，带给我一种从未有过的阅读体验，也得到一种审美的愉悦和精神的满足。这是一本有品有爱、有声有色、有情有趣、风格鲜明、散发着浓郁乡土气息的散文集，它在我精神的高处熠熠闪烁。

家园如梦，总在不经意间轻轻闯入游子的心扉；乡情如歌，总在蓦然回首时悄悄在凝眸处唱起。《春天住在我的村庄》是厉彦林先生用纯净的心灵和浓重的乡情谱写的乡恋之曲，共收入其近年来创作的散文51篇，由乡情凝重永恒、亲情刻骨铭心、真情深邃高尚三辑组成。乡情凝重永恒以最真实的情感、最自然的笔触、最富有诗意的语言抒写了对滋养过他生命、磨砺过他意志、锻打过他青春年华的故土深情。亲情刻骨铭心则以深情为笔、挚爱为墨，用一种感恩的心去捕捉生活的细节，讴歌了亲人平凡而高尚的人格和品德，表达了一种感恩生活的赤子之情。真情深邃高尚抒写了自己对家乡风土人情的热爱。统观全文，有作者对过去美好时光的回忆，如《煤油灯》《露天电影》等篇什；有对亲人的怀念，如《父爱》《凝望娘的满头白发》《家训》等篇什；也有亲切的育儿教子篇，如《安琪儿的微笑》《青春20岁》等篇什。作者还记叙了家乡纯天然绿色、独具风味和特色的《蒙山特产》，舍生忘死、奋勇支前、感人至深的《沂蒙红嫂》；还有悠扬的家乡民歌《沂蒙山小调》，充满神秘色彩的《走近孟良崮》等篇什。作者写人记事，随手拈来，信马由缰，看似没什么章法，实则错落有致、完整统一、形神兼备、散而得法，那种随心所欲、从容不迫的叙述让人看着舒服。淡雅简洁、质朴自然的语言，极具跳跃性，如行云流水、珠落玉盘，字里行间透露着通达的性情，烦琐小事里折射着生活的意趣和深刻的哲思，启人心智，令人深思，在我们心灵的原野散发着芬芳。

作者长期身居城市，每次回到深爱的故乡，生活环境的变化、美丽的景致、新奇的民俗、故乡的平常人和琐碎事等等，都成了他笔下丰富的素材。无论是《夏雨中的山村》《乡间秋雨》《故乡那条弯弯的小河》《沂蒙地瓜》，还是《青石小巷》《乡下老家的菜园子》《狗尾巴草戒指》，在笔墨中无疑都浓染着作者积淀在内心深处凝重的感情。所以他《乡村情结》中说："那每一次回故乡的探望，每一次在村头的驻足回望，那乡村情结就更牢固地盘扎在我的心坎上，那么刻骨铭心，那么荡气回肠，都市人真正渴望的是乡间的自然、安谧与宽厚，铭记的是山民的纯真、朴素与善良。"他在《狗尾巴草戒指》中写道："有时候草可以代替真金，有时候真金却代替不了普通的草。草戒指，在经过岁月的打磨和人生磨难以后，反而越来越珍贵。"这些文章读来散淡恬静、朴素空灵，没有很多的抒情，但写的都是他在现实生活中的真正体悟，具有震撼人心的思想冲力，从而使他的散文有了深度和高度。在我看来，作者笔下的乡村却更像是《西游记》中的定风珠一样，给都市里工作异常繁忙的他一片心灵深处中的宁静。正如石英先生所言："一个作家清醒的'定力'是至可宝贵的。一种具有鲜明特色、形成独具风格的散文作品在当前铺天盖地的散文产出中尤其可贵。"

著名文学评论家何镇邦先生曾指出文学创作要做到三个打通：打通古今、打通中外、打通雅俗，我认为厉彦林先生在这方面下过很大功夫。他不仅对我国的古典文学和现当代文学进行了深入研究，而且对外国文学也进行了广泛的阅读，立足于我国的文化传统，努力打通古今中外，使之熔于一炉，并铸广博的知识与精审卓识于一体，以自己独特的视角和感觉对生活进行创造，写出了如此独特别致、隽永优美的散文，可以说在乡土散文写作领域开拓了一个崭新的境界。古典诗词、中外名言警句在他的散文里俯首皆是，用得恰到好处，有娓娓道来之风范，行文也显得大气。《乡村情结》："当踏上久违的故土，发现物是人非，就会情不自禁地低吟：'少小离家老大回，乡音无改鬓毛衰，儿童相见不相识，笑问客从何处来'。"《享受春雨》："令人悄然想起'小楼一夜听春雨，深巷明朝卖杏花'、'天街小雨润如酥，草色遥看近却无'的美妙佳句。"《牵挂是福》："对乡情的牵挂，让我们明白宋之问'近乡情更怯，不敢问来人'那种痛苦矛盾的心理和对故乡难割难舍的纯真情感。"《腊梅花开的声音》："正如清人龚自珍诗曰：'梅以曲为美，直则无姿；以欹为上，正则无景；以疏为贵，密则无态。'"《祖孙四代求学梦》："巴尔扎克说过：'人生最美好的主旨和人类生活最幸福的结果，无过于学习了。'如今多数读完高中的孩子可以跨进大学校门，虽然费用高了些，但能圆大学梦了！"《青春20岁》："马登在《伟大的励志书》中写道：'每个人的一生，都应该有一些比他的成就更伟大，比他的财富更耀眼，比他的才华更高贵，比他的名声更持久的东西。'这个东西，就是高尚的人格，高尚的人格是做人的成功脊梁和支架。""要学会常怀感恩之情。滴水之恩，涌泉相报。爱因斯坦说过：'每天我都要无数次地提醒自已，我的内心和外在的生活，都是建立在其他人的劳动的基础上。我必须竭尽全力，像我曾经得到的和正在得到的那样，作出同样的贡献。'"纯厚质朴的方言、土语不时闪烁在字里行间，为老百姓所喜闻乐见，可见他与广大基层群众鱼水情深，与农民有着共同语言。《院中那棵老槐树》：“槐米采摘下来放在席上或石板上晒两三天就干透了，就变成金黄色，然后用簸箕掂几掂，就分出了一二三等，到公社供销社保准卖上个好价钱。”《煤油灯》：“当时农家日子都紧巴巴的，生产队的工分也不值钱，家家只好养上几只老母鸡，靠鸡蛋换煤油和针头线脑等基本生活用品。”《回家吃顿娘做的饭》：“节假日，回老家吃顿娘做的热乎乎的饭，是多少住在城里的人的一种梦想，甚至是一种奢望。”

叶圣陶先生曾说过“生活充实，才会表达出、抒发出真实的深厚的情思来”。厉彦林是一个善于思考人生的人，他坚信岁月是人生的段落和章节，真情是文学的乳汁和灵魂，他以其所处的时代、生活的环境、艰辛的历程、人生的遭遇为基础，以秉持不弃的文学良知、人文关怀和精神担当进行文学创作，用散文的形式艺术地表现出对乡土无比的眷恋和热爱、对乡村诗意的描绘、对乡人质朴的勾勒、对往事平淡的回忆。他喜欢深入生活，用眼睛去仔细观察，用心灵去认真感受，然后由表及里进行深入的思考，把笔触延伸到灵魂的深处，在文字中汩汩流淌着浓浓的感情。在生活的磨砺和锤炼中，他始终以一颗平和、感恩、向善的心对待人生，在是非之中保持清净。所以，他说：“我唯一能欣慰的是，我继承了父辈的品德，把艰辛的劳作看作是生命的必要、不可推卸的责任；即使没有收获，也心平气和地耕种、忙活。”

鲁迅先生有一句名言：“创作总根于爱”。我想，正是基于对故乡和生活无比的热爱，厉彦林先生才能在物欲横流、诱惑丛生、人心浮躁的当今社会，坚守一份传统的纯朴和宁静，坚守心灵净土上那如荷花瓣上欲滴的率真，真实地再现生活的底蕴，真诚地拥抱生活的亮丽，用散文抒发着、指引着人生。

感动和震撼

——读厉彦林《春天住在我的村庄》

佚　名

本周六休息，哪儿也没去，潜心在家读了一整天的书——《春天住在我的村庄》。

好久好久没这样读书了！读着读着竟忘记了吃饭、忘记了午休。

书中的一山一水、一草一木、一花一树、春夏秋冬、鸟兽虫鱼、雷电风雨、年年岁岁、人间亲情、故乡的土、故乡的山、故乡的水、故乡的人……无不被刻画得诠释得淋漓尽致，让读者有着一种宁静淡泊，更有着一种感动震撼！

《春天住在我的村庄》，凝聚着浓厚的乡村情结、乡村恋情。自然美、风情美、建筑美、亲情美，无不情景相融；小河流水、菜园趣味、乡音绕梁、民风淳朴，乡村自然美，美得如诗如画；细腻的母爱、凝重的父爱，无不真情深邃；“家训”“祖孙四代求学梦”“回家吃顿娘做的饭”“凝望娘的满头白发”“狗尾巴戒指”“青春20岁”“安琪儿的微笑”，无不刻骨铭心；“风雨荷塘”“我盼拥有一捧土”“走进孟良崮”“沂蒙红嫂”等，无不显示出高尚风格之情操；那“沂蒙山小调”，仿佛是来自天籁之音在耳边不停地回荡；“露天电影”“煤油灯”“旱烟袋”“货郎”“石磨”，这些离我们生活已经很久远了的，渐渐淡忘了的一个时代的产物又重新跃入脑海，清晰地展现于眼前。文字写的美丽漂亮。

由不得不感叹作者厉彦林极强的洞察力和非凡的记忆力！

散文选《地气》评论

地气与诗意

张　炜

诗人厉彦林的散文选《地气》颇受关注，有一个原因据说是因为很接“地气”。我在多年前写过他的诗的评论文字，认为他用诗的形式，努力为沂蒙山构筑起一部特殊而鲜活的历史。其实他的散文也在做同样的努力，而且更直接更生动，有更可触摸的温度和亲切感。沂蒙山长期以来吸引着许多人的目光，深邃曲折，经历了激越的战争年代，积淀和汇聚了诸多元素与色彩，是一个无比丰富的世界，可以做各种诠释和解读。一片连绵的山地，蕴藏着巨大的牺牲和奉献，神秘而厚重，留下了无尽的爱恋和慨叹。谁能把真正的沂蒙山呈现出来，谁就是一位不朽的歌者。

对于地域文化和生活情状，我们已经使用了太多的语言去概括，渐渐化为一些耳熟能详的符号。这种传达方法如果走向一个极端，也会形成一种遮蔽。就一片土地，还需要具体的感性和清晰的理性，需要二者并存的表述。就此而言，书中的这些篇章是令人赞叹的，它再次唤起了深入山地的欲念，勾起了一片古道热肠。它不单单是忆旧，不仅是对于往昔的留恋和寻觅，还有关于现实的记录，发出了时代的感慨。新与旧的交织共鸣，产生了深刻的历史感，使沂蒙每一座突起的山峰与深长的沟壑都充实了新内容，与生活在这里的人血肉相连。这其中有斑驳的民间记事，有梦想之歌，这一切终化为一场浑然的和声。我们从那如豆的山间油灯的微小光亮里，窥见母亲操劳的面容和童年的欣悦；从一枝吐蕾的腊梅听到春天的声音，释放大山的消息；从袅袅升起的一缕炊烟嗅出故乡的香气，更有忧伤和贫瘠……这些感知并无太多曲折生僻，却是一个时代的儿女情怀。

仅仅用“地气”去解释艺术的力量未免肤浅。它不等同于底层，也不是庸俗和粗浊的汇集物，不能远离精神与理性的澄明之境，更不是拙劣的堆积和表演。它应该是来自土地本身，是生命之根，是创造和生长的依据和滋养。这种绵绵无尽的吸取和长久的依傍，可以对创造者构成巨大的支持，使其像大地上的植株一样欣欣向荣。作者有过许多感人至深的诗章，同样的意境在此洇化开来，漫成一片，可谓异曲同工。没有诗意盎然的文字就不会激动人心，因为愤怒和欢欣没有满溢迸发的冲决，就难得一场酣畅淋漓的倾诉。

这些文字如果归于地域民俗记录也未尝不可，而且它们有着更多的含纳和包容，视角也更加开敞。它们着迷于故地风习和传统，对山地独有的一些生活画面给予了极为清细准确的描摹。这种记述有别于一般的历史书写，因为它有颜色有气味，有不易重复的一些具体或偶然的场景。这就与其他文字形成了互补关系。沂蒙布鞋、鞋垫，煎饼和石磨、窗花和地瓜，它们无一不是作者用情用心之物。这或许是生活中的微小，却反映出山里人的生存之道，连带出无数的故事和漫长的传统。贫困的往昔，享用和快意，甚至还有奋力一挣的山地之勇，都尽在其中了。这是以小搏大，是技法也是情感，是不能忘怀的故土之心，读来好比一壶热酒的倾倒和饮用。

我们用诗意去概括全部文字，寻觅洋溢于字里行间的艺术因子，感受和领会它独有的意境。如果世俗化表面化地理解“诗意”，就会将其与华丽的言不及义或无关痛痒的文辞连在一起，造成很大的误解。真正的诗意是深刻的击打和触摸，是歌哭相随的血泪之声，是极致化的表述，是灵感迸发的一次捕捉。诗意是充盈真实与浪漫挥洒的结合，是至真的性情和至深的认知。没有诗意的记述是平庸和廉价的，是经不住时间淘洗的余赘。我们在这里指认的诗意，正是划定在这样的范畴之中。关于土地之力的支持成为诗意的重要条件，没有这个基础，一切也就不可奢谈。

多年来，沂蒙山被一再地演绎。正因为相似的文字太多了，所以要写好这片山地难度极大，它需要别开新局，需要将视野放到足够的开阔、提升到足够的高度。在种种努力之中，最常用的方式即忆旧和怀念，这庶几变成一条近路。因为这条道路熟稔而又常新，它是源于生命深处的，能够通向炽热的内部。这条路上既有许多庸常俗腻，也有真挚动人的婉叹和吟哦。关键看心力能否收束，情意能否质朴，所言可有洞见。如果这些元素汇拢和具备了，也就有了令人惊喜的收获。我们现在面对的这些文字，就是依赖了纯真的乡土情愫和深沉的思考，不倦地向新的境界拓进的结果。这里似乎全是古老的话题，却每每有使人惊喜的发现，有全然不同的个人视角：他能从萤火虫的微亮中看到童年的身影，从它的冷光中感受一个时代的热度，从双脚入土的瞬间，捕捉地力攀援而上直到弥漫全身的神秘一刻。这就是非同一般的悟想和记录了，只有专注和用心，只有一片诗心，才能抵达这样的境界。

一片被文墨反复涂抹的大山，一片被固有概念锁定的大山，渴望更为生鲜的内容去填补和扩充。她仍然在不停的发现之中，生长之中，正迎着阳光吐出新的叶芽。一座蓬勃的大山一定会有她的追随者，他将为她吟唱，使用浑厚的男声。一个诗人的所有文字都是诗，都将散发出浓烈的诗意。

我们期待的新诗行就这样出现了，它写在心扉上，终成为一部灼人之书。

厉彦林这部散文选如同他的诗仍旧书写了那片热土：沂蒙。

暖心暖肺的情感抒发

——读散文选《地气》

张晓林

厉彦林的散文选《地气》(人民出版社2018年1月出版)，汇集了他的70篇优美散文，书的装帧设计也很精美大气，与文章交相辉映。而且每篇散文后边都有二维码，微信扫描就可听配乐朗诵，使人耳目一新，也真切感受到高科技的神奇。《地气》中的每篇散文，故事细节、抒情状物、写人绘景都是不尽相同的，但仔细品读之后，都会感触到写在纸上的文字有一种聚元气、有骨气、扬正气的力量，紧贴地气，紧扣时代，直击读者的心灵。

《地气》这本散文集，分为乡情如酒、亲情暖心、真情在胸和家国情深四辑。这些作品站在时代的高度，把握时代脉搏、记录人间变迁、反映发展成就、弘扬真善美，给人以昂扬向上的力量。有的文学创作，很注重个体内心和个体生命的体验，无形中往往忽略了时代主调、家国情怀与人民心声。厉彦林则不同，他说“我愿终生成为一位故乡的歌者”，他立足沂蒙大地，讴歌亲人和乡亲，以此为圆点，延伸至人民甚至人类。中国革命、建设和改革的光辉历程，革命前辈、英模人物，抗日战争、解放战争，改革开放、新农村建设等宏大主题都在他文章中留下印记，父母亲人、沂蒙母亲、红嫂群体、蒙山老人、无名烈士，以及沂蒙石磨、地瓜、煎饼、布鞋、鞋垫、窗花等，都在他的笔下鲜活生动起来，彰显出昂扬向上的中国精神、中国力量。

生活是文学创作的源头活水和丰腴宝藏，而人民是文学创作的表现主体和最终评判者。厉彦林总是怀着对亲人、对乡亲、对故土的崇拜和敬畏之心，善于将内心的感受、对亲人的真情实感沉淀到化不开的浓度和烈酒般的纯度，读者往往被其真诚、圣洁、善良、美好的感情所打动。当读到《仰望弯腰驼背的娘》《回家吃顿娘做的饭》《舍命保花》等散文时，难免让人情不自禁、泪流满面。《春天住在我的村庄》《享受春雨》《煤油灯》《年夜饺子》《赊小鸡》《喜鹊窝》《赶年集》等散文所写的事虽然很“小”，却藏着大主题，透出抚慰社会的温度和照耀人心的光芒，是暖心暖肺的情感抒发。此书的序和跋，分别是散文《地气重凝》和《天光照耀》，都是从关注“今天天气如何？”入笔，反映着中华文化的天地观、宇宙观，“人们极少感谢土地的养育之恩，土地她不计较，默不作声地养育着所有的人；人们为了一时的利益，肆意破坏着她，她不生气，宽宏大度地养育着所有的人；坏人再怎么恶贯满盈、罪该万死，她也不在乎，毫不偏心地养育所有的人。这就是土地的胸怀，展示出最伟大母亲的慈善仁爱，她爱所有子女，摒弃一切掩盖在生命之上的功利或是罪恶”。家人和乡亲们平常的喜怒哀乐，折射的都是民意、民生和民心。《陪爹娘游览天安门》，是个人的尽孝道，但更能反映出沂蒙老区人民对党的深厚感情。厉彦林的散文，善于把个人、家庭的命运与人民、民族的命运联结起来。文艺创作的素材和作者的灵感只有来源于平凡生活，作品才有大地的气息、温度和鲜活度。普普通通的人、事和物，如旱烟袋、剃头匠、蛙声、萤火虫、麻雀、自行车，都能写成优美的散文，都闪动着生活、生命的力量，升腾着积蓄元气、涵养正气的地气，彰显着厚重踏实的底气。《享受春雨》是对纯真与洒脱的渴望，《赊小鸡》呼唤的是诚信，《天烛峰的松》期盼的是社会公平，《进城的大树》抵制的是对农村急功近利的掠夺,《出类拔萃的秘密》张扬的是扎根大地、自我奋斗的精神境界。《攥一把泥土的芳香》,泥土那奇妙独特的芳香和泥土浸润的乡情、乡愁入鼻、入心、入骨,自然且舒心。

文化是一个国家、一个民族最持久的力量。正如英国诗人拜伦所言:“一滴墨水可以引发千万人的思考,一本好书可以改变无数人的命运。”在中国特色社会主义新时代,我们要“立德树人”,涵养公共文明,重塑民族精神高地,真正让中华优秀传统文化、革命文化和社会主义先进文化的基因融入人们的血液和骨子里,更好地发挥文学作品润物细无声的滋润、涵养作用。期盼厉彦林继续坚持传统的现实主义创作道路,写出更多讴歌时代和人民的好作品。

2018年4月17日《光明日报》

笔下乾坤

——读厉彦林散文选《地气》有感

贺茂之

厉彦林的散文选《地气》让我爱难释手、感慨良多，竟涌出写点读后感的冲动。然而拿起笔来——套用该书中《故乡》一文开篇的半句话“迟迟没敢落笔。因为这个题目外延太大、内涵太深、负载太重。”这部大作犹如它的名字《地气》，“地气是日月之精华，是大地母亲呼出的气息。‘和也者，天下之达道也。’大地厚重地载着万物，天空任我们的思绪驰骋。”

《地气》是记述作者对故乡革命老区沂蒙山区的所见、所闻、所思、所悟，热情讴歌故乡亲人、老区人民，妙笔巧绘沂蒙风情、山区新貌，字里行间渗透着深情，选材立意蕴含着大义。

墨子云：“义，利也！”即：义，利人利天下。“天下有义则生，无义则死；有义则富，无义则贫；有义则治，无义则乱。”故在每篇中都能体现出“居庙堂之高，则忧其民；居江湖之远，则忧其君”的情怀。第四辑“家国情怀”，集中体现出爱国为民的大情大义；而第一辑“乡情如酒”中的一草一木、鸡飞狗叫，都蕴含着真情真义。“老黄狗成了我的好朋友、好伙伴。无论是春夏秋冬，还是风霜雨雪，无论是月光明媚，还是伸手不见五指，在那林间的小路上，老黄狗像一位忠诚的卫士，护送着我度过了那段难忘的学习生涯。”“狗重情义，也通人性。人与植物、动物相逢、相遇、相识也是缘分……”

“爱屋及乌”。作者对家乡动、植物的热爱，源于他对家乡亲人的热爱，源于他对祖国人民的热爱。《人民》一文广征博引、谈古论今，从战争到和平，从平民到领袖，从哲学、美学到马列经典，纵横捭阖、洋洋洒洒、力透纸背，揭示出了人民的价值，凸显了“精神高地”，不能不感受到中国共产党的伟大和中国人民的伟大。其他诸篇，也无一不是在歌颂共产党领导下人民的创造、人民的功绩、人民的真善美。显然，作者已经把“讴歌党、讴歌祖国、讴歌人民、讴歌英雄”当成了神圣职责。

作者厉彦林并不是专业作家，而是省机关公职人员、厅级领导干部，但他把繁荣发展社会主义文艺视为义不容辞的责任。这不仅表现在他的多产上，更表现在他的精益求精上。

《地气》就是最好的说明。立意精深，语言精美，结构精妙！全书70篇，无一不根植沂蒙大地，无一不歌颂真善美，而又无一不给人以情的渗透、爱的激荡、力的增长！这不是立意精深吗？语言精美，表现在形神兼备、诗哲交融、平中见奇上。“多少个节假日，白发稀疏、弯腰驼背的娘，拄着拐杖，站在街口，弯着腰，眯缝着昏花的老眼，像遍地挑黄豆一样盯着每一个行人，眼巴巴地盼着我们全家归来。”你不觉得如临其境、如见其人、如视其神吗？更催人泪下！“有时候草可以代替真金，有时候纯金却代替不了普通的草。”这不是诗意与哲思最好的融合吗？此类语言比比皆是。四辑前面的每段引语，都是一首绝妙的诗。

而结构精妙，又是该书的一大特点。请看四辑的标题：多情凝重，亲情暖心，真情在胸，家国情深。一个“情”字贯穿全书，而第四辑的引言，更是把全书的内容提炼升华为一个灵魂，即家国情怀：“乡情、亲情、爱情、友情、真情，把这些情融合在一起，汇聚成雄浑厚重、深邃博大的家国情。家国情是心怀天下的宽仁情操，是疾恶如仇的傲骨临风，是精忠报国的英雄气概，是热泪沾巾的壮美柔情。家和国同宗同源同命，合着祖国跳动的脉搏，携手共圆远方的梦。”

尤为精妙的是该书的序与跋，前后呼应，浑然一体，序“地气重凝”，跋则“天光照耀”，对仗工整，妙不可言；而地坤天乾，古今常理，千载不移。从每篇到全书，是典型的“形散神不散”的结构；从文字到每篇后的二维码，阅听并蓄，是高科技的应用和读书的飞跃；从字面到立意，是出色的“笔下有乾坤”的体现。从彦林同志的《地气》和他110余篇入选中小学语文教材、教辅的卓越成就看，似可体味到习近平关于“四有”创作理论的内在关系：“胸中有大义”是基础，“心中有人民”是方向，“肩头有责任”是动力，“笔下有乾坤”是结果。

2018年4月3日23时52分于办公室

2018年5月9日《中华读书报》

美哉，春雨升发《地气》

——读厉彦林新著《地气》

石　英

彦林同志这部力作，定名为《地气》。其中有的篇章我在他单篇发表时就读了的，但当通读全书之后，不仅更咀嚼到内涵的新意，对于书名《地气》亦深感切当、不俗，概括力极强。

我本人亦生长于农村，对于“地气”的含义自然也有较深的体味。仅举一例：我们老家的中小户人家，不论是瓦房、土坯房和草房，室内都不铺地砖，更不必说当时不可能有水泥铺地。但一般住户的主人并不觉得自惭形秽，甚至根本没有想到因家境清贫而被人笑话。只要屋内地面夯土平整而瓷实，日久则丝毫未有不适之感。根据我幼时对大多数乡亲的了解，这样做的确并非出于不够富有而无奈，皆因有一个悠久的传统说法（也是一种信念）为支撑：人，生在世间，必须“接地气”，只有与深层的地气相通，才能天地相接相融，心身舒泰。故而乡农人家在春、夏、秋农忙时节，许多人常常赤脚履地，其心理基因与上述道理大抵相同。皆因乡民传统认识是：地乃生命原始之本，气乃命根之所在，无气则不固，气莠则不兴。所以地气不能随意阻断，断则如水绝流，气脉不畅。作家厉彦林深悟此义，并以今之先进思想提升至一个全新的境界。

《地气》是一种深度，也是高度。由它来统领全书之篇章，犹如春雷布云，雨丝润苗，天地相通，气象蔚然。但也只有生命的基因植根于热土，以全部的感情融进无限热爱土地的作家，才会写出如《地气》中这样真挚、热切、浑厚而感人至深的篇章。而彦林同志正是这样一位作家。他不仅有志于做出这种义不容辞的奉献，更难得的是他出色地实现了这一闪亮的目标。他以这些堪为上乘的篇章与韵味浓郁的文字，表明了他无愧于沂蒙大地的儿子。这一点，当我仔细阅读了书中每一篇角度不同却浑然一体的文字之后，便不能不由衷地得出这一结论。

首先是因为：他太热爱生养他的那一方土地，一山一水，一村一路，乃至那作为标志的屋舍炊烟和犬吠鸡鸣，这有声与无声的一切都足以唤起他不能误认的情愫。这一切，也许在别的地方大致都有，但彦林作为作家和赤子的心灵辨识中，故乡是他最熟悉最亲切的"型号"。我在读过他的这些文字之后，愈发感到真正的文学作品之间不能重合的重要性，愈发认识到"大路货"与"这一个"的良莠真伪。在对农村和故乡熟稔的精度上，彦林的散文应属特色极为鲜明的"这一个"。

他熟悉的几乎都是美的或深含美质。如"春雨中的村庄异常美丽。灰蒙蒙的雨雾，隐隐地遮住每一栋房舍。村庄就像披着彩纱，含着几分羞涩的村姑。走进村庄，那泥土、青草、庄稼和牛马粪味混杂在一起，让人特别坦然和舒服"(《春天住在我的村庄》)。在作者的心目及至嗅觉中，他的村庄中所有的都是美的。这当然不是刻意的粉饰太平，而是出于由衷的喜爱(哪管是"爱屋及乌"也是发自内心)。这充分说明，对农村和故乡的非同寻常的熟悉与发乎深心的热爱是密切相连的。由熟悉而热爱，因热爱而至熟至亲。"熏暖的微风中，一缕缕饭香扑鼻而来，口水自然就流出来。这时喊孩和唤鸡鸭的叫声，牛羊哞哞咩咩的叫声，锅碗瓢盆合奏着。上了年纪的老人，饭前说啥也得品上二两老烧酒，脸色红润，悠然陶醉。”这无疑是村庄的主人（孩子或长大的孩子）最熟悉的真实生活，也是浸透心身最抒怀最珍爱的生活。可见，不熟悉的“热爱”必然缺乏深度，不深爱的“熟悉”依然陌生。

再者，也是我读后的深切感觉，即全书透出的气韵朴厚与精美并具，传统与求新互融。总之，村庄并非是一味满面苍颜，固守旧俗，而是春风秋雨，美质浓郁；传统文化中的勃勃生气，时时流贯于字里行间。因而，此美为跨时代之美，绝非顾影后望之恋旧之文。作者始终能把控着文思的平衡，不失引导读者品阅的生动性。

以下这段文字大致可见作者思路的轨迹：“烟袋对于村里的老人来讲，那是形影不离、相伴四季的伙伴。长长的烟袋既是身份年龄资历的象征，又承载着老人一生的沧桑和许多老掉牙的故事。烟袋升腾的烟雾里，有春耕秋收的辛劳与惬意，有谈天说地的深思与感悟。有家庭和睦、子孙缠绕的幸福与满足，也有琐事扰心的愁怨，更有对于生活，对于生命，对于风烛残年等字眼的真切感慨。”随着经济社会发展，人们生活质量的提高和保健意识的增强，“吸烟有害健康”已成为大家的共识。当下不抽烟的人越来越多，抽烟的人越来越少，控烟、戒烟成为一种新的时尚。越来越多的人不再吞云吐雾，而是主动锻炼身体，享受绿色健康人生。通过旱烟袋经历的兴衰乃至淡出农家生活，浓缩了时代人生的变幻图景……

彦林同志在本集的不少篇章中，不吝笔墨地状写“乡味”与民俗情趣，有时甚至达到了入微的精细，必须看到这也是“接地气”的一种表现：真正的原汁原味当然不容粗枝大叶，浮光掠影。因为“地气”也是历史，悠长而精深。但“地气”也能升腾大地万物生长，托举时代的发展。真正的“地气”必然因其有持续不绝之力而充满生气，而从不因雾霭裹缠而蓬头垢面。故而朴厚不应是粗梳的同义语，反而是更耐得咀嚼的纯美的佳构。作家彦林深谙此点：我特别注意到，他愈是在倾情于朴厚乡俗之时，愈是使人享受到意韵美的厚味。这也往往是作者经意的或不经意的“醉美”状态。

还有，同样不能忽略的是，本书在语言文字上的讲究，这也构成为表达成功的重要因素。古人云：“言之无文，行而不远”，此语在《地气》中得到了突出的印证。许多人也许并不详知：厉彦林同志原本就是一位出色的诗人，他的诗作也是独树一帜的，正因如此。诗文相得益彰，尤其在语言表达上得到了鲜明的体现。综观《地气》诸篇的语言特色，可谓美而不艳，精而不枯，谨严却时有变化，运用自如又收纵适度。全书风格浑然一体，调词谴句不乏可圈可点之处。好例俯拾皆是——

“经过风雨洗礼和岁月雕琢，沧桑悠远。甚而有一缕冷峻深邃的感觉，石块的缝隙中，偶尔长出的青苔和没有名字的野草，也给小巷抹上了淡淡的绿意。走进古老幽静的青石小巷，伸手能触摸斑驳黝黑的墙皮，街口清风拂面，酣畅而惬意。脚步轻缓，裸露而光滑的青石上传来寂寞的回声。”（《青石小巷》）

一条普通的乡村小巷，也许一般人纵是往返千遭也熟视无睹，而在真正的诗人和散文家的视觉里，竟是如此的神妙不俗。细致入微、别有意味的艺术感觉，毫无疑问是界定敏锐的艺术家与心络粗疏的过路者明晰的基线。当然感触到了尚须表达到位。在本文作者笔下，诸如“一缕”感觉，“抹上淡淡的绿意”，无疑都体现出中国传统诗词中独有的炼字与炼意之功。彦林得其三昧，在自己散文中便有了精妙而舒贴的体现。

“春雨是会说话的精灵，是律动生命的音乐，是大地相互倾诉的天籁之声，是人与自然和谐相处的静雅风景。春雨会跟随着气候幻化的不同姿态、不同神情。也会随听雨者心情演绎不同的内涵。或嫣然，或惆怅，或温柔，或冷寂，或清丽，或婉约……可谓千种心境，万种雨境”（《享受春雨》）。作者以丰厚的文字底蕴和组合功夫，通过排比等手法，将春雨能够彰显出的主与客、虚与实、动与静的种种变幻情状烘染得淋漓尽致，从而引导读者不能不随他的笔一同进入一个大自然也是充满人生况味的妙境。

“留恋村庄，不是因为我生长在农村，我的亲人都是农民，而是因为我拥有充实欢乐的童年，那个曾经满身泥巴和草屑，在土地上摸爬滚，学会面对风雨的童年。想起这些，胸口便涌动幸福与感动。大自然和村庄恩赐我很多，我却把贴心暖肺的关怀和眷恋带进了城市”。(《村庄的灵光》)

这段文字，典型地说明作者所擅的语言文字本身就是“接地气”的。上下的通透，横向的流动。历史的，地理的，语言文字实际上是作者浸透艺术意味的思维之外显。既然人生观是“接地气”的，其心底外溢的语言文字又岂能不接地气？一言以蔽之，书名曰“地气”，二字足矣！

重凝大地的一脉深情

——读厉彦林散文选《地气》

李一鸣

故乡，每个人出生的地方，那片给予人生命与精神的土地，事实上已经成了每个生命个体的信仰。祖先生活过的土地，远离故土的人精神永恒的故园，无论是脚步的回返，抑或是精神的遥望，都仿佛一种意味深长的朝圣。故土于厉彦林而言，从来不是某种观察，甚至也不是体验，而是一种凝注大地的生命，因而才有了这对精神源头的不止回溯。

在故乡的土地，作者与那里的一切已然融为一体，在一个个难忘的瞬间，下意识地挣脱了钢筋水泥的生命重压与心灵羁绊，身心敞开如赤子，每个细胞都贴紧故乡的土地，直至心灵与故乡的山野草木、与生长其间的父老乡亲默默融合，从而气血畅通，地气升腾。

无疑，与之相应的是远离故土的日子，那些源自心底的惶惑不安，从不曾消失。那些执拗的惶惑与不安，如同失去信仰的人恒久的茫然无措与无着无落。人之为生命个体，土地上的生灵，显现出前所未有的深意。正如费尔巴哈在《基督教的本质》中所表述的“人是宗教的始端，中心点，宗教的尽头”，在故乡的土地上，在土地上的人们中间，作者在本能地沉思中，一次次抵达了精神的深处，从生命与心灵的多维视域，从下意识地怀想与乡愁，到当下语境中对故园对土地的深思，盈满心头。

“出身乡村的人，记忆的底片上总叠印着一个回味无穷的故乡”“我的故乡沂蒙山区，那是一片贫瘠而肥沃的土地，是一片古老而英雄的土地”“我自愿终生成为一位故乡的歌者”。有谁可以拒绝成为一片古老而英雄的土地深情的歌者？多年以后在那里，生命的所思所想，必将成为镌刻于人心之上的乡愁。在那里，同样是给予人最初精神启蒙的古老而英雄的土地，祖先的生命源于此，确切地说，也许正是祖先恒久不散的精神符号，结构出了每个人精神深处亘古的乡愁，使得生命对那片故土的回望变得意味深长，使得怀乡不再仅仅是一时的怀想与歌唱，而是如某种使命般、信仰般深刻悠长：“土地像一首词，上阕是人类生存的空间，下阕是安放灵魂的栖所。”回返故土，回到故乡去，从脚步的回返到精神的皈依，这时的乡愁已不再是语义上的修辞，而是满怀一个生命的温度与质地，用理性的沉思与感性的本能建构而成的，是仿佛余光中“一枚小小邮票中的乡愁”，沈从文翠意悠然边城乡愁，荷尔德林“毕生回返的乡愁”，塔可夫斯基长镜头中的乡愁，更是奥德修斯历尽艰辛执意回返伊塔卡的乡愁。

从某种意义上说，回到故乡，也仿佛回返到庄严的母体之内，再次体味那片土地的温度、气息，以及与身心从未离断的命脉。没有故土不令人欣慰，同样，没有故土不令人伤悲。那片寄寓着每个远行人的土地，有多少欢喜，就有多少绵长的哀伤。没有一个地方对个体生命的牵肠挂肚，比那里更深重，纪伯伦似的“泪珠和欢笑”，就仿佛我们的指纹和胎记，毕生相随，哪怕我们被世界如何重塑，哪怕我们经历了如何的结构与解构，唯乡愁亘古如一。

唯欢乐唯泪水在那片土地上的印痕亘古如一。汉乐府民歌曾有如斯吟唱：“悲歌可以当泣，远望可以当归”。而事实上，自古而来思乡之情悲歌果然可以当泣，却远望如何可以当归？渐行渐远的难离故土，丝丝缕缕的渴念，怎一个远望可以了得。厉彦林并未仅仅驻足于远望，在《地气》一书中，我们不难发现，相比于对故土的执意探寻与回望更为深远珍贵的，是作者经由对故土的炽情，进而自觉地对其外延关照，使个体生命的意义经由思考成为精神价值的葆有者。其散文不仅涵括了生命与精神的毕生返乡，更为意义深长的是，对这片土地的更深层次的持久探寻，透过个体生命对故土的乡愁，呈现出的是一个充满家国情怀的鲜明主题。

这样的写作主题，势必会使一个人对故土村庄的精神遥望不再仅仅是怀想、忆念与歌唱，而已然满怀对祖国对人民的深情，对土地环保，对乡村中国眼下结症与未来走向的隐忧，这样的忧患意识，是在当下享乐至上的语境中难能珍贵的，彰显着一个时代的写作者心中最朴素最深切的良知。爱默生曾说过，“一个人怎样思想，就有怎样的生活”，而这期间的生活，显然，阔大的精神内涵大于世俗意义：关于土地与经济、与政治、与法律、与文化、与伦理，那千丝万缕的联系。于是，土地问题也成了一场“血”与“火”的抗争。这广袤的土地，是一个大“魔方”，转动起来，叫人眼花缭乱；是中国的一面“镜子”，折射着历史和现实的时空，叫人叹息不已……在这样一个全球化的世界里，如何逆势生存，保持自身特色，正是“乡土中国”的重大命题。

社会进程中的诸多现象，人类发展进程中必然遭遇的难题，不会豁免一个作家的精神使命。聂鲁达说：“祖国更重于生命，是我们的母亲，我们的土地。”厉彦林的精神指向，正与聂鲁达的认知不谋而合：“纵观人类膜拜土地数千年之后，伴随文艺复兴、宗教改革和蒸汽、电力、信息等革命，使人类跪着的双膝慢慢地站起来，开始自信地以征服世界，包括故乡的土地。然而，笑容还没有完全绽放，却又面临一系列生存危机与考验……陡然间人类才发现自己在大自然面前，是如此自私与渺小。”土地，我们生活于此的土地，亦是祖国，是人民，是一个历经万难正在崛起的华夏民族。人之命在元气，国之命在人心，文学之命在地气。一个深怀时代使命感和社会责任感的作家，其作品无疑会弥散出艺术审美的庄严性。从故乡的土地，到土地上的村庄，到村庄中的世道人心，对时代生活的关注，对自我精神疆域地开掘，见证并思考时代，记录并绵延时代，使他必然成为时代的忠实代言人。

底气源于天地正气

——读厉彦林的散文选《地气》

王兆胜

时下的文坛有一种奇怪现象：许多名家写不出名篇佳制，而一些一般作者却不断有佳作问世。厉彦林先生不是文坛中人，但他挚爱散文，并且一出手就有些不同凡响，除了数量还有质量都令人惊异！近期，由人民出版社出版的《地气》一书就是他的一个重要收获，也给文坛带来新气息。

本书前后分别有《序》《跋》。“序”是“地气重凝”，将“地气”进行了较好的诠释，其中有言：“遵天道，守地理，就是信仰自然规律。我陡然想起一句老话‘人活一口气。’这口气肯定就是地气积蓄的元气、涵养的正气。”其中对于“天道”“地理”“地气”的理解，是关乎天地之道，也是指向浩然正气的。“跋”是“天光照耀”，这是将写作提升到一个更为开阔和智者的境界。作者这样说：“宇宙浩瀚，阳光照耀人类共生共存的这个地球。天光，盈满天宇、无边无际、无始无终，倾听大地呼唤，呼应万物心律，赐予我们温度与光景——我们每个人都公平自由地生活在同一个地球上，没有贵贱之分，也无高低之别。无论你地位显赫，还是一介草民，哪怕你曾经如何焦虑、偏激，甚至有背离常理的言行，阳光总是公平公正地照耀和恩惠每一颗心灵。阳光不锈，青春不朽。阳光让世界通透清晰，人间充满光芒与希望、温暖与感动。仰望天光，是一种昂首的姿势，是一种信仰，是向往光明和辉煌的渴望。”在此，有了阳光的照耀，作者就进入一个超越世俗的天地情怀和“道心”里了。

《地气》虽然也写了《中国红》《人民》这样的作品，但整本书主要不是宏大叙事，多是写农事、农人、土地、故乡，尤其是以沂蒙山那个名不见经传的“小山村”为抒怀中心。这就决定了作者把姿态放得很低，让根系牵扯着乡土，使情感连带着真情实意，写出了与自己经历直接相关，发自于内在感动的普泛人生。作者写《父爱》有这样的细节：“那里的冬天奇冷，山里人衣服单薄，除了筒子棉袄和棉裤，里边没有什么毛衣、衬衣，因而寒冬腊月常常冻得打哆嗦。有时父亲把他那厚棉袄披在我身上，只感到很沉，但很暖和，闻到一种很熟悉、很亲切的汗味。”还有父亲大老远给“我”送吃食：“只见父亲提着一捆煎饼和煮熟的鸡蛋，脸冻得发紫，帽子和棉裤上挂满了雪花，口中呼的热气在胡子上结了一层霜。我赶忙给父亲倒了一杯白开水。父亲双手捂着杯子，望望我，巡视一下我们室内的摆设，摸摸我的被子。”这样的细节非常鲜活，一下子跳出视线，进入我们每位读者的心中，它有体温、有亮色、有刻痕、有悠长的韵味，长久挥之不去。没有在农村大地上被汗水和泪水洗过，被炎热的太阳晒过，被苦难的人生浸泡过，作者是永远写不出这样的感受的。作者还这样写父爱：“父爱正如沂蒙山的清茶一般，不很清澈却也透明，虽含苦涩却清香，虽淡然却深刻。其实父爱的深沉与厚重就蕴含在平淡如水的现实生活中，只有用心去品味才能感受到，并由此真正地读懂人生。”作者的高明之处在于：能从平凡中看到伟大，从普通中看到神奇，从淡然中看到超然，能发现一种像大地上种子发芽、树木上开花结果的人生和艺术魅力。像一整个冬天孕育了春天的繁茂一样，厉彦林的散文靠的是深厚的生活，也得益于敏锐的观察，以及丰富智慧的人生体验。

厉彦林散文善于发现日常生活中的真善美，尤其是从最底层、普通的人生中发现美丽如花的人生。作者的母亲最为普通，她的善良与温暖如同阳光般播撒在儿女心间，她虽然已经驼背，且变得老态。《舍命保花》写的是牡丹，更写的是母亲。牡丹是“舍命不舍花”，而母亲何尝不是如此？所以作者写道：“感觉这牡丹花如同我娘，为了儿女不顾自己的命，泪水立刻盈满了我眼眶。”“我终于明白：娘只要看见花朵，闻到花香，即使生活贫寒，心窝里也幸福温暖，洋溢人性的魅力与光芒。面对一生平凡平淡的日子，娘倾尽自己的最大努力，供养孩子们不受任何委屈和伤害，快乐自由地成长。这品格竟和牡丹花一样。”文章末尾说：“想起生活清苦却爱花的娘，周身就顿增直面风雨的力量！”这样的描写一下子将母亲的美好心性写活了。其实，厉彦林散文中还有一个特点，即通过母亲传达出来的这种真、善、美的力量，折射的是更为坚实远大的背景，那就是纯净美好、甘于清贫和乐于奉献的沂蒙山精神。那块土地上散发出的永恒的人性和生命之光。

最值得称道的是，作者对于万物生灵的描写。以人写情尤其是写天地正气固然重要，但透过万物来写世界人生之美好有时更为重要。当《童年卫士》写那条老黄狗时，作者看到了它的忠诚勇敢，更看到了世间的缘分。所以作者说：“狗重情义，也通人性。人与植物、动物相逢、相遇、相识都是缘分。珍惜平等相处的时光，就会留下美好的记忆和温馨的情感。”这是对于物性的参透与天启的回应。《赤脚走在田野上》用爷爷的话说：“地是通人性的，不能用鞋踏的。如果踏了，地就喘不动气了，庄稼也就不爱长了。”这看来是一种对于土地的深厚情感，其实包含了一份对于天地的敬畏，更反映了作者心通天地大道的法门。当一个人能走出“人之道”，进入天地之道的情怀，他就会获得天地之气和天地大道的佑护，进入一个更为博大无垠的世界。当下许多文学创作之所以失于肤浅，一个很重要的原因在于：只从“人之道”角度来看待问题，结果失去了更为广大的天地宇宙作为背景，更难获得一种天启。

厉彦林的《地气》还有一个价值值得注意：它突破了长期以来消极的乡

土书写，进入一个为乡村正名和定位的过程中。长期以来，乡土文学有一种普遍倾向是，破败、衰落与荒凉成为乡村社会的总基调，于是在整个城镇化过程中，乡村日渐不堪甚至消亡，其山光水色与正能量于是不再。厉彦林的散文则为我们谱写了乡土风情的颂歌，一种被地气充盈的美妙的诗意，它甚至成为城镇化和现代化不可忽略的巨大存在。这与那些消极书写中国乡村的文学形成了鲜明对照，也成为重新发现文学乡村和文化乡村的范例。《村庄的灵光》是一首关于村庄的美妙诗篇，也是在文化与文学上注入底气和正气的自信力量，还是乡村振兴和青山绿水理念的文学书写。所以，作者提出："大自然和村庄恩赐我很多，我却把村庄贴心暖肺的关怀与眷恋带进了喧嚣的城市。""我坚信，在亘古不变的传统耕作方式面前，任何语言都苍白，任何描述都无力。""土地和家园是乡亲们灵魂的永久住所。——他们辛劳地耕种，用那执着与沉重，支撑着城市膨胀的浮华与奢望。""村庄是人类生命的图腾，简陋却更具内涵和质感，原始却自然真实，贫瘠却纯粹安谧，承载和创造着农业文明史。""宽厚和仁慈的土地，凝结和承载着厚重的历史，即使被踩在脚下，也依然坚韧博爱。这就是土地的秉性和品格。""蓦然回首，发现一棵树、一条狗、一眼井、一座破庙，包括挂不上嘴的逸闻趣事原来都那么珍贵，青山绿水涵养着刻骨的乡愁，拴系着生命的根脉。"这就充分肯定了乡村及其乡村文化的价值，对于消极和简单地书写与否定乡村的倾向，无疑是一种突破和超越。在《城市中的土味儿》一文中，作者还表示："农村是中国人的故乡。""城市从乡村中娩出、崛起、长大。"他还直言："我无意贬低城市。城市与乡村是一母同胞的孪生兄弟，砸断骨头连着筋。我以为，在携手快速发育成长的过程中，这对双胞胎应坚守土地的色调、品质和味道。"说白了，就是在城镇化过程中，中国不能失去乡村的长处与根性，否则我们的城市文化就会被异化。事实上，不论是文化发展和文学创作，今天人们的观念都有偏颇，即认为乡村已没多少价值，它像一个被榨干了乳汁的母亲一样，可以弃之不顾，认为它离美好的生活和希望渐行渐远了。从这个意义上说，厉彦林的散文《地气》赋予了乡土文学以新的生机活力，可称之为“新乡土散文”写作。

如果说《地气》有什么不足，那就是文章有些零碎，缺乏细致打磨。不少文章写出了非常新鲜的感觉、细致生动的细节，但没能很好地进行构思、剪裁，并不断地深化主旨，这就给人这样的感觉：印象、现象的笔墨多，而深入开掘得不够。另外，作者的“天地情怀”理念在“序”和“跋”中表现得非常明确，但在每篇文章中没能得到合理布置和系统安排，从这方面看来，文章的选题、主旨、结构有些随意。

总之，《地气》确是元气充沛、有感而发、情真意切、心怀大爱、有大道存矣的一部散文集。它也可能在艺术上并不完备，有的方面开掘得不够深入，但就像“地气”本身一样，它来自大地深处，带着天地正气，是生命的底色，也饱含着原始的动能，所以呈现着一种贯通天地的力之美。这在当下不少散文变得表面化、孱弱、虚假时，《地气》一书显得尤为可贵。

大地与人心之美

——读厉彦林散文选《地气》

邱华栋

近些年，厉彦林在散文方面的创作实绩颇为突出，他的乡村题材的散文写作，一直是当代中国散文园地的独特而靓丽的风景。乡土散文，远接宋明文脉，近承中国现代文学肇始阶段的新文学革命的精神气质，对乡土中国的打量和深入挖掘，构成了一个伟大的传统，涌现了很多艺术个性突出的作家和无数脍炙人口的华章。而厉彦林的散文新著《地气》，就是这样一部以独特的风姿引起当代文坛的热烈关注和读者的阅读狂喜之作，对我们理解从鲁迅、沈从文开始的对乡土中国的书写有了一个新认识，提供了一个新文本，也达到了一个新高度。

闲阅《地气》一书，我尤其惊异于作家厉彦林对乡村是那么熟悉，对故乡是那么热爱，对父老乡亲的感情是那么深挚以及他的乡村生活积累是那么雄厚。我以为，这正是厉彦林乡村散文意韵丰沛、感人至深的关键所在。这就与那些对乡村、对农人知之甚少，靠想象和虚构“强说愁”，或者浮光掠影写农具，或者引经据典写草木的“时尚”散文拉开了距离。厉彦林在沂蒙山区东部一个小山村长大，后来虽然进了城，但他始终自觉维系与家乡的联系，他总是“千方百计找机会回老家看看”，“赤脚走在故乡的土地上，用力攥一把山乡温热的泥土，攥一把泥土的芳香，泥土那奇妙独特的芳香入鼻、入心、如骨”。(《攥一把芳香的泥土》)他特意选一楼居住，把楼前的空地改造成小菜园，下班回来刨地、浇水、施肥、锄草、打杈、压蔓……这在别人可能只是一种乐趣，在厉彦林却另有深意：他是“种自己与土地亲近的缘由”，是借此体验劳作，保持一个山里人的本色，从而使他的乡村散文有根。因为在他看来，手掌上没有血泡和老茧，对粗笨的农具就没感觉、没感情，对百姓就不会动情，不会有真情。“脚下沾过多少泥浆，心中积淀多少真情嘛……没有土气，也就接不上地气，真心话是从心窝里暖出来的、捂出来的”。(《地气凝重》)散文是作者面对读者诉说忧乐、倾吐心声、感叹人生的最真诚最真挚的艺术，在文学创作的园地里，散文以它可贵的“真”独树一帜。好的散文表达的是真情实感，没有了真情实感，散文难免变成无病呻吟。这实际是从根本上对散文中创作主体“我”的人格提出了要求，“凌空高蹈”、华而不实、虚情假意的人是写不出真正的好散文的。令人欣喜的是，我们从《地气》一书中，看到了一个脚踏实地、真心实意的散文家，当今这样的散文家已不多见。

“想故乡，盼故乡的这种纯真情感，忆故乡、念故乡的这种乡村情结，好像从灵魂深处冲出来、蹿出来，势不可挡”。(《乡情如酒》)作家抑制不住内心的激动，描绘故乡动人的容颜，在他的记忆里，故乡美丽无比，“灰蒙蒙的雨雾，隐隐地遮住每一栋房舍，村庄像披着彩纱、含着几分羞涩的村姑”。(《春天住在我的村庄》)故乡的一物一事都牵动着游子的情思，“正月瑞雪飘舞，五月豌豆花开，六月小麦金黄，九月高粱艳红，十月忙着颗粒归仓。普通的农家小院，青石砌到顶，栅栏门、牵牛花、压水井、老黄牛、弯把犁、八仙桌、老烧酒……”而当从千里之外奔来，“站到村头巷屋，那熟悉的乡音土语，那终生难忘的土腥味、牛粪味、灶烟味扑面而来……我胸口涌起一股暖流，甚至泪水在眼眶里打转”。(《乡情如酒》) 书中呈现出一幅幅沂蒙山乡村风景画和风俗画，这些画卷饱含着深情，却又朴素自然。作者生怕掩盖了故乡本身的色彩和光芒，不煽情，不炫技，甚至不做过分的艺术提升，更不屑虚构，所选取的多是日常生活情景，用的是心里流出来的语言，但这正表明了一个散文作家的成熟。散文的魅力全在一个“真”字，一粉饰，就成了纸扎的花。作者还写了父母双亲、爷爷等人物，写人物时善于刻画细节，如写“我”在外读书，父亲搭乘一辆拖拉机来送煎饼和鸡蛋，在蜿蜒崎岖的山路上奔波四五个小时，全身冻麻木，下拖拉机时腿都站不稳，可是见到“我”，没说几句话就要返回，迈着蹒跚的步子消失在寒风中。(《父爱》) 父母年龄越来越大，责任田转包了出去，“我”料想他们的日子可能比较悠闲，谁知有一次“我”回老家，却看到母亲“顶着凉飕飕的北风，正在别人刚收过的地里用镢头翻地瓜……满头白发被风唤起，像一团白云，斜阳从她背后照过来，把弯曲孤单的黑色剪影叠印在地垄上”。(《仰望弯腰驼背的娘》) 这些细节体现了沂蒙山人勤劳、勇敢、坚韧的性格，具有典型意义，但又都是原汁原味的，一点没有人工斧痕。散文架构应该具有这样纯正的质地，这样的质地看似平淡，实则如清泉一样甘洌，陈酒一样醇厚。

多年来，批评家们有一个误区，认为散文写作运用传统创作手法是陈旧的，而把现代文学的各种创作手法视为法宝才是创新。其实，无论传统创作手法还是现代创作手法没有高低之分，关键看你思想感情表达得如何，到位不到位。形式应该服务于内容，根据内容采用相应的表达方式，是写作的基本规则。在乡村散文创作领域也出现了多种探索。有些探索是有益的，有些所谓的新散文却失之于花哨，轻浮。厉彦林可能是从便于表现乡村生活内容，创作为老百姓喜闻乐见的作品出发，有意识地坚持传统创作手法，矢志不移、百折不回。他的坚持取得了成功，他写亲情、乡情、民情、家国情，得心应手，妙笔生花。特别值得称道的是他的散文语言简洁，内容丰富。“说起故乡，眼前闪现的是：家乡的山水、土地、风物、人情；古街、老屋、家具、炊烟、父母、兄妹、老友、往事、趣闻……难以忘却的幸福、痛苦、懊恼、充实、空虚、神秘和无奈；一粒种、一块地、一段河、一棵树、一朵花、一杯茶、一缕烟、一顿饭、一句话，甚至一个眼神、一个手势，都会让游子铭记在心，咀嚼一生，时而潸然伤感。”（《故乡》）这些文字朴实无华，甚至有点直白，但却包含了巨大的情感思想含量！厉彦林对故乡、村庄、土地、人民有着深刻的思考，他的语言又恰到好处地表达了他的思考。“土地是农民的家园，农民是土地的子孙，土地就是农民，农民就是土地。土地厚重，农民质朴，土地和农民是血脉相通的孪生兄弟。”（《土地》）思考是散文的灵魂，思想性是衡量一篇散文最重要的标准，表达丰富、复杂的思想是散文写作者竭力追求的目标。“村庄太大了，已经存在多少年，繁衍成长了多少代，生长着多少树木，多少庄稼，养过多少鸡，多少牲口，建起了多少间房子，村中有多少条小路，多少柴草垛……记不住，数不清。村庄又很小，就是巴掌大的一个地方，甚至在地图上连个点都没有，抬一抬腿就到村头了，却忽略了时光和梦境，省略了许多生死相依的人生章节与段落。”（《故乡》）这种感性和理性熔铸在一起的语言在《地气》中俯拾即是，它使厉彦林的散文具有了深度、厚度。这是一种新的语言形式，传统创作手法也是可以创新的，这里我们看到厉彦林思维方式和语言的创新，这是厉彦林散文的语言特色。

由此可见，创造出当代中国的新散文，带来一股新风仍旧是可能的。这在厉彦林那饱含对大地的感情、饱含对人性的善意和美的关注之情中充分得到了体现。这样的散文以真诚之心，贴切之语言，无限接近了我们对完美文章的期盼和渴望。阅读厉彦林的散文集，我们可以感觉到，那是一个将大地上万事万物尽纳笔端的世界，是一个将时间在人的记忆中打下的烙印细微呈现的世界，是一个对生命充满了尊重、对人在大地上的繁衍、行走、停留和消逝的凝望。对这样的散文，我们的确应该以安静之心，静静地阅读，去创造属于自己的一个发现文字之美和大地之美、记忆之美完美凝结的世界。

作者系中国作家协会鲁迅文学院常务副院长

扑进大地母亲的怀抱

——厉彦林散文选《地气》赏析

许　晨

“重五山村好，榴花忽已繁。

粽包分两髻，艾束著危冠……”

这是宋代大诗人陆游笔下的诗句，生动形象地描绘了一幅山村乡民端午过节的情景。时光之水千流百转，民俗文化世代传承。虽然此节的由来有种种说法，但广为流传的是纪念爱国诗人屈原：包粽子、插艾草、赛龙舟，已经形成华夏大地以及汉字文化圈的传统节日。眼下又迎来了一年一度的“五月初五”，大街小巷飘起了粽叶芳香，男女老少沐浴着明丽阳光互致祝福。在节日假期里，我手捧一部名为《地气》的美文精选集，感到是那样的“天朗气清，惠风和畅。”

是的，一种脚踏实地、亲近母亲的情感油然而生……

此书的作者是平日公务繁忙、纯粹业余写作的著名散文家厉彦林，也是我在《山东文学》工作时的重点作者和文朋诗友。长期以来，随着他一篇篇诗文佳作如同山中清泉汩汩奔流，我不仅是他的读者和编者，也情不自禁地欣然挥笔成为品评鉴赏者。收辑在这部《地气》选集中的诸多篇章，有一些就曾在他过去的来稿和赠阅的文集中拜读过，而今重睹芳华，宛如久别再逢的友人一样，分外亲切和欣慰。如果说，原先散见于报刊和专著中的作品，已经引人入胜并且表现出独特个性的话，那么由他精挑细选、人民出版社隆重推出的这部选集，则更加鲜明地彰显了“厉彦林散文”的艺术特色和文本价值。

我不是专业文学评论家和学院派理论家，完全是从一名热心读者、文学编辑和散文写作者的角度来谈一谈个人观感。尤其因为我与作者相交有年，深深了解与理解他的人生历程、写作道路和文学理念，也就不揣冒昧，全景式地综合评介一下其人其文的文学成就。当然是一家之言，企望各位方家教正。唯一值得自信和肯定的是：一旦决定为此书写篇文章，我是极为真诚的，拿到书后并未轻易动笔，而是认真通读揣摩了几遍，即使去北京开会的列车上，也是手不释卷字斟句酌地品味、赏析。直到有了艺术感觉和整块时间，才打开电脑开始写作。

《地气》一书编为四辑，分别是“乡情如酒”“亲情暖心”“真情在胸”“家国情深”，长短不一共68篇，加上自己写得序言和跋文，合计70篇作品。可以说认真结构、潜心编制，形成一个完美的整体组合。犹如一部宏大的交响乐似的，有序曲、有第一、第二、第三、第四乐章，通过呈示、展开、递进达到高潮，起承转合，前后呼应，最后是尾声，余音袅袅。尤为别出心裁的是，每辑前面均有一段简明扼要的题记，内容多为本辑中提炼出来的精典语句，富有诗意和哲理，起到提纲挈领、画龙点睛的艺术效果。比如第一辑《乡情如酒》的卷前语：

乡情，

是一坛陈年老窖，甘洌，香醇。

山岭，土地，河流，乡亲，
叠印记忆底片，彰显生命本色。
……听听乡音，品品乡味，叙叙乡情，
如掬一股清泉，
如饮一杯烈酒，
如沐一缕春风……

本书还有一个令人刮目的设计：那就是每篇结尾处均有一个扫描二维码，读者阅完此文，用手机扫一扫它就可聆听到配乐朗读。美妙动听的音乐——小提琴的悠扬、竹笛子的嘹亮，还有弹拨乐器的清脆，伴随着深情明朗的女声男声，如歌如吟、如泣如诉，与同篇散文的内容相得益彰、相映成晖。或激越、或委婉、或明快、或惆怅、或含蓄、或绵长，宛如炎热的夏日里迎来了一场清新的细雨，将盘旋在城市的喧哗与弥漫在心头的躁动一扫而光，使人好像置身于澎湃的大海边，抑或是空旷的山谷里，深深地吸一口新鲜的空气，仰天长啸一声，感觉到大千世界是这样的美好……

如今的社会进入了“互联网+”时代，智能手机的普及，微信功能的便捷，已经极大地改变了人们的生活状态。虽说过去早就有了有声读物，不少图书后面附上了一片圆圆的亮亮的光盘，将书中人和事娓娓道来，可毕竟需要电脑等工具播放，带来诸多的不便，也就降低了它应有的效用。而厉彦林此书全部采用了微信扫码倾听，等于将一场音乐朗诵会送到了读者身边，一册在手超值享受，眼睛看书看累了，可以闭目养神、屏息静气听一听音乐美文，冥冥中仿佛神游天上人间，不由地让人拍案叫绝：真是美妙至极！

应该说，我曾经阅览过一些类似附带二维码的图书，但从个人感觉上，将文章、音乐、诵读配合得有声有色、美轮美奂的，还是以《地气》为最。这是传统的文学艺术与现代高新科技的双赢结合。

当然，形式为内容服务，外表装潢和制作再漂亮，如果没有丰富多彩、深刻感人的描写与立意，也是徒有其表不足为训的。厉彦林的散文恰到好处地统一起来，内外一致，表里如一，达到了形式与内容的高度契合和完美呈现。在这里，我只是简要地从四个方面欣赏剖析一下：

第一，优美清新而富有哲理的诗画语言。

文学首先是语言的艺术，一部作品拿到手中，不管是散文、诗歌、小说、报告文学还是戏曲影视剧本，读者首先接触到的是语言。开篇捧读，是引人入胜，还是味同嚼蜡，完全取决于汉语文字的吸引力。而对于散文来说尤其如此，难怪人们有时会将它直接称之为“美文”。关于这一点，我曾在不少讲座和文章里强调过。厉彦林的散文语言不能说字字珠玑篇篇锦绣，也堪称妙笔生花美不胜收。由于他早年酷爱读书写诗，经受了古今中外经典的滋养和字斟句酌的提炼，加之从小生长在山村乡里，热爱父老乡亲和故土家园，吸收了许多民间生动的语汇，融会贯通化用在文章里。这就使他磨砺出一支如诗似画的文笔，读者在阅读中如同随着作者的描绘，徐徐展开了一幅具有地域色彩的沂蒙风情画，且从中感悟到人生的种种况味。譬如《青石小巷》：

走进古老幽静的青石小巷，伸手触摸斑驳黝黑的墙皮，街口清风拂面，酣畅而惬意。脚步轻缓，裸露而光滑的青石上传来寂寞的回声。

那是一条悠长而熟悉的小巷，曾经走了无数趟的小巷。多少次寒风吹起我的衣角，吹动我的青涩童年和五彩梦想。

站在小巷中央，默默沐浴着雨丝，或者依偎在墙角，静心聆听一页页吹起的尘封记忆。风柔柔地抚摸路边的草木，没有声响。鸟儿栖落在树杈上，静静地梳理新长出沾着水珠的羽毛。一切如此静谧，好似怕惊扰了一个遥远的梦……

再譬如《攥一把芳香的泥土》：

春天的山村就像处于变声期的孩童，日渐丰满，悄然漂亮，四处散发泥土的清香。早饭后跨进父母精心打理的菜园，只见韭菜、大蒜、小葱、白菜、生菜都已青枝绿叶，你挤我，我挨你，长得亲密兴旺。夜晚与爹娘拉上半宿呱，像品尝味道醇正的陈酿，甘美香甜，余味悠长；盖着母亲提前晾晒过的被子，只觉得厚厚的、暖暖的，有一股阳光的味道一直暖到心底，滋养着宁静、甜美、温馨的梦乡……

看看，听听，诗一般醉人画一样美，文中既有古诗词韵味的演化、欧化句式的修辞，又有乡民口语式的形容与讲述，阅读或聆听如同细细品味一杯明前香茗，清新可人，回味无穷，使人爱不释手欲罢不能，进而随之畅游其间，融化在文章所营造的氛围里。难能可贵的是：他用词生动精准且极少重复，这样就在不知不觉中享受到文字的快感，哲理的启迪，体现出真正文学的陶冶功能。因为，主题思想通过语言自然而然地流露出来，才是上佳之作。这样的作品在《地气》文集中，可以说俯拾皆是，琳琅满目。

第二，朴素深切且感人至深的真情抒发。

不管是什么体裁的文学作品——抒怀的诗词歌赋、散文随笔，叙事的小说剧本、非虚构文学等等，都脱不开一个“情”字。爱与死是文学永恒的主题，而其中均润染着深深的感情。具体到散文领域中，尽管有抒情散文、写人纪事散文、说理散文之分，但至高境界应该还是“真情实感”！这在厉彦林的作品中，体现得尤为明显和深切。就以这部《地气》来说，四个小辑的题目处处不离“情”字，而所有的文章亦充满了乡情、亲情、友情、爱情，可以说把人间真情抒发得淋漓尽致、感地动天。尤其这种抒情不是虚无缥缈天马行空，而是根植于深厚的土地之中，甚而朴素到土得掉渣，通俗得家长里短，可强烈地引发人们心灵的共鸣。

请看《仰望弯腰驼背的娘》中的这段描述：

我第一次听到《烛光里的妈妈》这首歌时，想起娘的腰身变得不再挺拔，禁不住一阵心酸，泪涌眼眶。是啊，时光穿梭，流年飞逝。我的老母亲已经腰弯了、背驼了……

娘是沂蒙山区普通地道的农民，虽然不识字，但无论干家务，还是种地、种菜园，都是一把好手，从不示弱服输……这些年，娘的身体大不如从前，我知道那都是年轻时辛苦、操劳留下的病根……

人一旦弯腰驼背，更显得老、显得矮，稍一活动就会气喘、气短、气急，甚至不停地咳嗽。多少个节假日，白发稀疏、躬腰驼背的娘，拄着拐杖，站在街口，弯着腰，眯缝着那昏花的老眼，像遍地挑黄豆一样盯着每一个行人，眼巴巴地盼着我们全家归来……

弯腰驼背的娘刻满一身辛劳和岁月风霜，已失去了青春风采，却依然是我人生的依靠和灵魂的拐杖。每当清静下来，每当回到村口的时候，我的耳畔就会真真切切地响起娘温馨的呼唤，刻骨铭心，绵绵长长……

每每读到这里，眼睛就会不由自主地模糊起来，不用说，我想起了自己的娘亲。作者用朴实无华地语句表达了人类最真最善最美的情感。是啊，不管你是黑眼睛蓝眼睛、还是黄头发黑头发，无论你是什么种族生活在哪个国度，父母对儿女的爱、儿女对父母的亲，那是最无私最珍贵的！厉彦林是一名优秀公务员，也是一个孝老爱亲的孝子，在他的笔下，父爱重如山，母情深似海，深切地震颤着读者的心灵，阅读之后犹似拨动过的琴弦，久久不能平静。

这就是至爱亲朋，这就是孝感天地。此外，文集中还有描绘真挚爱情的《草戒指》，问世间情为何物，直叫人生死相许。还有抒发热爱中华之情的《人民》《中国红》，“中国红在燃烧，她是每位中国人心头一团昂扬向上、不熄不灭的火焰”。当然，更多的是浸透在作者骨子里那浓得化不开的乡情！这仅从题目上就可以清晰可见：《沂蒙煎饼》《沂蒙石磨》《春天住在我的村庄》《树上童年》《赤脚走在田野上》等等。故乡的一缕炊烟、山村的一声犬吠，乡亲的一壶老酒，都让作者情牵梦绕久久回味。人间自有真情在，唯有真情动心弦。

第三，脚踏实地又真实生动的生活写照。

我与作者都是生活在20世纪50年代的人，读到他讲述乡间岁月的作品，备感熟悉和亲切。虽说我是在鲁北地区的一个小城中长大，并不是如他那样从沂蒙山乡走出，可许多亲戚友人均在农村里生活，时常来到城里家中办这事那事的，而且每到寒暑期学校放假，总想跳着闹着回村里的“老家”。所以，厉彦林笔下那些艰辛而有趣的故事，勾起了我心中强烈的共鸣，仿佛又回了一趟“老家”。请看他在《露天电影》中写道：

> 放电影，最高兴的是孩子们，开心地像过节。大队的院子太小，放电影大都在村头生产队晒粮食的场子里。孩子们一放学，扔下书包，胡乱扒上几口饭，有的顾不上吃饭，手握一卷煎饼或者衣兜里装上些炒花生，就约上同伴去抢占地方。银幕还没挂好，场子上已密密麻麻地摆满大小高矮不一的板凳、马扎。来不及拿板凳的就干脆搬上好几块砖头、石头，在周围划个圈，也算占上了地方。电影没开演，银幕前就坐满了黑压压的人群……
>
> 露天电影影响、感染了几代人，在皎洁的月色中、在璀璨的星空下、在撩人的夜风里，我们认识了舍身炸碉堡的董存瑞、双手插入焦土的邱少云、手握爆破筒跳入敌阵的王成等一批民族英雄，感受到地道战、地雷战的痛快淋漓、狼牙山五壮士的悲壮，体会了上甘岭的艰辛，也曾为小萝卜头流下酸痛的泪水……

类似这样普通百姓的生活场景、充满人间烟火的乡镇镜头，在《地气》一书中不胜枚举。比如《旱烟袋》中的爷爷、叔伯们挂在嘴边上的缕缕青烟；《年夜饺子》里为了吃上包着硬币的水饺，孩子们撑得肚儿圆；《赶年集》那为了买上便宜响亮的全家人过年的响声，而不辞劳累走遍了所有的鞭炮摊；以及《自行车》时代谁家拥有一辆“永久”牌，不亚于现在驾驶宝马车的梦想和荣耀，等等，不一而足，活灵活现地描画出一幅幅上个世纪六七十年代的民间场景。

这为逝去不远的时代留下了弥足珍贵的记忆，也为后来的人提供了真实生动的生活纪录。它不仅仅是怀旧、存念，更为重要的是从艰苦却不失昂扬和温馨的日子里，撷取积极乐观向上向善的精神营养，撸起袖子迈开大步走向远方和未来。对于如我一样的过来人，早已告别了露天电影场、“永久”“飞鸽”“大国防”的自行车，看上了包间小影院甚至家庭影院的大片，开上了灵巧自动挡的家用小轿车，沧海桑田日新月异，永恒不变的是民族文化的传承、艰苦奋斗的“精气神”。而对于犹如倾听“天方夜谭”般的年轻人新一代，也会从前辈人的经历中了解到曾经的艰辛快乐，苦难辉煌，从而激发“希望寄托自身上，一代要比一代强”的勇气和力量。

第四，两副笔墨写意境高远的家国情怀。

记得我在前几年一篇评论厉彦林作品的文章中，曾经专题论述过上述观点。现在把其中一段话引用在这里，大家可以看出笔者当年就突出地感受到了这一写作特色：“好一个厉彦林，骨子里是一名来自老革命根据地、耳濡目染先烈抛头颅洒热血打江山的党员作家，笔下除了‘小桥流水人家’似的温馨与亲切，还有‘大江东去，浪淘尽，千古风流人物’的豪放与担当。在写作以故乡和村庄为题材的散文同时，他还用深邃的思考和饱满的激情，结合近现代神州大地的风云变幻，以及当代改革开放的壮阔波澜，抒写了一系列关于国家命脉和时代精神的篇章，可谓挥动如椽大笔，描绘热血春秋。”

如今综合起来看他各个时期的精品佳作，我更加坚信了当初的看法。也就是说，作为一位独立思考卓有成效的散文大家，厉彦林具有两副得心应手的笔墨，一副是从小处从具象入笔的乡音乡情，符合“一粒沙中看世界，半瓣花中说人情”的散文理念；一副则类似“掌上千秋史，胸中百万兵”那样洪钟大吕般的文化大散文之作。收在《地气》选集中的第四小辑，基本就是此类作品的集中展现。比如《人民》《土地》《故乡》《泰山石敢当》《醒了，中国雄狮》《中国红》等文章，直抒胸臆，气壮山河，读来振聋发聩、荡气回肠。

作者在《土地》一文中这样写道：

炎黄子孙对土地图腾般地顶礼膜拜。伏羲氏对事物有敏锐观察力、对土地有深厚感情，仰观象于天，俯察法于地，用阴阳八卦解释天地万物的演化规律和人伦秩序。《左传》曰："以父道事天。母仪事地。"土地是地球的皮肤，是人类的母亲。

土地是最宝贵、最神奇的，有了土地就意味着拥有一切。

土地上生长着养育人类的庄稼。当第一声春雷唤醒了沉睡的大地，冻土被犁铧一垄垄翻开，僵硬变成松软，霜白变成黝黑。春天，撩拨得农民心花怒放，忙着犁地、撒种、锄禾、施肥。心中滋生出梦想：金秋的田野里一片金黄；枝头果实累累，沉甸甸的谷穗压弯了腰，饱满的红高粱一大片一大片地排列着，像等待检阅的士兵……

这种抒发超越了种族、阶级，是从全人类的视角看待土地。尤其是他还大胆而唯物地提出一个观点：不想成为地主的农民，不是地道的农民。不想拥有更多土地的农民，不是有出息的农民。这是千真万确的，就像拿破仑所说不想当将军的士兵不是好士兵一样，是人的本性使然。

因为土地就是农民的命根子，就是他赖以生存和繁衍的立身之本。在这里，地主是一个中性词，是指成为土地的主人，而不是作为一个剥削他人的阶层存在。这也同我们党的土改政策是一致的，正是使千百万农民有了自己的土地，才能跟着共产党奋不顾身勇往直前，打下了一个人民坐天下的江山。

我们党史军史上曾经有一个时期，就称之为"土地革命战争时期"。

此外，还有《人民》中的呼吁："党把自身问题解决好，人民就跟党铁心贴肺，即使有百个考验也如履平地，千个风险也会化险为夷。转眼又到了硕果累累的深秋季节，中国人民正面向蔚蓝的大海，凝吸天地之灵气，翘首期待明天的精彩与辉煌……"《中国红》中的讴歌："刻骨铭心的中国红，是藏在中国人心灵深处的文化情结。看见红色，唱起红歌，仿佛看见殷红的枪林弹雨中，无数的仁人志士冲锋陷阵，自然想起烈士用鲜血染红的旗帜，顿感信仰信念和自我革新超越的力量”；《十字路》中的深思：“无论哪个路口，只要义无反顾地选择以后，就必须怀揣希望，咬紧牙关大步前行”……

这些英雄史诗般的“大散文”，诠释了作者那渗透在骨子里的红色情结，印证了他是老革命根据地沂蒙山的儿子，身上流淌着老区人民灼热的血液。他不但会用“小桥流水”的笔法，赞美土地故园之情，同时也会用“大江东去”的笔法，写出如此大气磅礴的文章。就像古代爱国诗人陆游那样，哪怕一介书生身在孤村，犹思报国之心：夜阑卧听风吹雨，铁马冰河入梦来。

应该说，无论哪一种笔墨，呈现在这部文选中都鲜明地表达了厉彦林的文学思考：那就是人啊人，走出乡村、走向远方的学生、游子、战士，尤其是执政的共产党人，永远要连民心、接地气！这个地气从大处讲，是指从政者心里始终装着人民，就会得到群众拥护，立于不败之地。如同古希腊神话中的英雄安泰，只有依靠着大地母亲，才能力大无穷无往而不胜。从小处讲，则是一直不要忘本、不要忘记自己的根，站得直，走得正，永远不会走岔道、掉陷阱、摔跟头。那一条条山村小道、一卷卷沂蒙煎饼、一声声春燕呢喃，不就是哺育你我他暖人的、养人的地气吗？

蓦地，一个念头如电光石火般闪亮在我的脑海里：捧读欣赏这本散文选集，宛如扑进大地母亲的怀抱，那么温馨，那么亲切，那么开心，浑身上下顿时充满了豪情和力量！此时此刻，不知不觉，著名歌唱家彭丽媛演唱的那首《父老乡亲》回荡在耳畔：“我生在一个小山村，那里有我的父老乡亲，胡子里长满故事，憨笑中埋着乡音……”

好啊，朴实的歌词，深情的歌声，这与《地气》中诸多篇章何其相似乃尔！同声相应，异曲同工，抒发出人们最真挚最深厚的感情！像一杯烈酒，醇香浓厚，暖在心间；是一碗清茶，香气四溢，飘向远方。诚然，世上没有十全十美的事情，文章也是如此。相比而言，我更为喜爱文集中那些“大处着眼，小处着手”的乡情篇章，十分符合我推崇的“以小见大、以一当十，借景抒情、托物言志”的散文观。希望作者今后多写这样的作品，更有特色，更加感人，必将在中国散文史上站稳自己的一席之地。

走笔至此，一气呵成，人稍倦，意未尽，不由地再次打开手机扫码书中的一篇《青石小巷》，伴随着优美的音乐，聆听那醉人的美文，一天的疲惫瞬间不翼而飞：“站在小巷中央，默默沐浴着雨丝，或者依偎在墙角，静心聆听一页页吹起的尘封记忆。风柔柔地抚摸路边的草木，没有声响。鸟儿栖落在树杈上，静静地梳理新长出沾着水珠的羽毛。一切如此静谧，好似怕惊扰了一个遥远的梦。”

听着，听着，我好像也回到了“我的故乡”……

天地人合奏的当代沂蒙精神之歌

——读厉彦林散文选《地气》

张丽军

“谁不说俺家乡好——”，一曲《沂蒙山小调》唱遍了大江南北，构建了一个时代的集体记忆，涌现了沂蒙红嫂、沂蒙六姐妹等众多优秀沂蒙儿女的革命故事，出现了李存葆、苗长水、刘玉堂、赵德发等众多优秀作家和优秀文学作品，铸就了一种忠诚、仁义、厚道、朴实、坚韧、奉献的沂蒙精神。斗转星移，时至今日，我们不禁疑问，从历史和战争硝烟中走来的沂蒙精神在当代如何传承，沂蒙山的当代故事谁来书写，沂蒙山人的当代歌谣谁来传唱？带着这种疑问和期待，我一口气读完了厉彦林先生的散文集《地气》，内心豁然开朗，当代沂蒙山人的生活已经千变万化，但是沂蒙山人的心依然初衷不改，依然那样淳朴、善良、优美，是与沂蒙大地一样浑厚，和沂蒙山一样坚韧，是连接地气、天光，是流淌着先辈的血液和仁义的精神传统的。而厉彦林先生的《地气》散文集就是一首有着天籁之音、大地之气、人文情怀的天地人合奏的、自然浑厚的当代沂蒙精神之歌。

每一位从故乡走出来的人，都不会忘记故土的栽培和养育，努力接通地气成为他们回望乡土、致敬家乡的最佳途径。沂蒙大地走出来的厉彦林，就是这样一位身在都市、心系故土、传承与讴歌沂蒙精神的人。阅读《地气》，给人最直接的感受是带有一种扑面而来的乡土气息。虽然城市生活忙忙碌碌，但作者仍能根植沂蒙大地，以文学的形式回味和抒发那如酒的乡情、暖心的亲情、生命的真情和家国的深情，彰显出一颗永葆真诚、饱满澄明、带有泥土芬芳气息的赤子之心。

散文之美在于情真，有时候甚至不需要太多华丽的语言，就能让读者记忆犹新甚至潸然泪下。散文集《地气》之美就在于此。在这里，我们看不到作者咬文嚼字的痕迹，基本全是自我情感的流露。这些情感丰富、充实、坦诚，在唤醒读者童年记忆的同时，也让读者重新跟随作者的脚步回归了一次乡土大地。在第一辑“乡情如酒”中，仅从篇名就能看出作者对童年时期沂蒙乡情的记忆之深和无限留恋。在这里，童年时代的“人、事、物、景”历历在目，跃然于纸上。《旱烟袋》中，拿“旱烟袋”的爷爷一生秉性耿直、重情重义，得到乡里乡亲的敬重；《剃头匠》中的“剃头匠”无论对谁服务得都很好，老少无欺，人生在指尖和头发之间跳跃；童年乡间的春雨、树木、蛙声、露天电影、燕子、喜鹊、萝卜等都给作者带来无限的乐趣和美好的回忆；“听春”“品春”“看春”的场景也许只有在乡间才有可能实现……童年记忆是抹不去的，并随着年龄的增长在人的心目中越来越深。

父爱如山，就如沂蒙山一样巍峨；母爱如大地般深厚，正如鲁迅所言“仁慈的地母”。沂蒙山的文化、传统、习俗，就在父母那里得到了传承、浸染和滋长。在《地气》中，作者书写最多的要数父母和亲情了。在第二辑“亲情暖心”中，作者用大量的篇幅书写具有沂蒙山人传统品格的父母。《父爱》中书写了那位憨厚地道的农民父亲对作者“严厉”而又朴实的爱。《仰望弯腰驼背的娘》中，常年弯腰劳作的娘随着年龄的增加越来越矮小，对作者的思念却越来越深；《娘的白发》中，不识字的娘却千方百计供孩子读书，不论日子多么艰难，从不落泪；《回家吃顿娘做的饭》中，作者表达了身居闹市的自己对到乡下同父母团聚、吃几顿合口味的庄户饭的奢望；《舍命保花》中，描写了生不逢时的娘“舍命不舍花”的母爱。《回家过年》《年夜饺子》《家讯》《我的父亲节·母亲节》等也从不同角度歌颂了父母爱的真切和毫无保留。此外，《腊梅花开的声音》《草戒指》《栀子花开》《萤火虫》《自行车》《爱的礼物》等篇目也对作者与妻子、儿子之间的亲情和爱进行了真诚坦露和告白。正是在日复一日、时时事事的生命与岁月交融中，传承和滋长着沂蒙山的传统、血脉和文化。

一方水土养一方人，一地域有一地域之文学。作家总以某一地域为文学地标，而地域文化也是作家情感表达的寄托。在第三辑“真情在胸”中，作者就以自己土生土长的沂蒙山以及这一地域乡土风物、乡风民情为表达对象，以此倾吐内心情感和搭建自我与家乡的血脉联系。散文集的叙事视野和生命情怀进一步扩展。《沂蒙山》中，作者直抒胸臆，歌颂这英雄辈出的土地，赞扬代代儿女在这里谱写出的无数英雄故事与传奇。《沂蒙石磨》《沂蒙地瓜》《沂蒙煎饼》《沂蒙布鞋》《沂蒙鞋垫》《沂蒙窗花》《蒙山特产》《乡下“土鸡”》等多篇散文以沂蒙地域独特的文化标记为书写对象，或透视沂蒙山乡的历史，或推介沂蒙民间文化。这一方面抒发了作者自我的情感，找回了童年的记忆，另一方面也使文章血肉饱满，增添读者对沂蒙文化的历史、现在和当代演变有了更深的体认。《赊小鸡》书写了沂蒙地域民风的纯朴和实诚。《进城的大树》《家有半分菜园》《天烛峰的松》中，作者流露出自我在城市中对土地和大自然的眷恋，而《攥一把芳香的泥土》《风雨荷塘》《乡间秋雨》《赶年集》《十字路》则又把目光放回到故乡，展示城乡对比和时代发展下那些逝去的美好和回不去的淡淡忧伤。

家事国事天下事事事关心，亲情友情故乡情情情在胸。作者以一颗热诚、澄明的心，把沂蒙山的众多事与情融合在一起，汇聚成雄浑厚重、深邃博大的家国情。至此，散文集从沂蒙山的父母之爱、乡土之恋，扩展为家国情怀，体现为大地意识和人民情结。对美好生活的向往、对幸福生活的追求是每个人的使命和责任，也是一个大国的民族梦想与追求。在第四辑“家国情深”中，作者从小我上升到大我，从小家过渡到大家，在个人情感表达的基础上，抒发和赞美新时代民族的崛起、人民的觉醒，进而表达出新时代里沂蒙山人的爱国、爱家情怀。《故乡》中，作者从村落、家庭、个人写起，以生活在革命老区沂蒙山而感到自豪，表达出在人生奋斗旅途中，最难割难舍、最容易频繁想起的依旧是那个故乡的感叹。《土地》热情讴歌了生我养我之土地的坤厚载物，以及孕育和生长在这块土地上的人们的慈善仁爱，进而表达对这块土地的虔诚和信仰。《村庄》中，作者探寻“村庄”发展史，上溯农耕文明的身影，进而找寻时代发展印记，总结出“村庄”才是中国文化、中华文明的母体。《人民》《醒了，中国睡狮！》《中国红》中，作者则感慨时代的快速发展，歌颂人民、歌颂祖国，歌颂美好的未来。

综观散文集《地气》，作者给我们呈现一种别样的、既熟悉而又陌生的阅读体验，带领读者在乡间自然的小道上无限徜徉，感受到那不一样的热情、淳朴和那从历史中走来、指向未来的深厚与广阔。作者以城市人的身份观望故土，在城乡对比中表达对美好生活的向往和对现代化的反思；娓娓道来、真情表露的文字背后，总给我们哲学上的深度思考和对人生的无限沉思；与传统散文相比，其写作特色则蕴含乡土散文的新元素。

改革开放以来，中国进入大转型、大变革的现代化快速发展期。在经济、科技快速发展的同时，中国也出现了一系列亟待解决的思想、文化问题。在散文集《地气》中，身居闹市的作者就多次表达了对中国传统乡村那些美好的、优秀的传统文化的流失表示遗憾，对原本美丽、和谐的人文、自然环境遭受的破坏感到心痛。作者以“在那时乡下……”和“如今都市……”来表达对过往美好乡村的憧憬和向往；另一方面，以直接批判或间接对比、隐喻等方式表达对现代化的深刻反思、对当代沂蒙精神的思考，显现出浓郁的人文情怀和批判精神。

作为沂蒙大地走出来的厉彦林，他的散文集《地气》在吟唱出了当代沂蒙精神之歌的同时，也对当代乡土散文审美书写有了新的拓展。《地气》中表现出的城乡对比的书写新观念，表达乡情、亲情和家国情怀的新方式，塑造沂蒙大地乡土新人物等方面，都与传统散文书写存有较大区别，呈现乡土散文书写的较多新元素，开拓了当代乡土散文书写的路径、策略与新的可能性。毫无疑问，《地气》是我近年来读到了饱满、真挚、自然、诗意的优秀散文，是一首发乎内心、融汇天地人、连接历史现在与未来的天籁之歌、生命之歌、沂蒙精神之歌。

事实上，沂蒙山文化和历史，依然是一块矿藏丰富的宝地，依然需要当代作家的深层开掘。作家李存葆的《高山下的花环》开启了一种文化反思与批判的、具有浓郁现实主义艺术风格而又震撼人心的沂蒙山文学书写。此后的刘玉堂以《乡村温柔》《最后一个生产队》《秋天的错误》等优秀作品，在诙谐幽默的语言风格中，建构起一个集悲剧与喜剧、神圣与荒诞、历史与现实相结合的新沂蒙山文学高地。同时期的苗长水，则另起炉灶，以一个北方人书写出了具有内在优美、雅致、精细的无比细腻的婉约气质而又具有新历史主义深邃精神质地的另一派沂蒙山文学，其小说《非凡的大姨》等作品风靡一时。晚一点出山的赵德发，一出手就是《通腿儿》，到后来的《缱绻与决绝》则写出了大历史语境下小人物、普通人的动人魂魄的缱绻之爱与决绝之情。

著名作家海明威说，作家要寻找属于自己的句子。在这样一种沂蒙山历史、文学与文化语境中，厉彦林先生找到了“属于自己的句子”，唱出了属于自己的歌，为新世纪沂蒙文学开拓出了新的文学园地、新的精神探索和新沂蒙文化内涵书写。正是在这个意义上，厉彦林先生的《地气》是新世纪新文化语境下赓续沂蒙山历史、挖掘沂蒙山文化内涵、书写新时代沂蒙精神的传承与创新之作。《地气》在总结以往历史文化的同时，对改革开放新时期以来的贫穷、艰苦而又坚守独特文化品格、开拓进取的当代沂蒙山人及其新沂蒙生活、新沂蒙精神、进行了富有生命温度、历史质感和人文情怀的书写，是非常难能可贵的。从某种程度而言，《地气》既是厉彦林先生几十年个人的独特生命体验，又是一个属于沂蒙山人群体的集体生活描绘；不仅是沂蒙山大地、河流、树林等大自然的生命之歌，而且是青石小巷、童年钟声、煤油灯、石墨、布鞋等浸透了情感包浆的生命浮雕。《地气》蕴藉与氤氲的是来自生命与生命、情感与情感、人与万物之间的鲜活的、跃动的、生生不息的生命之气。

当代作家张炜、贾平凹等人的创作实践已经证明，作家可以在成名之后，在获得巨大声誉之后，依然可以继勇于把一切荣誉抛掷脑后，开拓出新的文学疆域，写出新的优秀作品。沂蒙山的文学依然需要不断传承与创新，在传承中创新，在裂变中实现新的生长。厉彦林先生是令人敬重的优秀作家，其对文学的无比热爱、对作品的精雕细琢、对艺术质地和思想品质的极高要求，已经创作出来一系列优美、抒情、清新、隽永的优秀作品，产生了很大影响力。我期待厉彦林先生在沂蒙山历史、文化和风物的书写中，能够打造出具有体系性、标志性、独创性、深邃性的当代新沂蒙文学，创新性发展具有历史、乡土、地域、人文等审美元素的当代沂蒙文化。从沂蒙山文学走向城市文学书写、大地与人民性书写，厉彦林先生已经这样一路走来了，已经展现并将继续展现这位独特生命体验、深厚人文情怀的作家对故乡、大地、历史和人民的无比深沉的生命之爱与文学之美。

欸乃一声山水绿。“沂蒙那个山上哎”，传唱《地气》新山歌。

2018年4月19日下午于济南长清大学城常春藤家中

4月21日修订于山东师大千佛山校区3130工作间

醇厚的乡情从大地溢出

何中华

彦林兄的作品集《地气——厉彦林散文选》，最近已由人民出版社出版发行。全书除了序和跋之外，由68篇华章组成，按大致的主题分为了四辑，即“乡情如酒”“亲情暖心”“真情在胸”和“家国情深”。于文学我纯属外行，对《地气》的审美价值，不敢妄评，无缘置喙，那是评论家的事。在此仅就这部作品的思想意义，略抒己见，以就教于方家。

通读大作，给我的一个强烈感受是，这是一部以怀乡为主题的诗意化的散文作品，浓缩并体现了作者返璞归真的冲动。在某种意义上，亲情、真情都因乡情而有了依托，家国情怀则是乡情的升华和放大。《地气》虽然写了乡情、亲情、爱情、友情、舐犊之情……但仍以乡情为出发点和归宿。一以贯之的实则依旧是怀乡这条主线。故土，大地，乡愁。《地气》一书的这三个关键词，构成一条连缀起来脉络，贯串全书始终。我读《地气》，最感震撼自己心灵的还是乡情。因为这是一切情感的最初来源，它在归根到底的意义上本然地决定着其他情感。

作为同乡和曾经的同事，作者所熟悉的一切，我也一样地熟悉。况且，我们都到了怀旧的年纪，因而有了某种怀旧的资格，也有了几分怀旧的资本。所以，读这样的作品，总有一种特别的切肤之感，恍如置身自己年少时代曾无数次身临其境的场景。但透过作者的笔触，透过作者的咀嚼和反刍，特别是透过作者极富诗意的表达，这一切似乎都变成了克莱伍·贝尔所谓的“有意味的形式”。它让我对故乡的山山水水、人情世故，有了更深邃的体认。因了相似的成长环境，我和作者有着某种审美通感，于是更增添了一分谈论这部作品的勇气。

德国哲学家尼采，少年时曾写过一首《返乡》诗，其中说道：“当钟声悠悠回响，我不禁悄悄思忖：我们全体都滚滚奔向永恒的家乡。”在我看来，这段诗文有几点值得格外关注：一是这“钟声”自然是教堂发出的，它暗示了尼采所特有的文化背景。中国虽无西方式的宗教，却同样有着返乡的召唤。二是“我们全体”，这是全称的，它具有人类性，谁又能逃避返乡的宿命呢？三是“永恒的家乡”，故乡具有永恒的意义，一个人一旦降生，就注定了他的所由来的出发点，成为一个永恒的根基和参照。这正是“故乡”之意象的意义所在。

我们远离故土，来到异域他乡，来到都市工作和生活，但无论走到天涯海角，自己的根却依然在故乡。于是，便本能地有了一种怀乡的冲动，有了一种怅然的乡愁。人就是如此地奇怪。有道是“距离之为美”，这大概正是钱钟书所谓的“围城”现象罢。但在人的成长历程中，人人都要“离家出走”，要么是身体的，要么是心灵的，但“出走”不过是“返乡”的准备罢了。所以，人人都逃避不了返乡的冲动。于是，思乡诗便有了普遍的性质。“少小离家老大回。”这是怎样的慨叹！其意义不在于陈述了一种事实，而在于隐喻了一种宿命，即那个凡是人都永远走不出去的圆圈……常言道：“树高千尺，叶落归根。”诗人的童心又是早熟的。当一个人，在饱受风霜，历经沧桑之后，拖着疲惫的身躯，蹒跚着归心似箭地踏上返乡之路时，那又是一种怎样的渴望啊！这一切，都被我们的作者以审美的眼光和诗意的笔触，敏感而细腻地捕捉到了。

人们何以总是执拗地眷恋着生于斯、长于斯的故乡？这似乎是一个多余的问题。我们停下匆匆前行的脚步，驻足回望走过的路，怎能不有一番寻根的冲动？“我是谁？我从哪里来，我又到哪里去？”其答案就隐藏在对故土的无尽追寻中。德国浪漫派思想家诺瓦利斯说过：“哲学原就是怀着一种乡愁的冲动到处寻找家园。”从某种角度讲，哲学无非就是人们在心灵意义上的返乡。我们常人固然不是哲学家，却有其心灵上返乡的更本真的诉求。就此而言，人人又都是哲学家。

沂蒙山区是一片有故事的黄土地，是一片有着极厚实文化积淀的热土。在悠久的历史长河中，它不仅孕育出一大批英雄豪杰，也熏陶出一大批文人墨客。“文武之道，一张一弛。”远有自强不息与厚德载物的互补整合，还有齐文化与鲁文化的相辅相成，近有蒙山与沂水的刚柔相济。这种复调式的品格，同样地被浓缩在了故乡人的天性中，成为我们的血液和骨肉。它既有刚毅倔强的一面，又不乏柔情似水的一面。这就是沂蒙山人的复杂性，是其特点，也是其优点。因为这种品性最能够抵御一切超常的艰辛和苦难。

我们的故乡是一片贫瘠而富饶的土地。贫瘠造就了沂蒙山人的勤劳坚韧的品格，祖祖辈辈在这片土地上埋头耕耘和劳作，流汗、流血、流泪，让我们打小就懂得碗中的每一粒粮的分量。但也正是这种黄牛般的品格，造就了这片土地的富庶和满足。无论是欢笑还是忧伤，都属于你，都是为你而哭而泣，为你而笑而歌。你是游子感情的最后皈依，也是这感情的最初源头。

《地气》几乎为读者提供了农村的所有意象，诸如“山岭，梯田，山路，小桥，溪水，庄稼，秋草，牛羊，房屋，太阳，月光，炊烟，村民……”；诸如“锣鼓、唢呐，乡戏，嫁妆，高跷，秧歌，对联，窗花，鞋垫，赶牛调，舞龙狮，弯把犁，土地庙……”当然，太阳、月光并非乡村的专属，但城市的太阳和月光，哪有乡下的那般澄澈？在作者眼里，乡村里一切的一切无不富有诗意。“悠闲地咀嚼着满口幸福的村庄，让人魂牵梦萦，让你我在不经意间捡拾到唐诗宋词中那婉约清纯、恬静舒适的意境，散发着温暖人心、人性的魅力与灵光。”（《村庄的灵光》）农村唯有成追忆，才能被浪漫化。事情就是如此这般地吊诡。

“大地”的意象是什么呢？《易传》上有两句人们再熟悉不过的话，叫做“天行健，君子以自强不息”“地势坤，君子以厚德载物。”后一句就关乎“大地”“地无私载”故能“厚德载物”。每个人都有自己的故乡，整个人类的故乡又安在呢？“大地”就是人类的“本根性”的故乡。故乡又称故土，它与大地息息相关。从历史顺序看，第一产业便是农业，工业和商业毕竟后出，而且它们离大地愈来愈远。人们常说，无论是谁，上推三辈，都是农民。就中华民族而言，尤其如此。作为农耕文明，我们的一切都是从大地生发出来的，而且这一历史持续了上下五千年之久。地球上的一切生命，包括人类本身，说到底都是大地的馈赠。“万物生长于泥土，又回归于泥土。”“生命与泥土相偎相依。”（《攥一把芳香的泥土》）中国古神话有所谓“女娲抟土造人”的传说，西方的《圣经 · 创世记》也有“上帝用泥土造人”的故事，它们都隐喻了大地与人类之间的母子关系。

按汉代许慎《说文解字》的诠释，“土，地之吐生物者也。二象地之下地之中，物出形也。凡土之属，皆从土。”中国自古就是“以农立国”。汉代皇帝颁发诏书，往往一上来就说：“农者，天下之大本也。”在所有的颜色中，中华民族唯独崇尚黄色，而这正是“大地”和泥土的颜色。我国古老的阴阳五行观念，所谓“五行”即金木水火土，其中的“土”则居中之位，最为尊贵和崇高。这一独特的文化意识，显然积淀并折射着中华民族的“大地情结”。

农业是人类最古老的产业，城市是后来才出现的。农业是人类之根。《易传》曰：“安土敦乎仁。”纯朴厚道，安分守己，这些品质既是农业、农村、农民的象征，也是他们的本性。《地气》作者在书中写了自己的父母，写了质朴的父爱和母爱，写了自己对于双亲的那份隐藏在心底的纯真感情。其实，作者的父母不过是沂蒙山千万个父母的缩影和写照。我由此联想起自己的父母，他们清贫劳作一生，临终时不曾留下什么遗产，却留下了对子女的无尽的爱，留下了厚道、本分和善良。沂蒙山的文化血脉，正是借助这种无形的遗传得以延续并光大的。是的，诚如《地气》作者所说的，“而今，我虽然已经走出那山套，可永远走不出那故乡的真情和父母那期待的目光”（《父爱》）；“无论我们走多远，也走不出亲人的视线和惦念”。（《年夜饺子》）大爱无疆，我们又何以能走出它呢？！

在《地气》作者那里，挥之不去的乡村情结，凝聚为“大地”意象并通过这一意象而得以宣泄和释放。在这种宣泄和释放中，我们得到了某种沁人心脾的满足，而这正是审美发生的秘密。记得自己早些年曾见到过一幅照片，画面上有一位老农斜躺在自己收获的堆积如山的谷堆上，手持一只简陋得不能再简陋的半导体贴在耳朵上静静地聆听，脸上泛起的那种笑容和满足感，我这一生迄今都未曾发生过。这种满足究竟来自哪里？我想，除了收获的喜悦，似乎总还有比这更多的东西。

人总是有根的，就像每一棵植物一样。每个人的根，就是他的故乡。这是人的宿命，是无法选择的本源。对故土的依恋，是没有理由也无需理由的。它就是如此这般地存在，并规定着隐藏在每个人心灵最深处的那种本真的情感。“离乡，怀乡，望乡，归乡，乡愁，乡恋，乡梦……让多少焦渴的心灵享受到延绵甘醇的温暖与感动，热泪盈眶，浸湿衣襟。”（《故乡》）对大地的挚爱，对泥土的依恋，对故乡的追怀，对亲人的回忆……深沉而温馨，无不渗透着作者真诚的感恩之心。作为读者的我，读来感同身受，让人动容，不禁唤起自己的一种执拗而强烈的思乡之情。

思乡可谓是现代人的命运。重新亲近本源的渴望和冲动，驱使现代人走得越急越远，就越摆脱不掉这份执着。诚如作者所感受到的那样，“城市人享受富贵华丽的现代生活，思绪却时常萦绕农村那难以割舍的精神家园”。（《村庄的灵光》）孟夫子所谓的“求其放心”，先知般地为现代人预设了无可逃避的心灵轨迹。现代人的心灵因外物所诱而被放逐。现代人还有什么不能做到的呢？对于他们来说，唯一奢侈之事，就是重新亲近自己的本源，回归自己的本然之心。无论怎样困难，这却是他不得不面对的任务。

现代文明及其现代性，侵蚀了大自然的生态和人世间的亲情，就连古老的村庄也未能幸免。“村里出现了空窝老屋和坍塌的旧居，村庄西岭是日夜轰鸣、污染环境的石料加工场。村庄南高北低，我站在村南的乡间道路上，望着村庄的四周，心中禁不住涌起淡然的无奈和苍凉。严酷的现实正在颠覆我记忆中村庄那美好的形象。”(《村庄》)留住乡愁，当然不是保护落后，而只是在现代化的狂飙突进中，守望那一缕乡村积淀下来的记忆，那是我们生命的源头，以免我们在毅然决然的前行中走失。在《地气》一书中，作者以诗意的笔触对现代性和它造成的危害，有着相当深刻的描绘和反省。“这是一个普遍功利、焦虑、浮躁的时代，……人类已进入了缺少天真童年和农耕乡愁的年代。”(《人民》)这也正是作者寻求心灵上的返乡之冲动的根由。这种反省，使整部作品变得深沉而凝重，引人深思，于是便有了一种高度和厚度，有了一份沉甸甸的分量。

《地气》作者具有文人所特有的敏感，能够在常人熟悉地不能再熟悉的景物中保持一种陌生化，咀嚼出别样的味道来。黑格尔说过：“熟知并不等于真知。”真知来自洞察，从而直接把握真谛。有句话说得好，叫做“习焉不察”。对一个事物太过熟悉，反而会妨碍我们对它的感知。人们往往会被熟知所麻痹，而文学家恰恰有能力超越这种限囿而直指谜底。这就是差别。也正因此，文学才有了存在的理由。我们读文学作品，从某种意义上说，无非就是刻意地制造出陌生化，借此而通达“大道”。从中既获得审美愉悦，也参悟人生个中三昧。只有敏感的心灵才能有此感受。这种敏感正是审美的特殊优势所在。谢林曾说：“超凡脱俗只有两条路：诗和哲学。”与哲学家不同，文学家走的是“诗”的路。回归“大地”，这诚然是“凡俗”，但却是“大俗”，而“大俗”也正是“大雅”。

《地气》作者的感情是敏感的但绝不脆弱。听到空巷里传来一缕悠扬的琴音，令作者想到了“游子归家时热泪沾襟的感伤”。“不知不觉那个蹦蹦跳跳的少年，已经被岁月的风霜染白头发；那个不谙世事的少年，已经伤感得泪流满面……”(《青石小巷》)。这不恰似耄耋之年的沈从文，在重返故乡湘西时流下的那莫名的眼泪么？回眸，那忧郁的一瞥，又浓缩了人生几多悲欢离合、爱恨情仇、欢乐与痛苦……这让我蓦然想起画家黄永玉说过的话：“故事一串串，像挂在树梢尖上的冬天凋零的干果，已经痛苦得提不起来。”不管怎样，一切悲伤和忧愁，在回归故乡的那一刹那，都可以释然，都能够放下。因为作为我们最原初的起点，故乡也是我们最后的归宿。故乡雍容大度，可以包容你的一切，包括所有的爱与恨、苦与乐、得与失、委屈与畅快、悲惨与幸运、拙劣与高明……正所谓“无论你的人生道路上遇到什么坎，遭到什么劫，唯一不会把你抛弃的，那就是故乡；唯一能够宽容接纳你的，还是故乡”。(《故乡》)

记得法国雕塑家罗丹说过：“生活中原本并不缺少美，缺少的只是发现。”马克思同样说过，欣赏音乐是需要有听懂音乐的耳朵的，因为“对于没有音乐感的耳朵来说，最美的音乐也毫无意义”。从庸常生活中揭橥出耐咀嚼、耐反刍、回味不尽的东西，而且通过诗意化的方式，引起读者的某种发自内心的共鸣和莫名的感动，这大概正是作家异于常人所独具的眼力和功夫罢。

象征着现代性的城市，是有腐蚀性的。“城市安逸的生活，已经让我淡忘了过去最基本、最熟悉的劳动技巧，失去了许多故乡古朴、真实的东西。”作者追问道：“难道远离泥土和农活，就自然拉大与乡村、乡亲感情的距离了吗？”(《种萝卜》)作为现代人的“杰作”，疯长的城市正在蚕食着乡村，反过来助长了人们的浮躁。逃离现代性，是当代人的宿命。然而，“万家灯火夜，何处是归乡？”就像一只走失了的迷途羔羊，现代人找寻不到回归本然的路标。《地气》作者追问道：“伴随经济的繁荣和生活方式的改变，谁能像守候生命一样守护土地呢？”在现代性的挤兑和吞噬下，土地已然失却它昔日的神性，而是沦为被现代人利用的工具和占有的对象，面临着所谓的“祛魅化”命运。“皮之不存，毛将焉附？”对于今天的人们来说，乡愁的发生，不仅在于“远离”乡村，且在于“诀别”乡村。乡村好似斜阳下的一抹余晖，成为一种日益遥远的绝响。这正是现代人所以陷入无尽的惆怅和忧郁之源。

让我们深感遗憾的是，“当真正想缩短自己与村庄的距离时，其实村庄已经离我们越来越远了。”所以，“故乡既让我们亲近，又让我们陌生。”(《故乡》)悖谬的是，究竟是我们变了，抑或是村庄变了？真如一句歌词所言：“想说爱你不容易。”这首先是因为“记忆中的故乡越发的模糊，甚至似是而非”。(《故乡》)记忆深处的故乡之所以愈加模糊，不是因为记忆的褪色，而是由于故乡本身的变迁。当踏上故土那一刻，我们蓦然发现早已不再仅仅是物是人非，而是人非物亦非了，留下的只能是绵绵无尽的怅然。我们还能找寻到那些能够见证埋藏在记忆深处的故乡的信物吗？然而，重要的是，面对历史的巨变，作者悟出了一个深刻的道理：“自古只有陨落、凋敝的城市，而乡村却以亘古未变的内涵而隽永存在。”(《城市的土味儿》)关键在于，我们又如何能够把握住那个变中之不变的永恒之物？

就像蚕不得不作茧、人不能不长大一样，人类社会也不得不经历现代性的洗礼。这也正是年少不宜读陶潜的原因。对陶渊明而言是豁达和潇洒，对年轻人来说却往往是颓废和放任，而这是耽误不起的。回家的路，尚需阅尽人间悲苦才显示出必要。没有饱经风霜，何以体味出故乡的真正含义？在经历了现代社会的历练之后，家乡的一切才陡然间变得可爱起来，包括它的好，它的孬，它的美，它的丑……一切的一切，只要是家乡的，都是那么可爱，都是那般地令人心往神驰，都是那样的让人魂牵梦绕。有时候，我不禁在想，这巨大的宽容究竟源自哪里？热爱故土是没有理由的，也无需任何理由。它是无条件的，是不能也不应斤斤计较的。唯有此爱，才最纯真、最醇厚、最深沉，也最难以割舍……

诺瓦利斯说：“我们是去哪里？——总是在回家呵！”是的，“无论你人生如何，你走得近也好，走得远也罢，你画弧也好，你画圆也罢，最终都要回到原点。”(《村庄》)这是我们每一个人都走不出的心路历程和心灵轨迹。对家乡的眷恋已然溶化为一腔浓浓的深情，像一根永远扯不断的线引导着我们的轨迹，并指示着我们的归途。诚如作者所说的：“一个人最幸福、最感人的时刻，就是思故乡、忆村庄和童年的时刻，对于游子来讲，这种思念更真切、更难忘”。(《村庄的灵光》)的确，“离老家越远，思念愈重；离故乡越久，眷恋愈深”。(《娘的白发》)因为乡下的山山水水，“涵养着刻骨的乡愁，拴系着生命的根脉”。(《村庄的灵光》)在远离家乡的游子眼里，故土的一草一木亦关情。作者自况：“我是一个怀乡症患者。”(《土地》)这是因为“泥土的故乡，扎满我生命的根须，是我心灵皈依和朝拜的圣地。”(《攥一把芳香的泥土》)这正是作者的那个永远打不开的“大地”情结。

《庄子》有言：“哀莫大于心死。”唯有童心未泯，方得心灵的安然与宁静。常言道“平平淡淡才是真”，所谓“绚烂至极，归于平淡”。轰轰烈烈的人生，经历过了，感受过了，体验过了，才觉得平常心最可贵，也最难得。“当我们不遗余力地追求美好幸福生活的时候，会突然顿悟：曾经给我们带来无限快乐的那份纯真和简单，原来是最稀缺、最珍贵的东西。”(《童年钟声》)这种纯真和简单，归根到底只能来自本源处。“随着年龄的增长和生活阅历的增加，我更加牵挂和依赖亲人，更加珍惜与爹娘团聚的日子。”(《回家吃顿娘做的饭》)所以，我们“总是在回家”啊！

大地赤子的歌

董国艳

厉彦林最新出版的散文集《地气》，字里行间涌动着至真至纯的乡情、质朴温婉的亲情、深邃博大的家国情以及博爱和谐的生态情怀，让读者油然而生感动、敬畏与感恩之心。

那个坐落在沂蒙山区东部的小山村，是作者真实的故乡，更是其精神原乡，正如作者自己所说："泥土的故乡，扎满我生命的根须，是我心灵皈依和朝圣的圣地。"《地气》的第一辑《乡情如酒》中作者尽情挥洒心中对故乡自然景物与淳朴乡情的挚爱。融入游子骨血里的故乡情从作者炽烈深情的笔触下变得跃然生动，读罢文章让人不禁心生向往与渴慕。《地气》第二辑《亲情暖心》收录的全是关乎亲情的文章，有对祖辈几代人读书梦的追寻、有对厚重温柔的父母之爱的感恩、有对相濡以沫的妻子的珍爱，也有对儿孙成长的欣慰，让人真切体悟到亲情的温度与内涵。

家邦历来不可分离，从思乡敬亲到对国家民族的爱恋是一脉相通的，把对家庭与亲情的书写提升为对国家与人民的叙写，这既是作者情感的自然升华及文化担当意识的自然体现，也使《地气》的文化内涵更为深厚。作者是新中国一步步变得强大的亲历者，见证了改革开放的全过程，真切地领悟到个人、家庭、故乡的命运与国家的命运是紧密相连的，只有国强才能民富。所以作者在对个人、家庭、故乡的吟唱中时刻不忘表现中国人民自强不息、奋斗不止的精神及中华民族如雄狮一般崛起的豪迈，这无疑提升了文章的美学价值与现实意义。《祖孙四代求学梦》《自行车》《家讯》等篇章将个人家庭的生命轨迹、命运历程与时代发展的大潮流、新中国成长发展的足迹结合起来，用个人的成长记录国家日新月异的巨变，表达作者对国家与时代的感激与感恩。作者用火热的激情与激扬的文字生动地讲述了中国的发展故事、人民的可敬可爱，显现了作者心中所蕴含的坚贞爱国主义思想和高尚的传统道德修养。这种“小我”中有“大我”，既有个体生命的横切面也有亿万中国人民剪影的写作，丰富了文本的内容，深化了文章的内涵，扩大了文章的格局。

好的散文一定有独到丰富而深刻的内涵，正是丰富深刻的内涵才是文章厚重而生动最重要的质素。《地气》的内涵不只体现在亲情、乡情及家国情怀的抒发上，而是继续向更深层的文化及生态层面掘进。因为世代长久生活于农村，受农耕文明及传统中国文化的影响，作者对土地及其生长于土地之上的一切都怀有天然的爱与敬畏感，平等地看待土地之上的一切生命，不再凡俗地将动植物们视作毫无内在价值的人类的附属品，而是怀着博大与平等的情怀对待它们；信仰自然规律，亲近自然，信奉人与自然的齐生共荣。凡此种都与当下日渐兴起的生态意识、土地道德正相契合。《地气》第三辑《真情在胸》中一些篇章彰显的正是作者自觉的生态情怀，表达了对土地的眷恋及对生长于土地之上的生命的热爱与敬仰。

大地、亲情与力量

——评厉彦林散文集《地气》

方　正

中华散文源远流长，在华夏文明史上峰起竞秀，繁星灿烂，锦绣华章滋润心田。中华民族小康建设与复兴之路上，站在历史与人民的高度，写出情系大地、倾注民生、传递动能的美文，关乎文脉国运。遗憾的是，近年来一些散文作品远离生活，不接地气，甚至格调低下，令人困惑，读者迷茫。任何时代真正好的文学作品，总是带着新鲜的泥土气息和人间烟火的味道，为人民、为读者提供精美精神食粮，培树文化自信，迸发追求美好生活的不竭动力。

厉彦林新近出版的散文集《地气》正是这样的一部充满了地气、亲情与力量的作品。它根植于传统文化的深厚土壤，地气蒸腾，沾染着晶莹的露珠和草木的芳香，给人踏实坚定的生活信念和人生信仰；它清气十足，立足于火热的生活，弥漫着人间真情，展现了作者作为一名共产党人的纯洁清正、悲悯天下的美好心灵；它正气浩荡，传播着向上向好的价值观和正能量，给人以灵魂的沐浴、情感的温暖和催人奋进的力量。

大地　家园　生命

习近平总书记一直强调文学艺术要接地气，就是要求文学艺术内容要贴近人民大众，多融入现实元素、新时代特征，以普通百姓视角写作，讲述人民大众的情感形态和情感故事，反映伟大中华民族复兴事业的火热生活，抒写党和人民群众的伟大情怀。

厉彦林的《地气》，充满了这种地气。在这些作品中，作者突破传统人与物的关系的文学关照局限，从对地气的多层次、多角度的理解感悟切入，以“虔诚跪拜”的敬畏颂扬之心，从沂蒙大地一千多万人民群众的立场出发，以感恩、仁爱、旷达、包容和深情的创作底色，展现了人性物性之美和尊崇天地大道的文学风范。

第一，厉彦林下笔直抒胸臆。他文章中的大地有色彩、有温度、有声音、有生气。开春，地气蠕动如风过林梢，又如丝竹余音；夏天，地气升腾如一波波热浪；秋天，地气浸润着丰收的声音和味道；冬天，地气聚敛覆盖住季节的浮躁。他的爷爷认为，地是通人性的，不能用脚踏，阻隔了地气，庄稼就不爱长了。他的父亲也能感受土地的体温和脉动，体味到地气勃发的喧哗和冲动。厉彦林认为，土地是农民的家园，农民是土地的子孙，土地和农民血脉相通、生死不离；土地像一阕词，上阕是人类的生存空间，下阕是安放灵魂的栖所。赤脚走在柔软、潮湿的田野里，厉彦林最喜欢地气从脚底板传遍全身的美妙感觉。

第二，厉彦林抒发了对于大地的深厚情感。土地是乡村的灵魂，在厉彦林的《地气》中，他们祖孙三代的故事层次分明，但却又一脉相承，充满了对大地的顶礼膜拜。《地气重凝》《村庄的灵光》《攥一把芳香的泥土》《赤脚走在田野上》等文章，作者到山岭上、月光下、大自然中解读生长繁衍的故事，解读生死轮回的奥秘，解读乡土中国蕴含着的独特思想文化精神。这实质上也是作者对“生命之源”的追溯与探究，这种情感，夯实了他文学沂蒙山的根基。

第三，厉彦林表达了尊重自然、师法自然，显现和聆听自然本身的文学理念。在他的笔下，清晨，黄昏，庄稼，地畔，泥土，溪流，春风，秋雨，槐花树，老黄狗萤火虫；正月的瑞雪，五月的豌豆花，六月的小麦，九月的高粱；农家小院里，栅栏门、牵牛花、压水井、弯把犁、窗花、八仙桌、老烧酒、煤油灯；沂蒙乡间，绕村树林、几间瓦房、青石小巷、沿河菜园、崇山峻岭、梯田山路、汩汩清泉、袅袅炊烟、赶牛长调、昏黄灯火……都成了他表达自然的力量、人间沧桑、坚信的脚步、挺直的脊梁、生命的期待与呼唤的一个个意象，犹如唐诗宋词一样婉约清纯、恬静舒适，成就了人与万物自然淳朴却又动人心扉的融入之美、和谐之美、生命之美。

亲情　乡情　民情

文学的清气，在评论家雷达看来，是一种让心灵置身真实情境的现实感，是一种引发读者灵魂共鸣的真情实感。厉彦林的《地气》怀着对沂蒙人的朴素深沉的敬意，立足沂蒙这块神奇的土地，关注在中国革命、建设和改革的光辉历程中亲人、沂蒙人民的喜怒哀乐和生活的酸甜苦辣，表达了透体爽神、贴心暖肺的亲情乡情和民情。

厉彦林习惯沉入民众生活内部，潜入记忆深处追寻亲情，再经过自身心灵烛照、醇化发酵，故涌流而出的感情浓烈感人：

父亲割八行麦、让我割五行，实际上却自己割十行、仅留给我三行；

父亲掏出带着体温的五十元钱，临走回头不舍惦念的目光；

父亲用颤抖的手，端起用儿子第一份工资买的酒时的感喟；

患有类风湿病的母亲弯着腰择菜，弯着腰扫地，弯着腰翻地；

劳累的母亲坐在煤油灯下，做着针线活陪我做作业；

苍老的母亲被风吹起的白发，像一团白云，把母亲孤单的剪影叠印在地垄上……

每当作者过父亲节、母亲节时，追忆逝去父母的点点滴滴，字字含情、句句动心。正是这种难以割舍的亲情，才温暖了作者的生命，照亮了他的人生，才会让他牢记“娘不图你们做什么官，不图你们的钱财，只盼着你们在外实实在在做事”的嘱托，从而成长为一名有责任、有担当、有追求的领导干部。

感动自己的文章，才会感动别人，才会让天下子女读懂父母、感恩父母，孝敬父母。厉彦林非常看重人与人之间的亲密情感，尤其是在全球化、城市化、网络化的语境下，对故乡的思念尤甚。在当下，人们的精神结构、生活方式、道德伦理、思想情感皆发生了前所未有的深刻变化，世俗化、市侩化，冷漠化、陌生感，人与人之间的关系跌入深谷。对门的邻居，相居多年，竟然叫不上名字。所以，厉彦林把呼唤亲情的回归，当作自己文学的主旨，写了许多的记忆中浓浓的触动心灵的亲情、友情与爱情，试图用那种遒劲的根须紧抓大地那样，使人们的感动永居心间。

若说厉彦林亲情散文写的是“小我”情怀，那么他的乡情抒写超越了个人情感体验层面，投向更为广阔的“沂蒙人群体”形象刻画，呈现的则是“大我”状态。如《地气》中，地瓜、煎饼、石磨、布鞋、鞋垫、窗花等纷纷入文，表为写物，实为写人。厉彦林将个人情感与乡土社会主题相融合，在城乡二元对立交融的情与理、现代与传统、转型与坚守中展开叙事，勾勒出了沂蒙地区从战争年代，到建设年代，再到改革开放年代的波澜壮阔的历史变迁，演绎了热烈奔放、忧郁感伤与自我抒情等多种特征，阐幽释微，言别人不能言，或别人不能尽言之事，生动刻画了沂蒙人重情重义、大仁大义、耿直忠贞、醇厚善良、吃苦耐劳、轻利厚谊等品质，具有鲜明地域特色的人情美、人性美、乡情美和乡韵美。同时仗义执言，秉笔为他们利益福祉和所思所盼代言，警世醒世，唤起良知，为的是更好地促进均衡发展和维护社会公平与公正。这如同一股清流，敦促读者思考自己应该坚守什么、传承什么、倡导什么。

最值得称道的是，厉彦林的《地气》文集中，体现了厚重深沉的“人民观”，他把对沂蒙的乡情乡恋升华到对人民的热爱和赞美，生发到对整个人类命运的思考，以之把握形而上的乡土中国的精神脉络，文学抒写豁然从“大我”状态进入“无我”境界。他深情地咏唱：“每写下‘人民’这两个字，我顿感神圣凝重！每读到‘人民’这两个字，我立刻肃然起敬。”并借陈毅元帅的话，感喟淮海战役的胜利是沂蒙人民群众用小车推出来的；三年困难时期，是人民饿着肚子凿出了被誉为“人工天河”的红旗渠；文革浩劫后，受迫害的家庭平反时，含着热泪歌唱祖国；改革开放初期，千万职工下岗、待业、再就业，为改革牺牲个人利益，勇敢地擦干眼泪从头再来……

人民群众是真正的民族脊梁。厉彦林的《地气》写了人民创造历史的恢宏气势、澎湃激情，写了对人民群众荡气回肠、一咏三叹的忘我、克难，彰显了沂蒙人民的信仰之美、崇高之美。这对不同阶层、不同年龄段的人群都有启迪引领作用，尤其对于青少年学生价值观、人生观的培树，更具有重要教育意义。正是因为厉彦林对亲情、乡情和人民情的赞美和讴歌，使其大量作品被中小学教材所收录。据不完全统计，《享受春雨》《煤油灯》《仰望弯腰驼背的娘》《父爱》《村庄的灵光》等20余篇散文被一些省市作为中高考考试的阅读题、模拟题。有110篇（次）的散文被选入新课标阅读，中、小学读本教材和各种语文辅助教材。对此，著名学者王万森教授曾这样评价：“教育功能是厉彦林走向新时代的文学通道，他出身语文老师，至今对语文教学念念不忘，他的写作可以有多样的传播途径，教育和语文教学始终是他写作的出发点，也是归宿。”

精神　梦想　力量

厉彦林的作品高扬理想主义旗帜，坚持现实主义创作手法，从现实生活的实际问题出发，深入生活内部，挖掘闪光情感和生活启迪，表达了对时代的洞察、忧思与情怀，旨在培树读者的社会责任感。

首先，《地气》写出了沂蒙人的“精气神”。他关心民生疾苦，批判不良风气，从“寒门难出贵子”的喟叹，到农民工“城乡两无依”的惆怅，再到“不怕苦，就怕没机会”的担忧，常常让读者感受到如坐针毡、夙夜难寝的“痛”，但厉彦林不仅是一位“呐喊”者，更是一位身体力行的“觉悟”者。他认为：“没有比人更高的山，没有比脚更长的路”，一个人要“学习竹子的耐性，先脚踏实地，发达根系，再破土发力，拔节蹿高”，更应“怀揣信仰、不畏辛劳，自强不息，彰显凛然正气，当仁不让的豪气，挺拔起生命的高度和人生纯度”。

文品亦人品，厉彦林不媚俗、不追风、不赶潮，远离文坛为文。这部《地气》文集没有请名人作序、写跋，而是专注于作品本身的品质，客观真实的面对读者。坚持寓情于景，寓理于事，由己及人，用平实的语言娓娓道来，绝少空洞说教，更多表现为一种建设和介入的姿态，无形中拉近了作者读者之间的距离，让每一位读者不自觉地驻足、聆听和思考，让心灵得到净化纯化，更重要的是引导读者把个人理想转化为报国之志，最终落实到实践之行，叩开精神之门，走出自己的人生之路。

厉彦林将“文以载道”传统文化、沂蒙地域文化、文学的现代精神糅合在一起，写活了贯通历史、体现当今、可鉴未来的沂蒙精神。厉彦林笔下的父母亲人、沂蒙母亲、红嫂群体、蒙山老人、无名烈士等，在战争年代，以身许党、以身许国，举家支前、破家支前，与我们的党和军队同心同德，彼此忠诚忘我。凭着总书记所说的“水乳交融、生死与共”，铸就了与延安精神、井冈山精神、西柏坡精神相媲美的沂蒙精神。新中国成立后，沂蒙人民战天斗地、开拓奋进，积极探寻农耕文明、工业革命的途径和方向。改革开放后，在市场经济和生态文明建设、供给侧改革的征程中，沂蒙人民又将沂蒙精神嵌入了不甘落后、迎难而上的时代精神，赋予了沂蒙精神新的开放性的内涵。厉彦林认为，沂蒙精神是千千万万沂蒙儿女共同的灵魂称谓，是群体的精神结晶。她与党的优良传统作风、与党的群众路线的价值目标、与当代中国共产党员的使命担当是高度一致的，具有“草根生长性”和革命传承性的本质特征。

厉彦林还写出了昂扬向上、砥砺奋发的中国力量。他关注沂蒙人的生活状态，直面矛盾、反观现实，善于托物言志，坚持为时代发声。《地气》中的《沂蒙山》《人民》《土地》《醒了，中国雄狮》《中国红》，以及未收录此书的《永远跟党走》《美丽中国》等作品，思想精深，讲品味、讲格调、讲责任，旨归于人类生存、爱国主义和中国梦等宏大主题，将沂蒙精神升华到国家民族层面的文化自信。厉彦林凭借深厚的文学功底，睿智的思考，渗透古今、叠印古今，激活了读者的爱国豪情。如，借用先贤“路漫漫其修远兮，吾将上下而求索”“人之命在元气，国之命在人心”，近现代的“砍头不要紧，只要主义真”“一把镢头一张锨，敢教日月换新天”，到总书记对民族昌盛梦、国人幸福梦、炎黄子孙中国梦的解读，厉彦林以点带面地写出了我们国家从站起来、到富起来，再到强起来的农村发展史、民族发展史、中国发展史。

每名作家都有自己文学故乡。莫言的作品茁壮成长到世界高度，无疑得益于高密东北乡的地气集聚与升腾。而沂蒙山这块历久而弥新的山地，同样是厉彦林散文的地气之源和文学基因。厉彦林凭借自己昂扬的激情、深沉的理性和深邃的思考，扎根沂蒙、化入沂蒙，用近40个春秋，自我否定、自我超越，不断突破、探索、嬗变，使其极具个性魅力的文学品质和话语体系日益清晰，构建起了一个属于他自己同时又属于民族大众的文学世界。

本文重点探讨《地气》文集的思想性，但其“诗化语言”的艺术特色同样精湛，特别是为更真切、更细微地触及心灵，打动人心。作者创造性地吸收了摄影的选景构图及影视的场景调度等技巧，用“影视化手法”抒写沂蒙的山川草木和世道人心，将个个字词、段段文句蝶变为幅幅画面、组组镜头，像电影一样在读者脑海里轮番播放、闪回、快进，了无痕迹地把读者情感带入，且萦绕迂回、久久难忘，使其散文内容更加丰富，层次更加立体，形象更加丰满。作者还为每一篇散文精选了配乐诵读，相对单一文本，制作也更加精良。

温馨的回忆

——读厉彦林散文《沂蒙往事》

徐义平

每一位成熟的作家，无不从童年的记忆中打捞历史的碎片，写出感人至深的好文章。这已经为大家所熟稔，似乎不需要愚某饶舌。读厉彦林刊发在《人民文学》的散文《沂蒙往事》，心中除了再次加深这一感慨，不自觉临屏草就以下笨拙的文字，主要源于厉彦林温馨的回忆。

煎饼卷大葱，早已成为山东的一道名片，养育了祖祖辈辈的山东人。至于制作煎饼的传统手艺，似乎无须费啥口舌，但在厉彦林的笔下，母亲黎明时分踩着磨道推着沉重石磨的慈母形象却让愚某印象深刻。虽然愚某祖祖辈辈是安徽人，但同为农民的后代，对一道道铭刻在记忆深处的艰难岁月记忆犹新。读完《煎饼》，虽觉得写得并非完美无缺，但特殊时代农村特有的背景与温情让愚某感同身受——“最‘腐败’的是卷油条，啃一口煎饼把油条往后抽一抽，等煎饼吃完了，油条还剩一大截”。

“乡下人说话算数，落地砸个坑。”这也是农村劳动人民身上的传统美德，一则人实诚，二则民风好。《赊小鸡》一文真实记载每年开春赊小鸡的场面和秋后结算账目的情景：绒球似的鸡崽特别吸引蹦蹦跳跳的小孩和农妇，在生活困难的年代，鸡屁股就是银行，鸡蛋可以换取针线、火柴、食盐等生活必需品；秋后各家各户按当初谈好的价格爽快结账，即使鸡崽有被黄鼠狼叼走了、被猫吃了或拉肚子死了，甚至全军覆没，也没有人赖账的，淳朴的村民从来不想让人背后戳脊梁骨，更不想让唾沫星子淹死。农村人的淳朴善良、勤劳勇敢、敦厚老实，在许许多多的文学作品中均有记载，这也成为老一代农村人的代言词。“弹指一挥间，半个世纪匆匆而过，‘赊小鸡’的行当虽然消失，可回想起那充满诚心善意的淳朴民风，依然温暖心窝。”随着打工潮涌现，某些人似乎忘却老一代农民的传统美德，外加良莠不齐的网络等因素的影响，“拿来主义”吞噬了一部分人，道德逐步沦丧。美其名曰：“代沟”在加重，老一代跟不上时代发展的步伐。君不见空巢老人在增多、赡养老人成为棘手问题乎？君不见身边好吃懒做者、拜金主义者、坑蒙拐骗者、“一年土、二年洋、三年不认爹和娘”者在增加乎？

再看看现在孩子的童年生活。牙牙学语之时，三四个大人全天候伺候着；上学前班之时，基本就在家长的利诱下出东班进西班；小学之时，家长租房子陪读，家教一个接一个。这与厉彦林笔下的《树上童年》竟有天壤之别。现在家长的理由是“不能让孩子输在起跑线上”，若留心这些陪读的家长，他们又有多少精力用在孩子身上呢？棋牌室天天人满为患，甚至摆到街道上了，这里不乏陪读人员；微信、QQ不分时间呼唤着，低头一族中就不乏陪读人员；商场服务人员多于顾客，其中也不乏陪读人员……平时疏于监管，期末想起孩子成绩，是否为时晚矣？这时开明的家长在反思，而另一部分家长偏听孩子的谎言，责任全怪在教师的身上，他们无从知道现在的教师早已是“百变金刚”，因为教师不再只有“传道授业解惑”的职责，还得当好保姆、安全员、扶贫员、档案员等等。厉彦林笔下的树上童年属于20世纪六七十年代的那段贫困岁月，“它为我保存了纯真、天然的童年底版，让我时常能感觉到那个时代的纯洁与温暖”。真不知现在的孩子成人后，他们的童年回忆里有些什么，也许只有“出东班进西班”的疲劳，也许只有“家长陪读，不管不顾”，也许只有家长不良的习惯……但愿这只是愚某的“杞人忧天”。

合上书本，为厉彦林的温馨回忆拍手称赞的同时，一丝不安略过心头，请大家真正关心我们的后辈，别让他们留下负面的童年回忆。

个人创作谈

不忘初心，紧扣人民脉搏

厉彦林

人民需要高品质的文学享受。习近平总书记在党的十九大报告中指出，经过长期努力，中国特色社会主义进入了新时代，我国社会主要矛盾已经转化为“人民日益增长的美好生活需要和不平衡不充分的发展之间的矛盾”。满足人民过上美好生活的新期待，既要不断提高物质生活质量，又需要享受高品质的文化产品，不断丰富人民的精神文化生活。文学必须始终勇立时代潮头，坚守高唱时代主旋律的制高点，继承中国文化、中国文学的优良传统，真情真诚地讴歌新时代，更多关注社会民生和普通百姓，讲好中国故事，传播中国声音，阐释中国特色，弘扬真善美，传递正能量，提振精气神，推动形成崇德向善、理性平和、奋发有为的强大精神力量。

人民需要文学，文学更需要人民。人民是文学的根和魂，本和源。新中国成立以来，特别是我国改革开放近40年来，我们党带领人民进行了波澜壮阔的建设、改革开放事业，经济社会发生超越历史的深刻变迁，人民生活发生翻天覆地的巨变。这期间产生了众多脍炙人口、无愧于我们这个伟大民族、伟大时代的优秀作品。奥秘就在于扎根火热的现代生活，反映人民群众的喜怒哀乐、酸甜苦辣、所思所盼。离开人民、离开真实生活、离开多彩实践，文学就是无根的浮萍，无源之水。中国特色社会主义进入新时代，这是我国发展新的历史方位。党的十九大要求广大文学工作者“在深入生活、扎根人民中进行无愧于时代的文艺创造”。新时代要有新气象，更要有新作为。作家和精神产品的创造者、生产者必须不忘初心，牢记使命，紧跟时代步伐，紧扣人民脉搏，关注传统与现代、道德与伦理、文明与落后交替搏弃过程中的思想震动与精神疼痛，用文学的真诚与柔情去关怀平凡而又丰富的人心世界，挖掘和讴歌乐观、健康、纯洁的人情美、人性美，彰显时代品格和中国精神、人民风貌。

扎根人民、讴歌人民，文学才接地气、有光泽。人民是文学的骨血，文学必须和人民同呼吸、共命运，深刻体验生活、关注社会、关注现实、关注百姓的生存状况和精神面貌，表达人们对真善美的追求。文学作品的最高境界是打动人、感染人、塑造人。作者以自由、自然、自在的状态进行书写，扎根现实又能超越现实，辨别真善美和假恶丑，彰显和弘扬社会主义核心价值观和社会道德规范，会给读者光明、温暖、希望和健康向上的力量。我保持了利用业余时间文学创作的习惯，进入新世纪以来，逐渐创作《故乡》《土地》《人民》等散文，有的评论家说这是我的散文“三部曲”。《人民》这篇散文从2009年初开始到2010年5月形成初稿。分“能量源”“角力人心”“点中命门”“中国脊梁”“人民重如泰山”“治疗‘公平焦虑症’”“‘赶考’路上”七个章节，用散文的笔触讴歌我们党在中国革命、建设、改革和复兴各个历史时期为民而生、为民而兴、为民而强的伟大功绩，充分展示“党和人民唇齿相依、血肉相连，同甘共苦、鱼水情深”和“人民心里有党，党离不开人民，党把人民看得很重、最重！”的成功规律。为防止这篇散文抽象化、概念化，我尽可能融入个人、家人的真实感受和故乡沂蒙革命老区发展变迁的轨迹，把普通百姓柴米油盐、甘苦酸甜和生老病死都与国家的命运紧密联系起来，语言尽可能直白朴素，从内容到形式都高度凝缩，增加

“瓷实”的质感。此文到2015年3月改定寄给《北京文学》，前后花了7年时间，小修改无计其数，大的修改就有11次，此文发表受到读者和评论家的关注和好评，先后被《时代文学》《当代散文》《教育前沿》《红旗文摘》《新华月报》和人民网、文狐网等转载。实践证明，用真心，动真情，有正气，作品才让读者感到真实、真切、真诚，能耐读、动人心弦。好作品力戒心浮气躁、急功近利。

文学作品衡量和检验作家的责任担当和道德良心。作家、文学爱好者和工作者都是精神产品的创作者，必须坚持以人民为中心的创作导向，真情真切地热爱人民的现实生活、关照人民的精神需求，真正不忘初心，牢记使命，扎根人民，讴歌人民，呕心沥血地书写有筋骨、有道德、有温度、接地气无愧时代和人民的好作品，为提高国家文化软实力和中华文化影响力贡献文化力量和文学担当。

以恒心坚守文学初心

厉彦林

接到《博览群书》杂志社社长、总编董山峰先生“请写写散文选《地气》背后的故事”的邀请，真是诚惶诚恐。一来《博览群书》是伴随改革开放成长起来的国内唯一本综合性的指导读书的刊物，文化品位高，社会影响大，令爱书人、读书人敬畏；二是我是一位业余文学爱好者，“故事”登大雅之堂，有所顾虑。但我还是慷慨答应，努力完成好这篇命题作文。

2017年人民出版社出版我的散文选《地气》，完全出乎我的预料。此前，北京的某专业出版社已经开始编选我的散文，我已经挺满足了。当人民出版社常务副社长任超先生读过我的散文集《春天住在我的村庄》后告诉我：“你如果在我们社出散文集，我们也欢迎”。这话让我喜出望外，于是我立即编选书稿，收入此书的70篇散文（原选71篇，删除了重复的一篇），最后一篇散文《天光照耀》定稿于2017年10月7日。由于出版社重视、效率高，恰巧2017年12月31日我收到了崭新、庄重、大气的样书。据出版社讲，此书上市三个月，销售数量已经过万，这也没想到。这说明：接地气、有底气、聚元气、扬正气的作品，有人气、有天地。

我出生在沂蒙山区一个普通农民家庭。我的中学时代，正是青年人崇尚“文学梦”“军人梦”的年代。1973年出了“白卷先生”，学校基本不正规上课，上大学靠推荐，因父母是普通农民，推荐上大学无望，我验上兵村里又“不舍得放”。我高中毕业那年直接被当时的大山人民公社教育委员会推荐为我们管理区首个高中班的首位高中语文老师，立刻在学生面前成了有文化水的人。为了对得起这个神圣的职业，为了不为难同龄的学生们，也为了展示我的文字功力，于是坚持与学生同题、同步写作，体会写作的难点，选准作文点评的重点。在这个过程中，我边写、边体味、边总结，在心中默默坚定了一个可遇不可求的文学理想。我先后参加过《鸭绿江》《青年作家》和《诗刊》社的文学函授班，后来赶上好机缘和好领导，因在《农村大众》等报刊上公开发表过几个小“豆腐块”，被直接调入莒南县委宣传部担任新闻干事，跳了一次令人羡慕的“龙门”。

四十多年，我一直怀揣感恩、平和的心态和当初纯洁的文学理想，怀着对文学的虔诚和对读者的尊重，无论工作多么繁忙，始终不离不弃、不声不响地坚持业余文学创作，这成为我另一种生存、生活方式。我前期学写散文诗、诗歌，后期转写散文，作品始终坚持以沂蒙大地、故乡亲人和火热的现实生活为创作母体，始终牢记和践行正确的价值导向、高尚的精神追求和悲悯的人文情怀。至今已出版过《灼热乡情》《享受春雨》《春天住在我的村庄》等八本作品集，其中最具代表性的就是人民出版社出版的散文选《地气》。我的故乡沂蒙大地是一片古老、纯洁、平凡、英雄、无私的土地，当然也是一片期待文学开发特别是散文开发的宝地、圣地，我努力寻找和打造属于自己的心灵故乡，灵魂后花园。虽然社会开始浮躁、急功近利，我初心不改，依然根扎深沉厚重的沂蒙大地，努力追逐时代脚步，直面更趋多元和复杂的社会，坚守乡土与传统的道德立场和艺术创作道路，深情关注故乡的风雨变幻和沂蒙乡亲的喜怒哀乐，作品散发着无污染的泥土味、庄稼味和汗水味。

首先会遇到如何看待官员写作这个问题。其实在我国历史上，少有职业作家。在有诗文传世的作家中，许多都是不同级别的官员。我国隋唐科举制度确立后，朝廷通过策论乃至诗赋选拔官员的“天下第一考”，让写作与仕进密不可分。文人当官、官员写作几乎是必然，更不引发争议。既然写作是内心情感的抒发，当然与职业没有必然联系。工人、农民可以写，医生、警察、建筑工人、外卖小哥可以写，公务员为什么不能写？随着文化教育的普及和出版业的繁荣，包括公务员在内的全体公民都有写作、出版的自由。无论谁写作，最终都靠作品的质量，靠读者评价。问题是近些年有些官员滥竽充数、“打肿脸充胖子”，甚至把文学当成所谓“雅好”，丑态百出，败坏了文学的声誉和形象。这里的关键，是否自己动笔且公私分明、守住公权力。如果用社会公共资源刊发作品、出版书籍、开作品研讨会，或者强行摊派下属机构购买图书等，这就成变相腐败了。堕落的写作即便一时逃过了“法眼”，也受不起“文心”的拷问，最终经不住读者、良知和历史的淘洗。我努力坚持正确的创作方向和价值导向，不追风、不赶潮、不保守；坚持质量第一，不求数量，作品自己不满意决不与读者见面；坚持默默写作，不图名、不图利，不声张，不宣传，守护内心属于自己的那份安宁、幸福与满足。

再者就是机关公文写作与文学创作完全是两股劲，怎么能走得通？应当说，这二都既是矛盾体又是统一体，无法回避。从政必须具备强烈的政治责任感和历史使命感，脚踏实地，履职尽责，把事做好。而责任感往往会使你处在重重矛盾和压力之下，有时会心力交瘁、十分疲惫。坚持文学创作确实是很难的。再说机关公文大多是命题作文、硬性任务；文学创作纯是随性而为，是心灵的自由表达。这两种表达也确实差异很大，机关公文强调逻辑思维，语言要准确条理，动员性强；而文学注重形象思维，语言要优美个性，打动人心。我感觉繁重的机关工作，又让我直接和间接地了解了党和国家的重大决策和政策走向，了解了改革发展稳定的大局，了解党员干部和普通百姓的所思所盼，让我的作品能瞄准读者“靶心”，为时代发声、温暖心灵、弘扬真善美，承担起文学作品应有的使命与责任。当然职业与文学爱好之间有矛盾，最大的矛盾是时间和精力。我的原则是首先必须把工作干好，这是立身之本，是天职，业余爱好是“副业”，只能放在“业余”上。利用休息时间读书、写作，在纷纭复杂的社会环境中，能够沉醉书香气、涵养文人气、激活浩然气，还利于用以平常心态干好行政工作。

世界是由人构成的。马克思主义学说可归结为“人学”，中国传统文化的核心是“仁者爱人”。党的组织工作说到底是做人的工作的。我有幸在组织部门工作了三十多个年头，接受了党的优良传统和组工文化的长期熏陶浸润，散文作品中自然闪透着职业道德和人文情怀，传承着党的组工干部基因血脉，探寻着《出类拔萃的秘密》，努力给人昂扬向上的信心与力量。

说起来容易做起来难，坚持业余创作是自讨苦吃、是自甘寂寞与孤独。别的同事，休息了、散步了，你不行；朋友请你聚会散步，你不行；家人看电视、聊天，你不行。我挤时间读书写作，在笔下、电脑上跳动着对故乡的情思、对先贤忠魂的景仰、对亲人的惦念、对文学的忠诚热爱和不愧天地良心的文学初衷。写作时间除了星期天节假日，坚持最持久的就是每天早上早起半小时，用于读书和“挤牙膏”式的写作。最感谢家人的理解，特别是我妻子的理解支持与鼓励，给了我很多的时间和空间，给了持之以恒的毅力和动力。

文运与国运相牵，文脉同国脉相连。习近平总书记强调，“只有扎根脚下这块生于斯、长于斯的土地，文艺才能接住地气、增加底气、灌注生气，在世界文化激荡中站稳脚跟”。歌德说过：“把手伸入人类生活的深处吧！人人都在生活，只要你能抓住它，它就会饶有趣味。”叶圣陶先生说：“写文章就是说话，也就是想心事。”我感觉要写出好的散文作品，必须坚持真情写作、本色写作、低调写作，用一颗热爱文学、热爱生活的心去写作，善于抓、善于挖生活深处的鲜土，不断挖掘生活这座富矿。随着年华的流逝，文学必定会留下缕缕书香。

要想经受住考验，必须用一颗平常心，虔诚地从事业余创作。好农民种地有耐心，他欣赏庄稼的成长过程，决不会干揠苗助长的蠢事。植物的生长期越长，光照时间越足，品质也就越好。写散文如同种庄稼，好的构思如同种子在心中、在笔下慢慢吐根、冒芽、开花，汗水散发着甜味，收获的是幸福感和满足感。我的每篇散文都是日积月累，用一点点零碎时间创作的，所以时间大都很长，一般几年，最短也几个月，《故乡》《土地》《人民》《村庄》《炊烟》等几篇散文，创作时间都在五六年以上。譬如散文《人民》就历时八年、十余稿：

2009年8月至11月初稿；

2010年5月至9月11日修改；

2011年2月18至3月27日修改；

2011年5月1日至5月17日修改；

2011年8月6日至8月27日修改；

2011年10月1日至10月19日修改；

2012年11月9日至11月23日修改；

2013年3月21日至4月27日修改；

2013年6月18至6月29日修改；

2014年1月29日至2月22日修改；

2014年3月17至4月17日修改；

2015年3月28日至7月1日修改；

2015年7月28日至9月11日修改；

2016年3月19日至5月17日改定。

此文公开发表后，先后被《红旗文摘》《散文（海外版）》《新华月报》等报刊转载。北京走进崇高研究院院长贺茂之少将评论说："《人民》一文广征博引、谈古论今，从战争到和平，从平民到领袖，从哲学、美学到马列经典，纵横捭阖、洋洋洒洒、力透纸背，揭示出了人民的价值，凸显了'精神高地'，不能不感受到中国共产党的伟大和中国人民的伟大。"

文学归根结底来源于生活，扎根人民，深入生活，反映生活。既然文学是生活的反映，那么文学如何反映波澜壮阔的改革大潮，更加深入地涉猎政治生活？散文作品既要讴歌社会生活、乡村生活，也应更多关注色彩斑斓的都市生活？作者自身也有如何提升道德境界和人文素质的问题。

随着政治更加清明，社会环境更加宽松，全社会更加重视人文修养和国民素质培育，必定会有更多机关公职人员喜欢和参与文学创作。文学历久弥新，即使时过境迁，美妙的文字依然会熠熠生光，照亮和抚慰心灵。文学创作拓展了我的思想空间和知识领地，提高了我的人生胸怀与境界，我将始终坚持定力与恒心、耐心，秉持对文学的赤子之心，坚守纯洁的文学初心，继续奔走在朝圣文学的路上……追逐照耀心灵的文学理想！

2017年4月17日于济南寓所

4月21日修改定稿

厉彦林访谈录

沂蒙精神是沂蒙文学的“魂”

访谈时间：2017年8月22日上午

访谈地点：济南王万森教授寓所

王万森：你曾说过，沂蒙精神是沂蒙文学的魂。请问对此，你是怎么思考的？

厉彦林：文化是人类改造世界，创造物质财富和精神财富的巨大力量，也是民族兴衰的决定力量。精神是文化精髓，具有地域性、传承性、民族性和持久性的特征。沂蒙山是沂山山脉与蒙山山脉的总称，主要分布在今山东省临沂市境内。沂蒙文化是在多种文化因素推动下发展起来的。战国时期，沂蒙山区成为各种文化的交汇融合之处，继承了鲁文化的敦厚重礼，齐文化的开放进取，楚文化的豪放务实。因而沂蒙精神，既包含着中华民族传统优秀文化的基因，又体现着中华民族的精神。还有大家对革命老区沂蒙印象最深的就是：“最后一碗米做军粮，最后一块布做军装，最后一件棉袄盖在担架上，最后一个儿子送战场”，这种大仁、大义、大爱的沂蒙精神，从横向纬度看，与延安精神、井冈山精神、西柏坡精神一样，都是党和国家的宝贵精神财富。沂蒙精神体现着中国共产党人带领人民浴血奋战、追求独立和解放的红色基因。沂蒙精神的独特个性，就是在艰难困苦的条件下，党群、干群团结一心、水乳交融、同呼吸、共命运；在社会主义建设和改革开放时期，沂蒙人民在农耕文明的土地上，探寻着新的途径和方向，在工业文明、生态文明的新挑战里，寻找着新的机遇与突破，描绘着最炫美的时代画卷。因而，沂蒙精神又嵌进了改革开拓、不甘落后、迎难而上的时代精神，是与时俱进的。

文学是精神生活的物质产品，是展现作者心灵世界的艺术作品。纵观沂蒙文学，无不反映着沂蒙的人文特征、时代背景和价值取向，汲取了沂蒙文化、沂蒙精神的宝贵营养。沂蒙大地深厚的文化土壤和沂蒙人民火热的生活是沂蒙文学的“根”，沂蒙精神成为沂蒙文学的“魂”。因为沂蒙大地丰厚的文化滋养，因为沂蒙精神的沉淀砥砺，因为沂蒙人民创造的火热鲜活的生活，因为作家对沂蒙大地和人民的热爱，沂蒙文学才会结出飘着沂蒙泥土香、彰显齐鲁风骨和中华民族特色的丰硕果实。我感谢我的父母、父老乡亲和沂蒙革命老区，他们给我提供了丰厚的文学土壤和创作的灵感。

沂蒙山，在山东地图和中国地图上找不到，她不是一座山，也不是一道梁，而是一个人文概念、一个区域概念、一种精气神，是在共和国的历史上、在中国共产党的历史上具有特殊意义的精神符号。2013年底，中共中央总书记习近平冒着严寒视察临沂，看望老党员和贫困群众，他动情地说：“山东是革命老区，有着光荣传统，军民水乳交融、生死与共铸就的沂蒙精神，对我们今天抓党的建设仍然具有十分重要的启示作用。”“水乳交融、生死与共”这八个字，生动揭示了沂蒙精神的核心要素。在抗战最困苦、最艰难的危急时刻，沂蒙人民用生命和热血谱写出《跟着共产党走》这铿锵有力、气势磅礴的歌曲，成为中华人民共和国开国大典的伴奏曲，这也是很自然、很必然的事情。中国共产党要战胜各种风险和挑战、长期执政，带领全党全国各族人民实现“两个一百年”奋斗目标和中华民族伟大复兴的“中国梦”，就必须解决好党群、干群、军民关系这些要害问题。因而在新的历史条件下，弘扬沂蒙精神无论对加强党的领导和党的建设，还是对精神文化建设和繁荣文学等事业，都具有特殊而重大的意义。我很赞成作家梁晓声先生对“文化”功能的概括：文化是根植于内心的修养；无需提醒的自觉；以约束为前提的自由；为别人着想的善良。沂蒙文学只有继承优良传统，坚定文化自信，紧跟时代步伐，贴近现实生活，坚定不移用沂蒙人独特的思想、情感、审美去创作更多有筋骨、有温度、接地气既属于这个伟大时代、又有鲜明沂蒙特色、中国风格的文艺作品，才能逐步树起属于沂蒙大地和沂蒙人民的“文学地标”，让沂蒙文学融入中国文学的洪流，抚慰温暖人们的心灵，照亮我们的精神世界。

王万森：您怎样概括沂蒙精神？沂蒙精神对您的人生和文学创作存在怎样的影响？您又是如何看待沂蒙作家群以及沂蒙精神的孕育的？

厉彦林：一个成熟的作家，必定有自己的精神故乡和文学坐标。这些年来，我写作的方向是构建着富有地域特色的文学沂蒙山。这是我的情之所系、心之所依。在这些年对沂蒙山的解读与书写中，逐渐加深认识了沂蒙精神的独特魅力。在中国共产党的领导和培育下，沂蒙人民与山东党政军一起，军民水乳交融、生死与共铸就了沂蒙精神。许多同志到沂蒙党性教育基地接受教育后说：“党的根基在人民、血脉在人民、力量在人民”，这接受教育后体会最深、感悟最深的结论，是人生历程中最生动的一次党课。战争年代，沂蒙人民以身许党、以身许国，党和军队全心为民，以身救民。目前人们所熟知的“沂蒙精神”还是20年前的概括，侧重反映了沂蒙人民“爱党爱军”的特性，没有充分反映党和军队“为民救民”的情怀。截至现在还没有对沂蒙精神最权威、各方最满意的概括，沂蒙精神是党领导沂蒙军民水乳交融、生死与共铸就的，概括沂蒙精神应当充分考虑历史、地域、民风、时代以及文化传统等多种因素和维度，放在更广视野、更高层次上考量，有人把沂蒙精神概括为“党群同心、水乳交融、忠诚忘我、生死与共”，我认为有一定道理。沂蒙精神与党的优良传统作风、与党的群众路线的价值目标、与当代中国共产党员带领全党全国人民实现中华民族伟大复兴“中国梦”的使命担当是高度一致的，内涵也是相通的，具有鲜明地域特色和革命传承性的本质特征。沂蒙精神远已超出地域界限，是山东精神、中国精神的重要组成部分。

我是土生土长的沂蒙人，从小耳濡目染，对沂蒙山区、对故乡的一切，有着难以割舍的情愫。这些年，立足于沂蒙山这座文学富矿，聚焦自己的村庄、自己的亲人，把沂蒙精神置入中国革命、建设和改革的大背景，特别是放在波澜壮阔的农村经济社会发展的历程中来解读。我的散文作品中既有对红色热土的讴歌，也有对乡村现状的担忧；既有对童年时光的怀旧，又有对美好未来的向往；既有对乡村生态的关注与批判，又有对世道人心的烛照与期望。父母亲人、父老乡亲，山河树木、春雨寒雪、石磨油灯、花鸟虫鱼、村舍炊烟、鸡狗鹅鸭等等，都是创作的素材，处处渗透着浓郁的乡土气息，坚守着沂蒙大地的文明之根，表现乡愁在沂蒙大地上的形态和特质。这些真诚的书写，无不是对沂蒙故土和沂蒙精神的敬畏与挚爱，折射出沂蒙人民对党、对国家的热爱和对美好生活的追求与向往。

一方水土养一方人，也养一方文学。沂蒙大地、沂蒙精神孕育出大批沂蒙作家，这是一种必然。他们以对沂蒙、对沂蒙人民的爱，用各自独特的文学形式解读和书写着沂蒙山。我也努力向文学前辈学习，努力以“虔诚跪拜”之势致力于对沂蒙山、沂蒙亲人和沂蒙精神的热情书写与讴歌。

王万森：您有三个身份：教师、公务员、作家，您在这三个方面都可称得上是成功者。您最自豪的是哪个身份？在您的体验中，三者有何联系，你是怎么处理的？

厉彦林：这三个身份，可以用两个词来概括：一是职业。教师和公务员都是我的职业；二是爱好，个人的业余爱好。我曾干过几年民办教师，后来上师范，师范毕业又从事教育。后来调到机关工作，成了公务员。无论教师还是公务员都是我生存的职业。我对这两个职业的每个岗位都很敬畏，都很珍惜。虽然谈不上成功，但却无怨无悔，问心无愧。

教师这个职业，奠定了我从政从文的根基。教师是人类灵魂的工程师，是太阳底下最光辉的职业。我当过我们管理区首个高中班、也是唯一一个、最后一个高中班的班主任，后又在师范教书。教师必须以身作则、为人师表，其道德责任和行为规范要求我以自己的行为去影响带动学生。我坚持与学生同题、同步写作，体会写作的难点和作文点评的重点。我的中学时代，正是青年人崇尚文学、爱做“文学梦”“军人梦”的时代。无论工作多忙，我也咬着牙坚持业余写作。机关工作和文学创作，看起来是两条道，确实也有差异，机关公文强调逻辑思维，语言准确，强调规定性；而文学注重形象思维，语言优美，突出个性。利用休息时间读书、写作，在纷纭复杂的社会环境中，能够沉醉书香气、涵养文人气、激活浩然气，真是人生一大幸事。在机关工作，能够了解党和国家的重大决策，把握社会发展的趋势和方向，立足自己的岗位，最大限度发挥自己的光和热，同时有更多机会去观察百姓生活、体味人生百态。为文和从政其实也是相通的，都必须“革命理想高于天”，把双脚根植大地，把人民装在心中，把责任举过头顶。立足点、出发点、落脚点，以及标准和尺度都是深入人民心中，倾听人民心声，回应人民愿望。我心健康阳光，我与时代同行，以普通人的视角观察和体验生活，心与百姓同频共振，写出的作品才会迎天光、接地气、通人心、闪光芒。

王万森：您《赤脚走在田野上》《仰望弯腰驼背的娘》《父爱》《舍命保花》等抒发乡土情怀的散文作品，再现了爷爷、父亲、母亲的形象，亲切真实，感人至深。请问：您是怎样书写血浓于水的亲情和真挚的乡情的？您如何评价亲情和乡情？

厉彦林：文章千古事，得失寸心知。在小说创作中有种说法：“一个细节救活一个人物，一个人物救活一部作品。”而作为散文尤为重要的是“真”，真实、真诚、真情。母爱是文学的永恒主题。温馨伟大、忍辱负重、默默奉献的母爱，是文学的母体。人是感情动物，社会生活丰富是因为人懂得知恩、感恩、报恩。父母爱子女是天性，子女爱父母是人性。只有爱父母，才会爱别人，才能爱社会。千百年来，讴歌父母亲情的文章可谓浩如烟海。真正感染人、感动人甚至震撼人的精品力作，无不把真情实感、真爱真美、真趣真味作为创作基点。乡情与亲情，带有对现实最透彻的观察和对人生最深刻的感悟，具有永恒的社会价值和审美价值，是我们写作的起源，也是我们的归处。描述现实社会的一些现象，揭示出人类生活的本质，给读者深邃的启迪，也是一种精神抚慰和阅读享受。

蒙田说："我要人们看见我的平凡、淳朴和天然的生活，无拘束亦无造作，因为我所描画的就是我自己。"有人说我的散文最为明显的审美取向，就是对乡村那种温和、朴实、自然景物的感知及描写，处处流露出对家乡山水的情，对家乡父老、对亲人的爱朴实无华，笔端里流淌的都是真情实感，字里行间处处都渗透了博大的爱心。我的散文追求朴素自然的风格，像闲暇与朋友攀谈，与同事聊天，也像自言自语，没功利，不修饰，真诚、坦诚，没有污染的"原生态"。

白居易有这样一句诗："岂无父母在高堂，亦有亲情满故乡。"可看亲情与乡情是何等密切，这正是中华文化区别于他国文化的鲜明特征。我在沂蒙山区东部的小山村度过了我贫穷却快乐幸福的童年、青年时代，后来进城读书、工作。我家祖辈都是普遍（通）地道的农民，父亲、母亲用他们的淳朴善良、真诚无私养育了我，我用感激、感恩的心记录着生活中一点一滴的细节。譬如，父亲给我披的厚棉袄、割的两行小麦，娘给做的面汤、买的煤油灯、站在路口等我的目光……都让我刻骨铭心，倍受感动，倍感温暖。"滴水之恩，当涌泉相报。"我善于发现生活中的感动并品味、享受这一感动，在回报父母的过程中寻找良知，体验爱的圣洁、无私和伟大，讴歌故乡的博大、纯朴、宽容沧桑。结论是：最疼爱我的是老爹老娘，最美的风光在我的故乡。

我的散文《赤脚走在田野上》，写我跟爷爷学习种地的情景；散文《仰望弯腰驼背的娘》用敬仰、感激、愧疚之情，高度凝练记录了我母亲弯腰劳作的一生。弯腰驼背的娘，已被岁月和辛劳夺走青春容颜，依然是我人生的依靠和灵魂的拐杖，时刻给我亲情、给我温暖向上的力量。在文学作品中歌颂父亲的数量偏少，这与"沉言寡语的父亲"的特点有关，我的《父爱》通过写父亲给我披厚棉袄、烈日当空下默默为我割三行小麦、冒雪坐拖拉机来县城看我送钱几个情节，在父亲的无言中表达父与子的情深意厚，讴歌父爱

"正如沂蒙山的清茶一般，不很清澈却也透明，虽含苦涩却清香，虽淡然却深刻"。《舍命保花》这篇散文写于我母亲去世之后，其实在我心中已经酝酿了很久。受牡丹"舍命不舍花"品格的感动和启发。我怀着敬畏、感恩的心情，回忆、品读娘从不向命运服输的刚强、满含微笑的自信和"舍命保花"的母爱精神。想起生活清苦却舍命保花的娘，周身充满感恩力量！

家，是一个人心灵的港湾；故乡，是一个人精神的家园。真可谓"此夜曲中闻折柳，何人不起故园情"。亲情、乡情、友情，像一杯浓烈的陈酿，芬芳醉人，令人向往。亲情和乡情是高度契合的。一个人只有爱自己的父母、爱自己的亲人，才有可能爱众乡亲，爱故乡的山水草木，胸中才会涌起超越物质的大情大爱。

王万森：您的散文作品大都是写亲情故乡的，最近又涉笔城市题材，对于城和乡的两种体验有何不同？其间有什么作为贯穿和联系？

厉彦林：中国是个农村大国，散发着农耕文明的光泽。中国文学在长期的历史演进过程中所形成的独特经验，比如写乡土、写苦难、讲革命故事。当代文学作品的突出问题是对时代精神呼应、对时代潮流回应、对现实生活关切不够。无论作家进行什么题材的创作，乡村，是一个适合将精神根须扎入泥土的地方。一个作家，必须有自己精神的乡村，那是他精神的家园，灵魂的栖息地。我已经进城三十多年，对我来讲，城市像是乡村的倒影，是一种别样的生活图景和人生体验。随着经济的发展、城市的发育，我国城乡二元结构的打破，城乡差异的缩小，城市与乡村互为诗和远方。随着工业化、城镇化和农业现代化的快速发展，一些村庄消失，这是历史发展必然。发达国家城市化率一般在80%左右，我国城镇化、城市化是大势所趋，会有更多的人由农民变成市民。现在很多地方的城镇化，让乡村文化和家乡味道荡然无存，城市到处是高楼马路、钢筋水泥，缺少大自然的神韵和乡村的美丽，缺少情感基因和载体，写城市和城市生活很难。在这个过程中，如何记录变革和成长的过程，引导人们关注城市、关注城市人的精神世界，必须引起重视和关注。

随着时代的发展，城市化进程的加快，城市和城市人会逐步成为文学作品的主角。一颗种子破土之前，先要往下生长。这几年，城乡融合发展，我在继续关注农村题材的同时，注意关注城市和城市生活，积极探索写作关于城市的散文作品，譬如《择邻乡村》《进城的大树》《敬畏卑微》等。最近写了一篇散文《城市低处的灯光》，聚焦反映城市低处民众的生活状态，表达“世间万物没有高低之分，人也如此。高处有高处的威仪，低处有低处的风景”的价值理念。城市题材如何写？怎么写才让读者喜欢？还需要好好思考和实践。

王万森：您的短篇散文脍炙人口，大获成功，又推出了《土地》《人民》等这样的“大散文”，同样获得评论界一致赞扬，对此您如何认识，请谈谈您的创作体会？

厉彦林：散文要承担起时代赋予的使命，重要的一条是紧跟发生历史性变革的社会生活，贴紧读者的精神需求，增进人民群众对中华民族历史传统和传统文化的亲近感、认同感和获得感，呼唤、启迪和激励人们汇聚成实现中华民族的伟大复兴“中国梦”的巨大力量。精短散文是读者调节业余生活的“开心果”，抚慰心灵的“稳压器”，但往往不够厚重、大气。贾平凹先生较早提出“大散文”概念，旨在反对琐碎、甜腻、精巧、俗气、虚假、无聊的散文倾向。主张散文的题材、内容要“大”，审美境界要“大”，美学风格上要追求“大境界”“大气象”。所谓小散文短散文，倾向于个体内心、小我的表达，而大散文倡导多注意重大社会问题、民生问题，注重个体与社会、与时代的融合。这两者相辅相成，相得益彰。要防止小散文小情小调，失去格调与格局，大散文空泛、理性，失去散文的文学属性和读者。中国散文学会名誉会长石英先生在评论我的散文时指出：“我称其为‘大散文’，与曾经听说的所谓‘大散文’有所不同：它不重在幅制之大，动辄几万字甚至几十万字，也不在于作者口气之大，有咄咄逼人、我说你听之势；而是题材非轻又不那么具象，内涵深重。对于一位富有责任感的精神文明建设者和人民群众的公仆，钟情并驾驭这一题材是绕不过的使命，岂能不对世世代代生活劳作在这片土地上的人民做出清晰无误、热切而敬诚的答案？从《土地》到《人民》，充分看出厉彦林思想的高度和深度、视野的宏阔和明晰、提炼题材的从容与精度，以及驾驭这种‘大散文’必备的语言文字功力。”四川评论家梁星钧先生在《作家世界》以《故乡的另类思考与表达》为题评论我的散文《故乡》。他说：“从我一读再读的举止，心颤手抖的表现，足见其文的力量。”

一个优秀作家离不开开阔的视野、丰富的生活、博爱的情怀和悲悯的精神，写社会、写时代可以有大境界，写小人物、写生活小事同样可以有大境界。我个人认为，除了专业研究，就没必要硬分大散文和小散文，重在看是不是好散文，是不是读者喜欢的散文。我近十年来，除了创作了散文《土地》《人民》，还有《故乡》《村庄》等几篇众人熟悉、题材大、视角广的散文。这些散文既有历史的纵深感，又有现实的紧迫感，还有个人的现场感，努力抒写自己的真情实感，重在引导读者在审美的过程中走出自我，思考关注现实、向往未来。散文题材有大有小、素材也有大有小，最重要的还是为什么写、写什么、怎么写、写了如何等基本问题。当下，经济社会生活和群体结构的深刻变革，居住和交往条件的不断改善，加上快节奏的生活和各方面的压力，使得人与人的关系变得淡漠疏远，许多人失去归属感和安全感。人的交往日趋功利化、分散化和群体化，真诚、质朴、勤劳、谦和、孝顺……这些人性最宝贵的东西被淡化、在流失。在这样一个心浮气躁、急功近利的社会环境，能静心写这种散文很不容易。我感觉这就如农民种庄稼，要耐心慢慢地看着种子在自己的手里吐芽、长叶、开花、结果、收获。庄稼的生长期越长，品质就会越好；花费的心血越多，收成会越好。我在文学创作过程中，特别是进入新世纪以来，逐渐形成了创作《故乡》《土地》《人民》等散文的愿望。因为这几篇散文的题目外延太大、内涵太深、负载太重，我花费的时间比较长。从2009年初开始，我就陆续开始同步创作，《人民》自2009年5月至2010年5月形成初稿，到2015年3月改定寄给《北京文学》，前后花了7年时间，小修改无计其数，大的修改就有11次。我体会写出好散文，一要用心用情。俗话说“世上无难事，只怕有心人”。我写得用心、倾情，把自己也融入作品、作为参照物，表达喜怒哀乐，因而极易概念和空泛的《人民》，也被写得有血有肉、有筋有骨，读起来津津有味。二要有颗平常心和耐心。好文章是改出来的，不是写出来的。正如曹雪芹说的：“披阅十载，增删五次。”一篇好文章，必须经过反复的雕琢与思考、推敲与修改，最终是精耕细酿的心血结晶。三是执着、贵在坚持。现实生活中，很多人都做过文学梦，但真正成为作家的人，寥寥无几。分析其原因，主要在于坚持不下来，半途而废了。所以说，写出好文章，必须有恒心，在写作中积累锻炼，在修改中总结提升，坚持写作时间长了，就能找到规律、“窍门”，久而久之寻找和打造出作家心灵的故乡、灵魂的后花园。

王万森：您的作品有哪些被选入教材？您怎样看待语文教材编选的意义？

厉彦林：经常关注高考、中考信息的人，就会发现，在近几年全国各地中考试卷的阅读理解题目中，陆陆续续选用了我的一些散文。有读者说，我的一些乡土散文，虽是写普通乡村生活，写自己熟悉的亲人，可是以朴素为美、以真情见长、以滋养心灵为贵，在功利浮躁的背景下，更有意义和生命力。据不完全统计，《享受春雨》《煤油灯》《乡情如酒》《布鞋》《仰望变腰驼背的娘》《父爱》《十字路》《村庄的灵光》等二十余篇散文被一些省市作为中高考考试的阅读题、模拟题。据不完全统计，截至目前已有110篇（次）的散文被选入《新课标阅读》《小学读本》《中学读本》《新语文第一读本》教材和各种语文辅助教材。要说选入教材，最早是1988年，散文诗《旋风》被选入师范专科学校的语文教材《写作导引》，并附有《在生活深处寻找散文诗价值》的创作谈。山东省统编的语文德育《我的悦读课》选入我的散文《沂蒙山》《村庄灵光》《享受春雨》等。人教版《小学语文课本·单元平行阅读》选入散文《享受春雨》《梅雨季》《风雨荷塘》《青石小巷》《品春芽》《怀念我家那条老黄狗》。由教育部中国教育科学研究院基础教育课程研究中心组织专家审定、教育科学出版社出版的《小学生经典诵读》，选入我的《享受春雨》《风雨荷塘》《萤火虫》《山林记趣》《童年钟声》《露天电影》《怀念我家那条老黄狗》《回家吃顿娘做的饭》《梅雨季》《清淡的槐花香》等11篇散文，是现当代作家选文较多的；华语教学出版社的《新语文第一读本》，选入《童年钟声》《拜读祖国》《梅雨季》；《新课标·阅读黑马（九年级）》收入散文《春燕归来》；教育部中国教育科学研究院基础教育研究中心专家审定、教育科学出版社出版的《新课标·新阅读》选入《风雨荷塘》《院中那棵老槐树》《腊梅花开的声音》《乡间秋雨》《享受春雨》《聆听春天的脚步》《攥一把泥土的芳香》等；中国教育学会主编、南方出版社的中华人文阅读，《小学读本》收入《我盼有一捧土》《煤油灯》《青石小巷》《父爱》《乡情如酒》《回家过年》；《中学读本》收录《家有半分菜园》《春燕归来》《回家吃顿娘做的饭》；中小学生《正能量阅读》收入《童年卫士》《品春》《春天住在我的村庄》《父爱》《祖孙四代求学梦》《陪爹娘浏览天安门》《仰望弯腰驼背的娘》《回家吃顿娘做的饭》《敬畏卑微》《心灵降压》《人生一礼拜》《风雨荷塘》等散文。还有几十篇（次）入选《中学生魅力阅读》《崔峦教你写作文》《崔峦教你阅读训练》《小学生阅读与作文》《小学生同步作文》等中小学语文教辅。另有一些散文被选入全国统编语文教材《配套练习册》和《配套自测题》等。

我对语文教材编写，是门外汉。只知道语文教材伴随我的学习生涯，我当语文教师时也是潜心研究语文教材。我个人认为，语文教材编写，是由专门机构或团队，依据国家教育方针、教育发展纲要和教育主管部门要求，遵循教育规律和学生成长规律，传播中国文字、文化和社会主义核心价值观，传承中华民族优秀传统文化，落实“立德树人”根本任务的国家大事，是一件利在当代、功在千秋的根本大计。凡是能够进教材的篇目，都是思想性、艺术性并重，经过岁月沉淀，经过专业人士反复筛选的经典作品。当代名家作品进教材，是对作品和作家的最大肯定和最高褒奖。我的一些作品被选入语文教材、教辅，这标志着我的作品达到了一定水准，同时也与我的创作经历有关。我曾任民办教师、师范教师，教过初中、高中语文。文学创作源于语文教学经历，坚持与学生同题、同步写作，感受学生写作的甘苦，体会写作的难点和作文点评的重点，总结观察生活、搜集素材、遣词造句、提炼主题、修改润色的经验，努力解决写什么和怎么写、怎么写好的问题，同时也给孩子做出榜样。后来才知道叶圣陶先生早就倡导教师写“下水文”。我因公开发表过文章被调到机关工作，40多年来一直坚持着业余创作的文学爱好。我崇尚现实主义的创作手法，把真情实感、真爱真美、真趣真味作为创作基点，将风物描写、民俗刻画、人物点染、抒情议论等众多艺术元素，揉进亲情、乡情、土地情、沂蒙情、民族情中。尤其是富有家国情怀的道德文章，很容易让学生把对自己的认识、情感和信念，以及遵守的行为规范、承担的社会责任和应当履行的义务，自由延伸、联接到他人和整个民族、国家的前途命运中，从而把个人的成长进步、前途命运与历史发展趋势、国家民族的未来走向协同融合在一起，理性思考、动态把握，从而站得更高、看得更远、做得更好，真正成为中国特色社会主义事业的建设者和接班人。入选教材中的作品，承载着教导、感化和启迪学生的重要使命。所以我的作品有幸被选进教材、教辅，对我来说，是鼓励，更是鞭策，激励我写出高质量、有担当、有责任、有温度的好作品。

王万森：您的创作计划可以透露吗?

厉彦林：时代和社会犹如前行的列车，需要正能量的持续驱动。高质量的文学作品，是作家追求的梦想，也是社会和读者的精神需求。梦想无止境，追求永不停。关于写作，我一直没有什么苛求，也没有什么长远的规划。我习惯于咀嚼品味生活，在日常生活中寻找和挖掘素材和灵感，潜入记忆深处追寻真情。目前，正为人民出版社精选一本散文集。根据中国社会科学院文学博士、散文评论家王兆胜先生的建议，计划系统梳理关于娘的美好记忆，为《老娘》单出一本散文集，有关母亲的精短散文目前仅《人民日报》大地副刊就刊发了9篇。

王万森：谢谢您在百忙中接受访谈，并且谈了对自己和当前散文创作的有关看法。祝您创作丰收!

附　录

厉彦林散文发表目录（部分）

（截至2018年5月）

作品名称	报刊名称	刊发时间
《回家过年》	《人民日报》	2005.2.1
《春燕归来》	《人民日报》	2006.3.28
《春天住在我的村庄》	《人民日报》	2007.2.27
《乡情如酒》	《人民日报》	2008.10.18
《享受春雨》	《人民日报》	2009.2.11
《布鞋》	《人民日报》	2009.4.25
《回家吃顿娘做的饭》	《人民日报》	2009.11.14
《煤油灯》	《人民日报》	2010.3.29
《风雨荷塘》	《人民日报（海外版）》	2010.8.9
《父爱》	《人民日报》	2010.6.19
《家有半分菜园》	《人民日报》	2010.5.7
《旱烟袋》	《人民日报》	2011.2.12
《碑祭》	《解放军报》	2011.4.5

《钟声袅袅》	《人民日报》	2011.5.28
《童年钟声》	《人民日报(海外版)》	2011.7.5
《乡间秋雨》	《人民日报》	2011.9.5
《沙土路》	《人民日报》	2012.1.4
《年夜饺子》	《人民日报》	2012.1.21
《盛世春节》	《人民日报》	2012.1.22
《仰望弯腰驼背的娘》	《人民日报》	2012.3
《老槐树》	《解放军报》	2012.5.3
《听春》	《人民日报》	2012.7.22
《攥一把泥土的芳香》	《人民日报》	2012.8.15
《欢唱的麻雀》	《光明日报》	2012.8.17
《城市的“土味儿”》	《光明日报》	2012.9.2
《过冬的树》	《人民日报》	2013.2.11
《品春》	《人民日报》	2013.5.8
《萤火虫》	《人民日报》	2013.6.15
《陪爹娘游览天安门》	《人民日报》	2013.11.30
《鞋垫》	《解放军报》	3013.12.9
《村庄的灵光》	《人民日报》	2014.2.12
《赊小鸡》	《人民日报》	2014.4.30
《地气凝重》	《人民日报》	2014.12.13
《地气凝重》	《作家文摘》	2014.12.23
《沂蒙山小调》	《解放军报》	2014.5.20
《不变的，是牵挂》	《人民日报》	2015.2.7
《昂首的沂蒙》	《解放军报》	2015.8.11
《茶味人生》	《人民日报》	2016.4.4
《出类拔萃的秘密》	《人民日报》	2016.7.23
《沂蒙啊，沂蒙》	《解放军报》	2017.3.10

《炊烟》	《深圳特区报》	2017.8.17
《腊梅花开的声音》	《深圳特区报》	2017.10.17
《大白菜》《自行车》	《深圳特区报》	2017.11.2
《憧憬明天》	《解放军报》	2017.10.13
《赶年集》	《人民日报》	2017.1.14
《喜鹊回家》	《人民日报》	2017.1.30
《春天来敲门》	《人民日报》	2018.2.24
《真理与初心》	《光明日报》	2018.5.4
《赶年集》	香港《大公报》	2018.3.23
《过年忆旧》	香港《大公报》	2018.3.24
《赊小鸡》	《作家文摘》	2018.5.8
《车梦滚滚》	《人民日报》	2018.5.23
《梦萦黄河三角洲》	《胶东文学》	1991.9
《乡村记忆》(八章)	《时代文学》	2005.5
《赤脚走在田野上》	《读者》	2006试读号
《厉彦林乡土散文特辑》	《时代文学》	2009.2
《春天住在我的村庄》	《青年文摘》	2009.16
《厉彦林散文选》	《新世纪文学选刊》	2009.8
《回家吃顿娘做的饭》	《青年文摘》	2009.12
《牵挂是福》(三章)	《山东文学》	2010.3
《青石小巷》	《青年文摘》	2010.6
《春天住在我的村庄》	《初中生之友》	2010.4
《享受春雨》	《初中生之友》	2010.4
《偷菜与种菜：复垦农耕文明》(四)	《时代文学》	2010.4
《回家吃顿娘做的饭》	《中学生》	2010.6
《只要拥有了一抔土》	《青年文摘》	2010.8

《散文四章》	《辽河》	2010.8
《菜园小记》	《青年文摘》	2010.1
《青石小巷》	《写作》	2010.1
《偷菜与种菜》（散文·四章）	《中国当代诗群回顾与年度大展》	2010.11
《炊烟》	《散文选刊》	2010.11
《狗尾巴草戒指》	《青年文摘》	2010.12
《家有半分菜园》	《农村　农业　农民》	2010.10
《乡土情怀》	《中华文艺家》	2010
《厉彦林乡土散文选》	《当代散文》	2010.2
《炊烟，乡村脊背上的图腾树》	《散文选刊》	2011.1
《厉彦林乡土散文选》	《散文选刊》	2011.1（中）
《沂蒙地瓜》（散文·三章）	《时代文学》	2011.1
《草色远看近却无》	《青年文学》	2011.2
《沂蒙地瓜》	《青年文摘》	2011.3
《沂蒙地瓜》	《乡镇论坛》	2011.3
《沂蒙地瓜》	《青年文摘》	2011.3
《成功的法则》《挽留村庄》(卷首）	《散文选刊》	2011.4（中旬刊）
《生活万岁》	《散文选刊》	2011.6
《挽留村庄》	《红旗文摘》	2011.6
《童年的钟声》	《青年文摘》	2011.7
《偷菜与种菜：复垦农耕文明》(散文四章）	《故土》	2011.7
《心灵降压》	《散文选刊》	2011.7

《沂蒙地瓜》（外两篇）	《当代散文》	2011.4
《人生一礼拜》	《散文选刊》中旬刊	2011.8
《厉彦林的生活感悟》（四题）	《散文选刊》中旬刊	2011.9
《娘的白发》	《青年文摘》	2011.10.20
《听春》（外二篇）	《北方文学》	2011.10
《童年卫士》	《读者（原创版）》	2011.12
《炊烟》	《散文选刊》	2011.11
《童年钟声》	《教育文摘》	2011.8
《敬畏卑微》	《散文选刊》	2011.10（中旬刊）
《故乡啊，故乡》	《散文选刊》	2011.11（中旬刊）
《挽留村庄》	《红旗文摘》	2011.6
《攥一把芳香的泥土》	《满分阅读》	2012.12（初中）
《爱情形态（外一章）》	《红豆》	2012.1
《故乡啊，故乡！》	《北京文学》	2012.1
《乡村情怀》	《青岛文学》	2012.1
《听春》	《品读》	2012.2
《沂蒙地瓜》	《海燕》	2012.2
《故乡啊，故乡！》	《红旗文摘》	2012.3
《沂蒙煎饼》	《中国作家》	2012.4
《故乡啊，故乡！》	《黄河诗报》总十六、十七卷合刊	2012.6
《故乡啊，故乡！》	《语文教学研究》	2012.6
《谒拜沂蒙山》	《黄河诗报》总十六、十七卷合刊	2012.6
《厉彦林散文五题》	《参花》	2012.6
《人民》	《时代文学》	2012.6（上）

《沂蒙特产（散文·七章）》	《时代文学》	2012.6
《腊梅花开的声音》	《辽宁散文》	2012.7.10
《春天住在我的村庄》	《散文里的中国》	2012.7
《沂蒙煎饼》	《山东文学》	2012.9
《童年钟声》	《雪花》	2012.9.15
《故乡啊，故乡》	《作家世界》	2012.1
《享受春雨》	《城市建设》	2012.1
《仰望弯腰驼背的娘》	《散文选刊》	2012.1
《城市的土味儿》	《读者》	2012.11
《感悟沂蒙山》	《北京文学》	2012.12
《沂蒙地瓜》	《21世纪年度散文选》	2012
《驮满幸福的自行车》	《十月》	2013.1
《厉彦林散文选登》	《语文教学研究》	2013.1
《腊梅花开的声音（外三题）》	《意文》	2013.1
《故乡啊，故乡！》	《故土》	2013.2
《大白菜情结》	《北方文学》	2013.4
《土地，土地……》	《散文（海外版）》	2013.5
《记忆的按键》	《海燕》	2013.7
《仰望弯腰驼背的娘》	《海燕》	2013.8
《土地，土地……》	《北京文学》	2013.8
《土地，土地……》	《时代文学》	2013.1
《享受春雨》	《湖北招生考试在线读写》	2013.1
《土地，土地……》	《散文（海外版）》	2013.5
《土地，土地……》	《语文教学研究》	2013.11

《土地，土地……》	《南方文学》	2013.11
《土地，土地……》	《山东国土资源》	2014.1
《心灵降压》	《写作》	2014.1
《陪爹娘游览天安门》	《散文百家》	2014.12
《风雨荷塘》	《中学时代》	2014.6
《春天住进我的村庄》《青石小巷》《煤油灯》		
《攥一把芳香的泥土》	《中学时代》	2014.9
《陪爹娘游览天安门》	《神州》	2014.3
《清明祭》	《神州》	2014.7
《鞋垫》	《新湘评论》	2014.12
《享受春雨》	《初中生世界》	2014.1
《故乡啊，故乡！》	《家乡》	2015.12
《不变的，是牵挂》	《红旗文摘》	2015.3
《人民，人民》	《红旗文摘》	2015.7
《泰山石敢当》	《红旗文摘》	2015.12
《鸟虫草》	《青岛文学》	2015.8
《土地》	《新华文摘》	2015.5
《地气凝重》	《散文（海外版）》	2015.2
《村庄的灵光》	《中学时代》	2015.6
《故乡啊，故乡》	《沂蒙文学》	2015.7
《人民，人民》及评论八篇	《教育前沿》	2015.9
《赊小鸡》	《散文选刊》	2015.1
《人民，人民》	《语文教学研究》	2015.9
《人民，人民》	《山东教育》	2015.9.25
《土地梦》	《青海湖》	2015.12
《茶味人生》	《老朋友》	2016.6

《我的父亲节·母亲节》	《海燕》	2016.4
《十字路》	《北京文学》	2016.8
《沂蒙往事(三篇)》	《人民文学》	2016.11
《父爱如山》	《香港文学》	2016.1
《十字路》	《新华文摘》	2016.11.5
《我的父亲节·母亲节》	《善者》	2016.3
《子弹壳烟袋嘴》	《党建》	2016.6
《永远跟党走》	《求是》	2016.12.16
《展示中国自信的华彩乐章》——评六集电视纪录片《辉煌中国》	《求是》	2017.12
《村庄》	《朔方》	2017.9
《沂蒙(三章)》	《临沂画报》	2017.4
《沂蒙山》	《齐鲁文学》	2017.11
《人民》	《新华月报》	2017.11
《人民》	《北方文学》	2017.2
《沂蒙往事》	《散文》(海外版)	2017.2
《窗花》	《人民文学》	2017.12
《土地梦》	《大地文学》	2017.6
《进城的大树》	《读者》	2017.1.22
《永远跟党走》	《红旗文摘》	2017.2
《炊烟》	《红旗文摘》	2017.9
《村庄滋养乡愁》	《中华英才》	2017.3
《城市是村庄的后代》	《中华英才》	2017.5
《旱烟袋(外二篇)》	《散文选刊》	2017.7(上旬刊)
《窗花》	《散文》(海外版)	2018.2
《春天来敲门》	《红旗文摘》	2018.4
《舍命保花》	《海燕》	2018.4

厉彦林作品集目录

截至2018年

1993年黄河出版社出版诗歌选集《裸露的灵魂》

1997年华艺出版社出版诗集《都市庄稼人》

2003年明天出版社出版诗集《灼热乡情》

2011年山东教育出版社出版散文集《春天住在我的村庄》

2013年山东电子音像出版社出版配乐散文集《享受春雨》

2016年山东人民出版社出版散文集《赤脚走在田野上》

2017年人民出版社出版散文选《地气》

2018年山东教育出版社再版散文集《春天住在我的村庄》

厉彦林散文作品主要获奖情况

（截至2018年5月）

《旋风》全国首届会龙散文诗大奖赛优秀作品奖　1988.1

《生命的舞曲》全国“华夏青年文学大奖赛”佳作奖　1989.1

《风雨荷塘》首届“声乐杯”散文征文大赛一等奖　1990.1

《回归同庆忆先贤》《人民日报》“迎澳门回归迎新世纪”征文二等奖　2000.4.

《在西藏》首届《时代文学》双月版优秀作品集　2007.1

《腊梅花开的声音》　2010年度山东新闻奖一等奖　2011.5

《享受春雨》第四届全国冰心散文类奖单篇作品奖　2010.8

《挽留乡村》第二届全国吴伯箫散文大赛一等奖　2011

《布鞋》江苏淮安市第三届“漂母杯”全球华文母爱主题散文大赛二等奖　2011.5

《春天住在我的村庄》“美文天下”首届全国旅游散文大赛一等奖　2011.9

《草戒指》首届全国情感主题散文大赛爱情类一等奖　2012.4

《仰望弯腰驼背的娘》首届全国情感主题散文大赛亲情类一等奖　2012.4

《攥一把泥土的芳香》首届全国情感主题散文大赛乡情类一等奖　2012.4

《仰望弯腰驼背的娘》大连“奥纳杯”母亲的天空征文大赛　特别奖　2013.7.13

《土地，土地》第二届全国人文地理散文大赛特等奖

《老槐树》《解放军报》首届长征文艺奖　2013.3

《乡村页面》第三届全国人文地理散文大赛一等奖　2014.1

《春天住在我的村庄》(散文集)　第六届冰心散文奖散文集奖　2014.5

《不变的，是牵挂》《人民日报》“善行民族风”征文三等奖　2015.1

山东散文三十年创作(理论)成就奖　2016.12

《赤脚走在田野上》(散文集)首届蒲松龄散文奖诗词奖散文集一等奖　2016.6

《炊烟》首届李清照文学奖散文类一等奖　2017

《村庄》第五届全国人文地理散文大赛一等奖　2017.11

厉彦林散文作品入选教材、教辅目录

（截至2018年5月）

1988年中国矿业大学出版社，专科学校《写作导引》

散文《旋风》

附创作谈《哲理造型美》

2003年吉林出版社

《新课标阅读黑马（九年级）》

《春燕归来》

2012年华语教学出版社

《中学生必读经典手册》

《春燕归来》

2013年华语教育出版社

《初中语文阅读》

《仰望弯腰驼背的娘》(九年级)

2017年山东友谊出版社

《我的悦读课》

小学卷·六《童年卫士》

初中卷·六《乡情如情》

高中卷·二《村庄的灵光》

高中卷·四《感悟沂蒙山》

2014年教育科技出版社

《新课标·新阅读》

三年级《风雨荷塘》

五年级《院中那棵老槐树》

六年级《腊梅花开的声音》《乡间秋雨》

七年级《享受春雨》

八年级《聆听春天的脚步》《攥一把泥土的芳香》

2015年山东教育出版社

《崔峦教你写作文》

四年级《父亲》《蜡梅》

五年级《回家吃顿娘做的饭》

六年级《我家那条老黄狗》

2016年教育科学出版社

《小学生经典诵读》

二年级《享受春雨》《风雨荷塘》

三年级《萤火虫》《山林记趣》

四年级《童年钟声》《露天电影》《老黄狗》

五年级《父爱》《回家吃顿娘做的饭》

六年级《梅雨季》《淡淡的槐花香》

长春出版社新课标新阅读

《崔峦教阅读训练80篇》

三年级《乡间秋雨》

四年级《享受春雨(节选)》

五年级《品春芽(节选)》《父爱》《回家吃顿娘做的饭(节选)》

六年级《陪爹娘游天安门》《坤厚载物》《清明祭》

石油工业出版社

《中考语文》《阅读与写作》

《布鞋》《享受春雨》《乡情如酒》

石油工业出版社《正能量阅读》

小学版

三年级:《童年卫士》

四年级:《布鞋》《品春》《春天住在我的村庄》

中学版

七年级:《腊梅花开的声音》《父爱》《欢唱的麻雀》《祖孙四代求学梦》

八年级:《陪爹娘游览天安门》《仰望弯腰驼背的娘》《回家吃顿娘做的饭》《敬畏卑微》《心灵降压》

九年级:《春燕归来》《人生一礼拜》《风雨荷塘》

2011年华语出版社

《新语文第一读本》(小学生美文诵读)

三年级《拜读祖国》

四年级《梅雨季》

五年级《春燕归来》

2011年华语出版社

《新语文第一读本》(小学生经典诵读)

六年级《童年钟声》

2012年山东教育出版社

《红苹果阅读》

《秋虫唱的什么歌》册《风雨荷塘》;

《会飞的蒲公英》册《乡村露天电影》

《最美的景色是心情》册《乡间秋雨(节选)》

《生命的色彩》册《品春芽》

《最完美的礼物》册《回家吃顿娘做的饭》

《童年的梦幻》册《山林记趣》

《聪明是什么》册《腊梅花开的声音》

《永远的感动》册《回家过年》

《清明的心弦》册《梅雨季》

《快乐的真谛》册《享受春雨》

《心灵的花园》册《家训》

《心中的彩虹》册《怀念我家那条老黄狗》

《智慧的速度》册《祖孙四代求学梦》

《成长的桥》册《淡淡的槐花香》

《友谊的色彩》册《院中那棵老槐树》

《大自然的声音》册《春燕归来》

《对理想的思索》册《煤油灯》

《抬头是片蓝蓝的天》册《年夜饺子》《布鞋》

《移植记忆不是梦》册《乡情如酒》《欢唱的麻雀》

《爱如发丝》册《父爱》

长春出版社人教版小学语文课本

《单元平行阅读》

三年级·上《享受春雨》

四年级·上《梅雨季》

四年级·下《青石小巷》

五年级·上《品春芽(节选)》

六年级·上《我家那条老黄狗》

2011年石油工业出版社

《小学生经典阅读》

三年级·上《享受春雨》《淡淡槐花香》

三年级·下《蒙山特产》《回家吃顿娘做的饭》

四年级·上《乡情如酒》《腊梅花开的声音》

四年级·下《父爱》《院中那棵老槐树》

五年级·上《凝望娘的满白发》《家训》

五年级·下《祖孙四代求学梦》

南方出版社《中华人文阅读》

《小学读本》

《成长卷》《回家过年》

《真情卷》《父爱》《乡情如酒》

《文化卷》《青石小巷》

《生活卷》《煤油灯》

《哲思卷》《我盼拥有一捧土》

南方出版社《中华人文阅读》

《中学读本》

《物景卷》《享受春雨》

《思想卷》《家有半分菜园》

《智慧卷》《春燕归来》

《情感卷》《回家吃顿娘做的饭》

《情感读本》

《路边的野草不要踩》

《生活万岁》

《陪爹娘游览天安门》

《回家吃顿娘做的饭》

《乡下“土鸡”》

《敬畏卑微》

《赊小鸡》

《人生一礼拜》

《萤火虫》

《童年钟声》

《过冬的树》

2012年新世纪出版社

《新课标天天阅读》

三年级《梅雨季》《乡间秋雨(节选)》

五年级《品春芽(节选)》

2013年教育科学出版社

《初中现代文阅读与训练》

《仰望弯腰驼背后的娘》

2017年中国青年出版社

《语文主题学习》(七年级)

《春燕归来》

2018年新蕾出版社

《社会主义核心价值观小学生高年级读本》

《爱国篇》:《陪爹娘游览天安门》

《和谐篇》:《春天在敲门》《喜鹊回家》

《诚信篇》:《赊小鸡》

厉彦林散文被作为中考和高考语文阅读理解试题目录

（截至2018年5月）

《布鞋》被列入湖北襄樊2009年襄樊市初中毕业、升学统一考试语文试题；江苏省无锡市崇安区2011届九年级下学期期中考试语文试题；北京市101中学2011学年七年级上学期期中考试语文试卷。《品春》被列入湖北襄阳市2012—2013学年高二语文统一测试试题。

《春天住在我的村庄》被列入江苏省太仓市2011—2012学年七年级上学期期中（语文）考试试题。

《享受春雨》被列入四川省眉山市2009年中考语文试卷；【全国市级联考】山东省滨州市2017—2018学年七年级上学期期末考试语文试题。

《煤油灯》列入宁夏回族自治区2010年初中毕业暨高中阶段招生语文试题；2010年黑龙江省哈尔滨中考语文模拟试题。

《风雨荷塘》列入2016年山东省济南市天桥区中考语文二模试卷。

《仰望弯腰驼背的娘》列入湖北省宜昌市点军区2015—2016学年七年级上学期期中考试语文试题；江苏省宿迁市宿城区2017届九年级上学期第一

次联考语文试题；【全国市级联考】山西省孝义市2018届高三下学期名校最新高考模拟卷。

《听春》列入湖北省襄阳市2012—2013学年高二语文下学期统一测试试题。

《过冬的树》列入山西农业大学附属中学2015—2016学年八年级上学期期中考试语文试题；江西省宜春市第五中学2014—2015学年度上学期八年级语文第一次月考试卷。

《攥一把芳香的泥土》列入2013年广西壮族自治区贺州市、河池市中考语文试题；2014遵义中考语文阅读考题；云南昆明市2014年中考第一次模拟考试语文试卷；江苏省扬州市竹西中学2016届九年级上学期期末考试语文试题；江苏省江阴市第一中学2017—2018学年八年级下学期期中考试语文试题；2015—2016学年浙江绍兴市长城教育集团八年级上学期期末语文试卷。

《品春》列入湖北省襄阳市高二2012—2013学年下学期语文试题A卷。

《天烛峰的松》列入2013年江苏省盐城市高中阶段教育招生统一考试语文模拟试题。

《村庄的灵光》列入山东省德州市2014届高三年级模拟检测语文试题；山东省济南一中2014届高三模拟考试语文试题。

《地气凝重》列入北京市朝阳区2018届高三下学期一模考试语文试题；北京市2018届高三3月语文模拟试题；2019江苏专版高三语文阅读突破。

《赶年集》列入湖南省娄底市2017年中考语文试题；四川省金堂县又新镇永乐初级中学2017—2018学年八年级下学期第一次月考语文试题；山东省临沂市罗庄区、河东区、高新区三区联考2017—2018学年八年级语文试题；湖南省2018中考语文面对面阅读题

《十字路》列入2017届山东省临沂市高三语文一模试题。

《村庄》列入山东省德州市2018届九年级学业考试语文试题。

《父爱》《回家吃顿娘做的饭》《娘的白发》《年夜饺子》《乡情如酒》《聆听春天的脚步》《童年钟声》《赊小鸡》《家有半分菜园》等散文也被一些地方和学校作为中考试题或期中、期末语文试题。

跋｜乡情散文的底蕴

散文生命久长，与中华历史同在，俯瞰社会，审视人生，漂流在历史的长河里，扎根在生命的土壤中。从古代到现代，散文呈现了无比的生命力。

如果文学也有供给侧命题的话，社会发展的需要和读者的审美需求为散文注入了生命力，这一判断是站得住脚的。曾几何时，杨朔散文大行其道，影响了当时的和后来的众多热爱文学的人，被称作“杨朔风格”。时过境迁，如今对于杨朔散文竟然全盘否定，被说得一无是处，连“诗意”的特征也不再承认了。这是一个文学现象，也是社会现象，文学思维方式的弊端之一就是大破大立，“倒洗澡水的时候，往往连洗澡的孩子也倒掉”。杨朔散文的兴盛，起码有两个因素，主观的和客观的。主观的因素是文学语言在当时的新颖度和诗意表达的魅力；客观的因素则是夸张的社会风气和对于英雄的崇拜所构成的群体意识的环境需要，这种需要不仅仅是影响着散文创作的写什么和怎样写，而且能够决定散文的存亡。所以，杨朔散文的致命处在于浮夸，作为抒情基础的叙事有的欠真实。

应当如何看待当今的散文热？第一，这是社会的审美需要，创作的繁荣有坚实的基础；第二，不再像20世纪50年代那样，只有几个作家撑台，现在是作家的群体的多样化散文时代；第三，要承认散文家的影响。比如厉彦林的散文.沂蒙出文学，阅读厉彦林的散文就照文学的路子走。

这是一位严谨的散文作家。他用人生幻化语言，他用沂蒙磨砺才具。

从乡村走进城市，生活的步履从崎岖山路走向宽广的马路，人生的轨迹似乎是两个极端，这之间的点点滴滴、丝丝缕缕，是建设者们用双手建造的现代化阶梯。文学则不然，如果说那是物质的，文学则是灵魂的。物质的世界离开乡间山路渐行渐远，文学的步履却在其间徜徉，饱含着对于故乡的敬畏和怀恋，含情脉脉但却不是一味的回归。

厉彦林的故乡那样偏僻："我的家乡在古老的沂蒙山区，村庄四周是驼背山、鸡鸣山、柴虎山，三座山自然构成弧形扇面，像几双大手护卫着我的村庄。村落就端坐在三山相倚的一块丘陵之上。"[①]这里的字里行间留下了当时的生活状貌："翻山越岭推小车，……臭气熏天的猪圈牛棚，……一日三餐啃煎饼咸菜。……"[②]曾经的贫瘠，冷寒，在散文的怀抱里化作亲近、温馨。这不是乌托邦式的梦呓，而是文学的挚情凭借想象的再造，化为一种情怀，一种情结："我的老家在沂蒙山莒南县的最东北部，是一个挂在岭坡上的小山村。"一个"挂"字好不俏撇，审美情怀渗透在里面，温情氤氲在美感之中，不再偏远，而是在审美的怀抱里；文学的怀抱是温暖的，亲切，温情，"岭坡上的小山村""挂"在心上，何等温馨！

厉彦林擅长写故乡的自然风物，山风的狂啸，洪水的肆虐，化作文学的芬芳和滋润的乡情："古老而神奇的沂蒙山区，山多，岭多，川多，河流也自然就多。故乡那条小河在村庄后面、柴虎山东南，弯弯曲曲，欢欢乐乐，蹦蹦跳跳地奔向遥远的黄海。它吸取了众山脉和花草树木的灵气，清澈，俊秀，活泼，灿烂，充满蓬勃的青春气息和清纯高雅的气质。两岸生长着茂盛

---

① 厉彦林：《春天住在我的村庄》，山东教育出版社2011年版，第2页。

② 厉彦林：《春天住在我的村庄》，山东教育出版社2011年版，第9页。

的草木，河水不深，清澈见底，流淌着我对故乡那洁净、宁静、幽远、纯粹的永恒记忆。”[①]山水连体，水是沂蒙的精灵。《享受春雨》《夏雨中的山村》《乡间秋雨》，还有《故乡那条弯弯的小河》，物语皆情语，山水润乡情，无论写景状物，还是抒发感受，都是与一般观赏者不同：春雨可以听“听着春雨敲打窗户和树木的声音，……独享春雨赐予的那份清爽、那份亮丽和那份希望。”秋雨也可以听：“在乡间等秋雨，听秋雨，看秋雨，最好是在老式的旧房子中。”[②]夏季的骤雨，同样可“听”：“夏雨的节奏和旋律，随着山乡人宁静、淡泊、安详的心情，蓬勃着生命与自然的力量，不留痕迹，意味绵长。”[③]写了夏雨中的池塘、鱼跃、蛙鸣，羊的惬意，放羊娃的喜悦和顽童的笑声，老农的得意，又添了横出的一笔：“隔着雨声，隐隐约约能听到孩子们的读书声。……孩子们的叫喊声一时淹没了雨声。”[④]山乡的水和那首《谁不说咱家乡好》一道：“一直在故乡的村边默默流淌，日夜浇灌着庄稼和我的心田……”[⑤]

故乡的土地在厉彦林笔下尤其感人。《赤脚走在田野上》，是山东人民出版社编选的厉彦林散文选粹的书名，应该看作他的代表作。他深情地宣告：“我爱这片土地，缘于我的祖辈，尤其是我的爷爷。……爷爷说，地是通人性的，不能用鞋踏的。如果踏了，地就喘不动气了，庄稼也就不爱长了。”[⑥]我读到这里泪流满面，他深深地触动了我的生命意识，我认为，应当感谢和称赞厉彦林和出版社的编辑，厉彦林向我们传达了老一辈中国人的人生观，出版社的编辑慧眼识珠，将篇名定位书名，给我们留下了一笔价值永恒的财富。爷爷的这句话应当庄严地写在中华民族文化的史册上，让我们永志不忘。土地不仅是中国农民的命根子，也是中华民族的命

---

① 厉彦林：《春天住在我的村庄》，山东教育出版社2011年版，第20页。
② 厉彦林：《春天住在我的村庄》，山东教育出版社2011年版，第18页。
③ 厉彦林：《春天住在我的村庄》，山东教育出版社2011年版，第17页。
④ 厉彦林：《春天住在我的村庄》，山东教育出版社2011年版，第16—17页。
⑤ 厉彦林：《春天住在我的村庄》，山东教育出版社2011年版，第20页。
⑥ 厉彦林：《赤脚走在田野上》，山东人民出版社2011年版，第72页。

根子；土地通人性，连通着我们的生命意识。厉彦林散文的“通”，是土地之“通”，是文化之“通”，是心灵之“通”。古与今，外与内，都借由土地连通，现实的人生经由土地转化为文学散文的思维和话语。产生喻像，产生审美的力量。

这就是厉彦林散文创作的内驱力。文学的根在农村、农民和土地，现代化的新农村，闪耀着新时代的光辉，厉彦林的文字回应新时代的人心诉求。不仅是对于农村往昔的回归，也不仅是对于老一代农民的回归，它所回答的是在这样的新时代，文学何处去？正是要连通新时代与民族文化传统，连通新时代人心与老一代的息息相关，要回答我们“从何处来，向何处去，做怎样的人”的根本问题。去除历史虚无主义，赤脚踏在乡村的故土上，谋发展，思进取，完成现代化大业！

厉彦林散文是新时代的产物，乡情的底蕴是新时代的人心所向，厉彦林的乡情散文在新时代应运而生，振响了新时代的旋律，呼喊了共产党人的高亢心声。

《地气》的问世树立了界碑——厉彦林乡情散文的界碑，昭示他的乡情散文从此走向峰巅。我们的阅读也随着迎接乡情散文的新时代。“地气”是风骨，“天光”是追梦。《地气》以“地气”为序，以“天光”为跋，是作者的深沉用心所在：自序《地气重凝》写地气蒸腾，感慨“多亏吃了土，接了地气”；“跋”写“天光和地气慢慢融为一体，孕育在大地母亲腹中的太阳，急切地透出一束束、一片片光亮，照耀着白云飘飘的蓝天，清澈且高远；照耀着吟唱丰收歌谣的大地，丰腴且温情；照耀家国恩惠的簇簇笑脸，舒心且灿烂……”这是一幅文学的诗意图画，清晨的天光含蓄着的是新时代文学的梦想。

2018年7月5日

后　记

这本书是意外的收获。原本计划的是编辑一位博士生的论文，到头来他推辞了，原因当然是忙得顾不上；恰在此时，厉彦林同志的乡情散文纳入视野，更万幸的是他竟然答应了研究文集的编撰。在集稿过程中，仰仗厉彦林同志的人脉，十分顺利，各方人士都很踊跃，基本不用选稿了，包括北京方面在岗位上很忙的人士，也赶着写稿子，感人至深。遗憾的是，据厉彦林同志的意见，选一些读者的反映，这样的文章在网上并不少见，初选也已经定了若干，可是，全书定稿时，其中几篇还是平衡掉了，因为篇幅所限，只得割爱。我想，再成功的书，也会留下遗憾的，无奈。

编选体例也颇费思量。研究和评论交织，就按厉彦林创作的实际情况设定结构，这样的编排也有缺憾，许多有识之见成为遗珠。原因就在于我本人才疏学浅，对于研究对象没能吃得透，常有拿不准的枝节形成自我干扰。时间又太仓促，按理说，厉彦林的乡情散文正在兴盛之时，等一等有好的成果会更充分，可是，许多事情又是等不及的，只好拿出这样的“研究文集”充数，但愿不影响后来者对于厉彦林的深入研究。

多亏厉彦林支持，更有山东人民出版社负责同志和责编隋小山先生尽心尽力完善其事，才保证了书稿的出版，在此，深致谢意。

王万森

2018年7月5日